水使いの森

庵野ゆき

べ

流れ狂う森深くに棲む伝説の水《みず》蜘蛛《ぐも》族《ぞく》の女であるタータとラセルタは、砂漠で一人の愛らしい少女を拾う。少女は外見に似合わぬ居丈高な態度で、水を操る力を持っていた。それもそのはず、彼女は砂漠の統治者イシヌ王家に生まれた双子の片割れ、ミイア王女だった。跡継ぎである妹を差し置き、水の力を示したミイアは、自分が国の乱れの元になることを恐れ、独り城を出たのだ。そんな彼女に、水の覇権を狙う者たちが迫り……。第４回創元ファンタジイ新人賞優秀賞受賞、驚異の異世界ファンタジイ。

登場人物

ラクスミィ（ミイア、ミミ）……イシヌ王家の双子の姉姫
アラーニャ（アリア）……イシヌ王家の双子の妹姫
女王……砂《すな》ノ領《りょう》の支配者。イシヌの当主
南将……イシヌに仕える公軍《こうぐん》の大将
北将……イシヌに仕える公軍の大将
タータ……水蜘蛛族《みずぐもぞく》の彫り手
ラセルタ……タータの親友。水蜘蛛族の長《おさ》
カラ・マリヤ……水蜘蛛族の彫り手
ウパ……水蜘蛛族の年老いた舞い手
アナン……ウパの孫。舞い手
ハマーヌ（式要《い》らず）……見ゆる聞こゆる者の風丹術士《ふうたんじゅつし》
ウルーシャ……ハマーヌの相棒。光丹術士《こうたんじゅつし》
カンタヴァ……見ゆる聞こゆる者の頭領。風丹術士
リタ……カンタヴァの妻。光丹術士
アニラン……見ゆる聞こゆる者の風丹学士《がくし》

水使いの森

庵野ゆき

創元推理文庫

THE TATTOOS OF ARANEAS

by

Yuki Anno

2020

目次

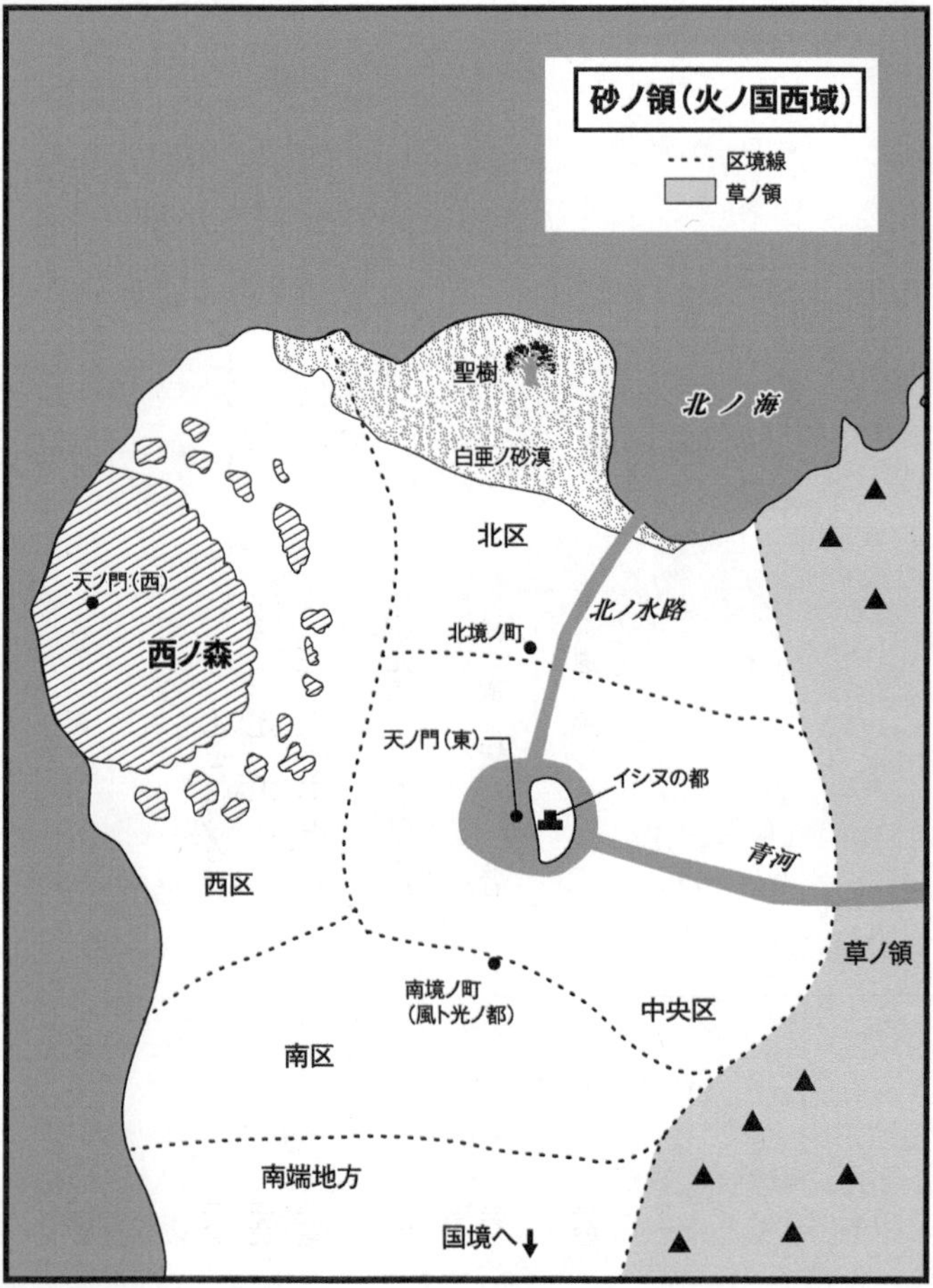

砂ノ領（火ノ国西域）
区境線
草ノ領
聖樹
北ノ海
白亜ノ砂漠
北区
天ノ門（西）
西ノ森
北ノ水路
北境ノ町
天ノ門（東）
イシヌの都
青河
西区
草ノ領
南境ノ町
（風ト光ノ都）
中央区
南区
南端地方
国境へ

水使いの森

序章

一　水使い

指は蜘蛛《くも》、手足は樹、胴はあたかも蛇のよう。

西の最果ての森深く、逆巻く流れを母とする半人半獣の水の精――

人は彼らを〈水蜘蛛《みずぐも》〉と呼ぶ。


突き抜けるような空のもと、波立つ砂の海のひときわ大きな波の上に、彼女はいた。

天をそのまま切り取ったような、曇りなき青の長衣《ながぎぬ》を頭から被っている。全てを焼き尽くす日差しの中、衣が落とす影は夜の闇よりも濃く、彼女の相貌は窺《うかが》えない。風が駆け抜けざまにさあっと被衣《かつぎ》を巻き上げた瞬間、ふわりと流れでた一房の髪は、絹糸のように柔らかだった。明るい栗色が陽に透けて、亜麻《あま》色に光り輝く。

「タータ」

彼女を呼ぶ声がした。

「どう？　見つかった？」

　砂丘の陰から現れたのは、同じように目深に長衣を被る女だった。茫漠《ぼうばく》とした死の大地に、その衣の柿《かき》色は少々陽気すぎるようだ。砂丘の頂点に立ち、紺碧《こんぺき》の空を背景にすれば、それはいっそう鮮やかに、生き生きと浮き上がって見えた。

　被衣を日除けにしてぐるりと辺りを見回した後、柿色の衣の女ラセルタはふてくされた少女のように鼻を鳴らした。

「ほんと、外の世界ってどこもかしこも砂ばかり。味気なくッてからからで、すさみきって。あと小半刻もここでこうしていたら、あたし干物になっちゃう」

　気だるさはあるがどこか悲愴感の乏しい愚痴《ぐち》に、然《さ》したる相槌は打たれなかった。代わりに紺碧の裾口から、しなやかな腕がすうっと伸びる。

「あったわ」

　タータと呼ばれた女の指が差し示したのは、砂丘の谷間にちらりと覗く集落だった。家々は荒らされ、砂の降りつもった屋根の上に禍々《まがまが》しい赤と黒の旗が掲げられている。

「まあっ、良かった！」ラセルタは大喜びだ。「もう駄目かと思ったわ。ほらっ、見てちょうだい、幌《ほろ》馬車があんなにたくさん止まって！　あぁ嬉しい！」

　高揚して笑いながらラセルタが振り返ると、タータは被衣を被り直すところだった。布に覆われる間際、彼女の熟れた果物のようなふっくらとした唇が艶然《えんぜん》と微笑んだ。

「ええ、本当――とても、楽しみ」

殺戮《さつりく》を表す赤、破壊を示す黒――その二色からなる旗を掲げた〈血と闇の一団〉はここ数か月、砂漠の辺境の町々を破竹の勢いで落としていた。力においても数においても敵う者はもはやなく、南端《なんたん》地方は今や彼らの地も同然となっていた。

団の頭領サグは今、自らどっぷりと嵌《はま》った砂地獄の中で深々と頭を抱えていた。

彼の一団は少しばかり大きくなりすぎた。それも急速に。部下たちを養うため町を襲えば、焼け出された人々が路頭に迷い、賊と化し、回《めぐ》り回って団に加わる。まさしく悪因悪果である。サグはなるほど腕っぷしは強かったし、手下どもに比べれば多少の学はあったが、先を見通す力はなかった。実のところ彼はあと何年かこうして生きていくつもりだったのだが、気づけば悪名が独り歩きして悩みばかりが増えていった。

いっそのこと団を解体してしまえ。幾度そう思ったことか。だが、簡単に踏み切れぬ事情があった。風の噂ではあるが、砂漠の統治者イシヌ王家がこの南の辺境に公軍《こうぐん》を派遣するというのだ。いや、南どころか領全体に出兵し、各地に蔓延《はびこ》る賊どもを次々討伐しているらしい。何故《なぜ》今になってとも思うが、そもそもそれが公軍の本分である。

イシヌの女王は寛大だが、敵とみなした者には水一滴ほどの情けもかけない。うかつに盗賊団を解散して、ちりぢりになったところを軍に襲われてはたまらない。ここはぐっと堪《こら》えて、襲撃に備えるべきだ。いいや待て。どうせ軍がくるのなら、さっさと団を解体してとんずらした方が得策ではなかろうか。

堂々巡りに陥り、苛立ちが頂点に達した時だ。騒々しい物音が聞こえてきて、サグはかっと頭に血がのぼった。愛用の曲刀《きよくとう》を引っ摑み、屋外に躍り出る。

「うるせぇぞ、野郎ども！　何を騒いでやがる！」

見れば、手下たちは何故か色めき立ち、ひとところで輪を作っていた。人垣を力任せに押し分けて輪の中心に至ったサグは、二つの人影にはたと足を止めた。

天空を切り取ったような、紺碧色の衣装の女。

死の大地には不釣り合いな、柿色の衣装の女。

衣の下から匂い立つ色香に手下どもは浮足立っている。しかし、うさぎが自ら虎穴へ飛び込むが如き不自然さに、サグの直感は警鐘を激しく打ち鳴らしていた。

そんな頭《かしら》に気づくと、女たちは華やかな笑い声を立てて楽しそうに囁《ささや》き合った。その姿を例えるならば、恋の話に花を咲かせる少女の如くであった。やがて紺碧の女の方がサグに向かって親しげに歩み出たかと思うと、衣装と同じ色の被りものをしゃらと取り払った。

現れた紅《あか》い唇が、ふわりとほころぶ。

毒々しいほどに、婀娜《あだ》な微笑みであった。

「その曲刀」と、女は囁く。「貴男《あなた》が〈かまいたちのサグ〉ね」

ぞっとするような艶《なま》めかしさ、凄艶というものをサグは初めて見た。色欲ではなく、ひやりと背を伝うものの感覚に、ごくりと生唾を吞み込む。

美酒に、あるいは血に酔うが如く。紺碧の女は両の腕をふわりと広げて誘った。

「さぁ、貴男の全てを私に見せて」

それが盗賊団の最後を告げる言葉となった。


「大漁、大漁！」

ラセルタは御者台で馬を繰りつつ、天を仰いで笑った。幌付きの荷台には今回の収穫、反物《たんもの》と武具が山と積まれていた。なんとか一台に納めたが馬の歩みがどうものろい。強欲が過ぎたようだ。

「やっぱり狙うなら大きな盗賊団ね。遠いし暑かったけれど、出向いて正解だったわ。見なさいよ、この品揃え。特に反物！　皆が泣いて喜ぶわ！」

返事は「そうね」という気のない一言だけだった。

肩越しに振り返れば、彼女の親友タータは如何《いか》にも退屈した様子で幌に身を預け、手の中のものを玩《もてあそ》んでいた。盗賊の大将サグの曲刀だ。俗にいう〈風丹器《ふうたんき》〉の一種で、人を斬るようにして大気を切り取り、かまいたちを生み出す仕掛けだ。目にも留まらぬ速さで大技を繰り出すサグに、なかなかのものだとラセルタは感心したのだが。

「速いだけよ」友はあっさり切り捨てた。「どの攻撃もまっすぐで、緩急がなくて。目新しさが全くなかったわ。南端一の術士と聞いていたのに……」

ぶつぶつと呟きながら、曲刀の先で荷台の床をがりがりと引っ掻き、落書きなんぞしている姿は妙に子供じみている。落胆を隠そうともしない親友に呆れつつ、ラセルタは慰めの言葉を口にした。

「大丈夫よ、いつかきっと良いひとに出会えるわよ」

するると、深々と溜め息をつかれた。

「……そうじゃないのよ。もう飽きるほど言ったけれど」

「いいのよ、みなまで言わずとも。あたしはよく分かっているから」

タータがどんなに否定しようとも、ラセルタは確信していた。この気まぐれな親友は一年のほとんどを旅して暮らしているが、それは己の伴侶となるにふさわしい器量の男を求め歩いているのに違いないと。

「だけど貴女《あなた》、ちょっと理想が高すぎるのじゃないかしら。外の世界に貴女よりも強い人間がいると思う？　一族の男たちだって怪しいのに……。あと、いくら強くったって少しは外見も選びましょうよ。昨日の頭なんて、猪みたいだったわ」

言いながら、ラセルタは盗賊団の男たちを思い出した。どれもこれも頭に似たり寄ったりの汗と酒臭いむくつけき男ばかりであったが、一人だけいたのだ。瑞々《みずみず》しい肌をしたあどけなさの残る好男子が——

「……貴女はそろそろ控えた方が良いと思うわ」

心を見透かされたのか、不意に雲行きが怪しくなった。

「もう四人になるかしら、貴女が外から攫《さら》ってきた子たち」

「攫ったただなんて人聞きの悪いこと言わないでちょうだい」ラセルタは抗議した。「無理強いなんてしてないわよ。あの子たちがあたしと来たいと言ったのよ」

「どうかしら」とタータは冷ややかである。「昨日の男の子、震えていたわ。あれでは『嫌』とは言えないでしょう」

「だから連れてこなかったでしょ」

言い返しつつ、心の隅では未だ惜しいことをしたと思っているラセルタである。婿《むこ》というものは、ここぞという時に動かなければ永久に手に入らない。

「そろそろもう一人欲しかったのよ。掟では子供は婿一人につき二人まででしょう。今お胎《なか》にいる子が生まれたら、あと一回しか産めないもの」

ラセルタにとって妊娠は苦ではない。つわりはなく体調は良好そのもの、気分はいつもより高揚している。むしろ産んだ後の方がなにかと不便は多かった。身体はだるいし乳が張って痛い。なにより如何に豪気な彼女でも、乳飲み子を抱えて婿探しの旅に出るのは億劫《おっくう》である。従って今の子か少なくとも次の子を宿している間に、新たな婿を見つけておきたかった——が、タータは言う。

「それなら、わざわざ他所《よそ》で探さなくても一族の男の子たちがいるじゃない」

「あら!」ラセルタは目を見開いた。「婿としてなら断然、外の男がいいわ。だって愛嬌があるもの。生まれてくる子も丈夫だし。その点、一族の男たちは全然駄目よ。彼らが言い寄ってくるのは何かをして欲しい時だけ。そりゃあ、彼らの子は総じて優秀だけど、四人に一人は流れてしまうし——」

はっとラセルタは口をつぐんだ。どんなに気心の知れた仲だろうと、今のは要《い》らぬ一言であった。そっと背後を窺い見ると、相手は全く意に介していない様子である。拍子抜けするあまり、ラセルタの口をかねての疑問がついて出た。

「ねぇ、タータ。諦めたわけではないのでしょう？」

返ってきたのは悪戯《いたずら》っぽい視線だった。

「私には、貴女さえいればそれでいいの」

続きを聞くよりも先に、ラセルタはむっとした。長い付きあいで知っていた。

自分の親友はろくでなしだと。

「……だって、貴女が私の分まで産んでくれるもの」

分かっているのに毎度かっとなる。結った髪からかんざしを引き抜き、涼しげに微笑む顔に本気で投げつけてやった。が、あっさりと曲刀で弾き返された。きんっと、ラセルタの心とは正反対の涼やかな音を鳴らして、かんざしが弧を描いて飛んでいく。

すると。

「きゃっ」

かんざしが消えた荷台の奥から、小さな悲鳴が上がった。二人して顔を見合わせていると、さらに。

「きゃあああああ！」

身動きでもしたのだろうか。反物の山が総崩れになり、今度は鼓膜を突き破らんばかりの金切り声が上がった。女の声としても高すぎる。ラセルタは嫌な予感がして馬を止めた。

「あらあら」

一方、親友タータはこの不測の事態をどこか喜んでいるふしすらあった。先ほどまでの退屈そうな態度はどこへやら、曲刀を放り出していそいそと荷台の後ろに向かう。

「そこの誰かさん大丈夫？　待って。今助けてあげる」

反物を掘り返したタータは、今日一番の生き生きとした表情をみせた。

「まあ、なんて可愛らしい！」

崩れた荷物の下から現れたのは、一人の女の子だった。

こぼれそうに大きな瞳、ちょこんと小さな唇、瑞々しい桃のような産毛がみえる丸い頬。ほんのり赤みがかった衣装は着方が滅茶苦茶なうえに砂だらけ、ゆるく巻いた銅《あかがね》色の髪はあちこちはね放題ではあったが、タータが珍しく大声を上げた通り、人形のように愛くるしかった。

だが『可愛らしい』では済まなかった。少女は差し出された手を、きっと一睨みしてはねのけた。勢いよくその場に仁王立ちになると、顔を真っ赤に染め、大きく息を吸い込む。

「そのホウら、先ほどの戦い、あっぱれであった！」

幌馬車を揺らす、おおよそ子供らしくない台詞《せりふ》。

ラセルタとタータはあっけに取られて、目の前の少女に見入った。

「わらわはミ……ミ、ミミ！　という。そなたらの力を見込んで、申しつける。そなたらの里へ、わらわを連れてゆけ！」

話しぶりがたどたどしい。だが、言っていることは実に図々しい。

「さすれば、そなたらの、せっとうざい、見逃してやろうぞ！」

勝ち誇ったように言い放ち、小さな胸を堂々と反らせる姿は、不遜そのものだった。

ラセルタは、くらりと眩暈《めまい》を覚えた。これはどう見ても普通の子供ではない。どこぞのたいそう良き家柄の箱入り娘に違いない。

どうしたものか。ラセルタは頭を抱えた。このわけあり娘を連れ帰るわけにはいかない。どんな面倒ごとに巻き込まれるか知れぬ。かと言って、砂漠の真ん中に放り出すのも寝覚めが悪い。如何に生意気な口を利こうとも、相手は子供だ。

ラセルタは意見を求めようと親友に顔を向け、さらに深々と頭を抱えた。タータが少女に向かって微笑んでいたのだ。その天女の如き微笑みが放たれると大概ろくなことにならないことを、ラセルタは嫌と言うほど知っていた。

「教えて、ミミちゃん」タータの形のよい唇が酷薄に歪んだ。「どうして私たちが、貴女をわざわざ連れ帰らなくちゃいけないの？」

少女は仁王立ちのまま目をぱちくりと瞬《またた》かせた。が、すぐにまた胸を反り返らせた。

「聞こえなんだか、そこつもの。わらわを連れてゆかねば、そなたたちのあくぎょうを天下にさらしてやろうぞ」

「いいわよ」

さらりと返った答えにミミは硬直した。

「……今なんと？」

「いいわよ、どうぞ言ってちょうだい。私たちはいっこうに構わないから」

「そんな！」とミミは叫ぶ。「だ、だって……軍に追われたら、どうするつもりじゃ？」

至極もっともな指摘である。しかし相手が悪かった。

「楽しそうね」

少女のぽかんとした顔が痛々しい。そんないたいけな相手に、友は一かけらも容赦しない。

「じゃあ、さようなら」

ミミをひょいと抱き上げたかと思うと、幌馬車の外に突き出したのだった。

「ま、待て！」と悲鳴が上がる。「わらわをここに捨て置くつもりか？　そんなことが許されると思うておるのか！」

「あら！」悪女は笑う。「恩知らずがどうなろうと私はちっとも構わないわ」

空中でじたばたと暴れていた手足が、ぴたりと止まった。ただでさえ零れ落ちそうな目が、何のことかと言わんばかりに見開かれている。

「分からないかしら？　貴女、あの盗賊団に捕らわれていたのでしょう？　私たちが助けなかったら、今頃はひどいめに遭っていたはずよ」

ミミは抱き上げられたましばらくタータの言葉を反芻《はんすう》していたが、はたと気づいたらしい。

「何を言うか！　そなたたちが来たのは、まったくの、ぐうぜんではないか！」

「たとえ偶然でも、私たちは命の恩人よ。ありがとうの一言もないのかしら」

ミミは両頬を真っ赤に染めて、如何にも納得がいかないふうだったが、やがて悔しそうに「礼を言うぞ」と絞り出した。

「どういたしまして」タータは微笑んだ。「それじゃ、さようなら」

そしてなんと、本当に手を離した。とすっと軽い音がして、ミミは砂の上に落ちた。

「何故じゃ！」と叫び声が響き渡る。「わらわはちゃんと礼を言うたぞ。連れてゆけ！」

「嫌よ」タータはさらりと言い放ち、また馬車の外へと顔を出した。「そんなことをして私たちに何の得があるの？　諦めておうちに帰りなさいな、お嬢さん。送るくらいならしてあげる」

砂上の少女の瞳がふるっと揺れた。泣くかと思いきや、ミミは猛然と立ち上がった。

「帰るところなど、わらわにはない！」

淀みのない声がきっぱりと言い切る。

「頼む、強き者よ。わらわを連れていってたもれ。できることなら、なんでもする！」

まっすぐにタータを見つめる顔は、真剣そのものである。こんな小さな子供が他人に必死に食い下がらざるを得ぬ事情とは、いったい何であろうか――

知りたくない。ラセルタは思った。知ったら終わりである。不吉の始まりに違いない。ましてや連れ帰るなど、絶対にできない。

幸い、親友は首を縦に振らなかった。一瞬難しい顔をしてみせたものの、再び冷酷な微笑みを浮かべる。

「なら、教えて。貴女は何ができるの？」

「えっ」

小さな動揺の声が上がった。特に『何を』とまで考えていなかったのだろう。瞳がぐるぐるとめまぐるしく動いている。長い長い沈黙の後、ミミはやっと答えた。

「じ……字が読める！」

「小さいのにすごいのね」と誉めながらもタータの目は笑っていない。「けれど、私も読めるわ。だから要らない」

「う……歌もできる！」

「興味ないわ」

にべもない。

今度こそ泣く。ラセルタは思った。だが、ミミはやはりただ者ではなかった。肩で息をしてぶるぶると震えながらも、力の限り叫んだのだった。

「水が使える！」

そう言い放つや、少女は伸びやかに歌い始めた。なるほど本人が自負するように、鈴を振るような美しい声だったが、問題はそこではなかった。

彼女が口ずさむ旋律はまさしく〈水の丹導術式《たんどうじゆつしき》〉であった。

丹導術式とは、この世の力を操る技〈丹導術〉の作用を示した文章である。古代に使われた〈比求文字《ひきゆうもじ》〉で書き表されるため、俗に〈比求式〉と呼ばれる。今の話し言葉とは文法も発音も異なるうえ、抑揚が少しでも狂えば全く別の意味になるという、非常に難解な言語だ。中でも、水の式は桁違いに長く複雑で、使える者はごくわずか。それを年端もゆかぬ少女が朗々と唱えている――ラセルタは己の耳が信じられなかった。

ミミが紅葉《もみじ》のような手をそっと開いた。手のひらの上にあったのは、太陽の光を反射してきらきらと輝く水の珠だった。それはミミの瞳ほどの大きさしかなかったものの、完全な球体を成しており、濁《にご》りは一切なく、泡一つ混じっていなかった。

ラセルタは驚愕のあまり声を失っていた。ミミは紛れもなく〈水丹術士《すいたんじゅつし》〉であった。それも単に水を操っただけではない。乾ききった大気から、ほんの一滴とはいえ水を生み出したのだ。この幼さで、そんな芸当をしてみせるとは――

隣を窺えば、連れの唇から人を喰ったような微笑みが消えていた。代わりに、その眼差しは熱く燃え上がっている。

まずい。そうラセルタが思う前に、タータはミミに手を差し出した。

「いいわ。おいで」

「ちょっと！」ラセルタは慌《あわ》てて親友の腕を押さえた。「タータったら、本気？」

「ええ、もちろん」タータは表情一つ変えずに答えた。「問題ないわ」

「おおありよ！」ラセルタは苛立ちのあまり、我を忘れて怒鳴った。「あたしは絶対、反対よ！　こんな得体のしれない子、どんな災いを呼び込むか――」

「何を申すか！」と、金切り声が割って入った。「えたいのしれぬのは、いったいどちらじゃ。

とうぞくのすみかに押し入って、ごうだつしていくおなごなぞ、聞いたこともないわ！　そなたらこそ、あのぞくたちにとっては、立派なわざわいだったではないか！」

ぐっと言葉を詰まらせたラセルタに、ミミはさらに畳みかける。

「さてはそなた、わらわに恐れをなしたか。無理もない。しかし、ここは喜ぶところであろう？　てんよの才を持つ術士が一人、仲間になろうと言うのだから！　わらわはまだ小さいが、なに、あっという間に大きゅうなる。あんなぞくどもなぞ、一人で倒すほどのけつぶつになるであろう！」

ラセルタの横ではタータが笑い転げていた。

「素敵ね。私、こういうの大好きよ」

――そうでしょうとも。ラセルタは声なく答えた。

「だいたい災いなんて、誰にとってのものか分からないでしょう。私たちには幸運の女神かもしれなくてよ。連れていきましょう、なんの問題もないわ」

朗らかに微笑みながらそう言い切るタータに、ラセルタは折れるしかなかった。友はこうと決めたら断固として意志を変えない。変える必要がないのだ。彼女を力ずくで止められる者など、この世にはいないのだから。

結局ラセルタは、この小さな水使いを、受け入れざるを得なかった。

二　ミ　ミ

双子は不吉だと誰かが言った。

家が絶えるとか。

国が滅びるとか。

誰が言い出したのかは知らない。けれども、幼いミイアの耳にまで入ってくるほどだから、昔から皆がこうして噂していたに違いない。

ミイアの母さまは全く気にされなかった。

「そんなものは取るに足らない迷信ぞ」

そう言って、いつもお笑いになる。一度に子供が二人生まれたからといって、どうして家が絶え、国が滅びるのかと。一度に二人の姫に恵まれて、二人ともすくすくと育った。これ以上の慶《よろこ》びがあろうかといつもそう仰《おっしゃ》る。

そんな優しい母さまが、芯の強い母さまが、ミイアは大好きだった。

ある日まだ陽の光もない朝早く、母さまは娘たちを起こされた。出かけるゆえ身支度をするようにとお命じになる。女官たちがおそろいの衣装を着せてくれる間、ミイアと妹のアリアは寝ぼけまなこをこすりつつ頑張ったけれど、駕籠《かご》に入るとすとんと眠りに落ちてしまった。

次に起こされた時、駕籠は湖のほとりについていた。

ミイアたちの住む都は湖の真ん中にある。向こう岸が霞《かす》むほどの巨大な水瓶《みずがめ》はこの国の命の源。未来永劫守っていかねばならぬものだと母さまに何度も教えられていた。

母さまが左にミイア、右にアリアの手を繫《つな》ぎ、岸辺へと誘った。打ち寄せる冷たい水を衣の裾が吸い、足に纏《まと》わりつく。母さまの表情はいつもと変わらず優しげだけれど、何をお考えかは分からなかった。ミイアはなんだか不安になって後ろを振り返ったが、従者たちはうやうやしく跪《ひざまず》いて、湖に入っていく母娘を静かに見送っていた。

――帰りましょう、母さま。そうミイアが乞おうとした時。

母さまは涼やかな声で歌を口ずさみ始めた。

すると、とても不思議なことが起こった。ミイアの膝の上まで来ていた水が、さあっと退いていったのだ。母娘を取り囲むようにぽっかりと開いた空間の周りを、くるくると水が渦巻いている。渦は次第に、三人をすっぽりと繭《まゆ》のように覆い隠した。

水ノ繭。ミイアは術の名を思い出した。どうして今の今まで忘れていたのだろう。母さまは水の使い手なのだ。

湖の水は澄んでいて、水底は地上と変わらず明るかった。きらきらと光を編む湖面や、群れ泳ぐ小魚たちを見上げながら、ミイアは母さまの隣を歩き続けた。やっと足を止めたのは湖底のいっとう深くに潜ってからだ。ミイアは妹とまったく同時に「わあっ！」と息を呑んだ。

それは四面の巨大な門だった。

さらさらとした白砂地の上にそびえ立ち、東西南北に大きな口を開け放っている。水苔《みずごけ》一つない滑らかな石壁に、古代の文字〈比求文字《ひきゅうもじ》〉が余すところなく刻まれていた。でもミイアが驚いたのは、門そのものに対してではなかった。

水ノ繭越しでも分かる。とてつもない量の水が門の中から湧き上がっている。

「これは〈天ノ門〉ぞ」母さまが囁《ささや》かれた。「娘たちよ、この光景をその目と胸にしかと刻み込め。ここから湧き出る水が湖を作り、〈青河《せいが》〉となって大地を流れ、国を潤しておるのだから」

母さまはミイアの手を離すと、いつも掛けている首飾りをしゃらりと外した。砂が衣に付くのも厭《いと》わず座り込むと、首飾りに通してあるものを娘たちに差し出して見せる。

黄金色の円環だ。天ノ門の壁と同じように、比求文字がぎっしりと彫り込まれている。その名をミイアもアリアも知っていた。

二人で声を揃えて「天《てん》ノ金環《きんかん》」と言うと、母さまは柔らかに微笑まれた。

「そう、よう覚えた。これは、我がイシヌ家に伝わる〈水丹器《すいたんき》〉……水ノ繭を作る助けをしてくれるこの世でただ一つの宝物《ほうもつ》であり、天ノ門の鍵でもある。

門を大きく開け放てば水が増え、閉めれば減る。そうして湖や河の水を操るのじゃ。渇きの

季節に門を開け、氾濫《はんらん》の季節に閉じれば、民は心安く暮らせよう。それがイシヌの役目であり、よってイシヌの当主は水使いでなければならぬ……母の話が分かるか」

ミイアとアリアは頷《うなず》いた。大切な話と知っていたから、きちんと背筋を伸ばしていた。

「アラーニャ」と母さまは妹アリアを呼んだ。「そなたはこれから、イシヌ家を継ぐ者として〈丹導学《たんどうがく》〉を学び、これを修め、〈水丹術士〉としての鍛錬《たんれん》を積むこととなる」

「はい、母さま」

「ラクスミィ」と母さまは姉ミイアを呼んだ。「そなたもこれから、未来の当主を支える者として、アリアと同じ学問を学び修め、同じ鍛錬に励むよう」

「はい、母さま」

同じ声同じ調子で答えると、母さまは目を細め嬉しそうにお笑いになった。その珠を転がすような音色は、水ノ繭をお作りになった時のそれだった──


ミイア姫は、はっと目を開いた。

まず見えたのは真っ暗闇。次第に慣れてくると、くしゃくしゃに丸めた寝具をひしと抱きしめる自分の腕に気づいた。

寝室の窓から差し込む月の光に夜がすっかり更けていると知る。なんてこと、今夜は決して眠らぬとあれほど固く誓ったのに！　いったい、いつのまに眠り込んでしまったのだろう！

イシヌの城はすっかり寝静まっている。ミイアは慌《あわ》てて、けれどもこっそり寝台を降りた。

手探りで壁際の化粧台に忍び寄る。机に畳まれた小さな衣装は、暗がりではほとんど白に見えるけれども、本当はほんのりと紅《べに》がかっている。今年になって初めて着ることを許された色だった。イシヌ王家の女の装いは長じるにつれて、紅が深くなっていく。

ふくふくした手で衣を掴み、どうにかこうにか身に纏う。刺繍《ししゅう》も模様もない王族らしからぬ質素な衣は、けれども上質な苧麻《からむし》の糸で織られている。砂漠の民にふさわしく、さらりとして軽やかな生地だったが、着終わった頃にはミイアは汗だくになっていた。しかも、女官たちが着せてくれるときとなんだか具合が違った。特に裳《も》は、手前がだぶついているわりに、後ろは何故《なぜ》だか窮屈《きゅうくつ》だ。

とはいっても、衣がずり落ちてくるわけではなかったし、やり直す手間も惜しかった。ひとまずこれで良しとする。ミイアは広い袖口で顔を拭うと、寝台に戻って屈みこみ、下に隠してあった袋をたぐり寄せ始めた。

ごとり。寝台の脚に当たったのだろうか。袋の中身が鳴った。城全体に響き渡りそうなほど大きな音に思え、ミイアは飛び上がった。痛いほどの心臓の音を聞きつつ、巣穴に逃げ込んだ砂鼠《すなねずみ》のように息を潜めて辺りを窺《うかが》う。絶対に気づかれたと思ったけれど、どんなに待っても誰もやってこない。良かった、皆きっとぐっすり眠っているのだ。

今度はぶつけないように気をつけながら、袋を引き寄せた。そっと中身を確かめると、草や花を模した寄木細工の箱が一つ顔を覗かせた。ミイアの宝箱だ。小さいけれども、開けた蓋の裏には、イシヌ王家の竜の紋章がちゃんと刻まれている。

こつこつ集めた宝ものが箱にきちんと納まっていた。湖の底で妹とともに拾った朝焼け色の貝殻。城の庭で見つけた欠けのない風鳥《ふうちょう》の羽。色とりどりのとんぼ玉。

ミイアはそこに、化粧台の引き出しから幾つかの宝物《ほうもつ》を付け足した。真珠《しんじゅ》の首飾りと耳飾り。魔よけの銀細工の腕飾りと帯飾り。それから、金のかんざしも入れようと思ったけれど、少し重かったし、何より入りきらなかったので、諦めて布団の上に投げ置いた。

揺れてじゃらじゃら鳴らないよう、手拭いをぎゅうぎゅうに敷き詰めて、箱を閉じる。靴と一緒に袋に入れ直して背負うと、抜き足差し足で扉に向かった。

そうっとそうっと扉を開いて、するりと部屋を抜け出す。衛兵たちの目を盗みながら冷たい大理石の廊下をぺたぺたとはだしで駆けた。ミイアはかくれんぼが大の得意だ。「姉さまが見つからない」と妹に何度も泣かれたぐらいだ。自信はうんとあった。

しばらく行くと、ミイアの足がはたりと止まった。こんな夜更けなのに一室だけこうこうと灯りが漏れている。アリアの寝室だった。側近たちや御典医衆《ごてんいしゅう》が足音だけは密やかに、慌ただしく出入りしている。けれども、ミイアは動じなかった。忙しい大人は視野が狭いものだ。大勢が集っているのも好都合。物音や人の気配にあふれ、却って気づかれにくい。

廊下の角で息を潜めて、しばらく。顔ぶれが揃ったのか、寝室の扉がぱたりと閉ざされた。今だ。ミイアはそろりそろりと壁を伝うようにして廊下を進んだ。

「……やはり毒か」

扉の前に差し掛かった時、部屋の中から母さまの低い問いが聞こえた。

「おそらくは」御典医らしき声が答える。「アリアさまがすぐ吐かれたのは不幸中の幸いでした。じきに回復されましょう」

「しかし」と継ぐ声は、側近中の側近〈南将《なんしょう》〉のものだ。「未だ検分中ながら、下手人の真の狙いはミイアさまであったふしが。ミイア姫の御身の安全をただちに図らねば」

「どのように」と母さまが呟く。「塔に一生閉じ込めておくわけにもゆくまい」

「陛下。ことは城内で起こったのですぞ。もはや、カラマーハ帝家のお力にすがるほかありますまい。幼い姫さまを遠い東の地におやりになるのは御心痛の極みでしょうが……」

長居は無用だ。ミイアは廊下を抜け、塔の階段をひたすら駆け下りた。そのまま城の通用口に忍び寄り、使用人が出入りしたすきをついて一気に外へと走り出る。

肩越しに振り向けば、幾つもの塔をいただく美しい城が、眠らぬ街の灯りを浴びて夜闇の中に浮かんでいた。この城は紛れもなくミイアの生家だ。けれども今の彼女にとっては拵《こしら》えばかり立派な鳥籠のようなものだった。

「これにて、おさらばじゃ」

ミイアはふんと鼻を一つ鳴らし、城に背を向けた。袋から靴を放り出すと、つっかけるようにして履き、城下町の人混みの中へと駆け出す。今度は一切振り返らなかった。

――そうだ、これからは新たな名が要《い》るではないか。ミイアははたと思い立った。きちんと考えておかなくては。どうせならうんと凝りたいけれど、元の名とあまりに違うと、うっかり忘れてしまうかもしれない。そう、例えば……〈ミミ〉はどうだろう――

城が大騒ぎになったのは、ミイア姫が抜け出してたっぷり経ってからだった。

三　風使い

地平線が白む頃、ハマーヌは安宿の一室の立て付けの悪い扉をぞんざいに押し開いた。中は無人であった。先日ふらりと出て行った彼の連れはまだ帰る気がないらしい。そろそろ戻る頃かと朝市で二人前の朝食を買い求めたが、どうやら無駄となりそうだ。

薄っぺらな板に脚を打ちつけただけの机に、白い湯気の立つ油紙の包みを二つ並べる。羊肉と刻んだ野菜を包んだ、揚げたての饅頭《まんじゆう》である。続けて置いた皮袋には、山羊《やぎ》の乳で甘く煮出した茶が入っている。いずれも砂漠の大地〈砂ノ領《すなりよう》〉での定番の朝食だ。

砂ノ領はイシヌ王家の治める地である。その名の如く、豊富にあるのは砂ばかりだ。イシヌの都のある湖や青河《せいが》の周囲は田畑をそれなりに見るものの、他は、砂漠にたまに湧く水場をよすがに町村や牧草地が点在する程度であった。

そんな厳しい砂の大地は〈火ノ国〉の西域に位置する。その東隣には、豊かな田園の広がる穀倉地帯〈草ノ領《くさりよう》〉があり、国主カラマーハ帝家が治めている。

そう、火ノ国には西のイシヌ、東のカラマーハの二つの統治者が存在した。本家のカラマーハが分家のイシヌに国の西域を預けたことから始まったと聞く。火ノ国は島国ながら実に広大なのだ。なにしろ、草ノ領の極東にそびえる霊山〈火ノ山〉を越えた先には、文明の光届かぬ未開の地が広がっているという――

そこから先はハマーヌの理解の外であった。そもそも理解なるもの自体が、彼の能力の外にあった。西だの東だのと聞いた時点で、彼の頭は砂嵐の如き混沌の中に取り残されてしまう。なにしろもうすぐ齢《よわい》二十になろうというのに、どちらが右でどちらが左か、必死になって考えねば分からぬほどの出来の悪さである。

また都合の悪いことに、ハマーヌが現在滞在する地は〈南境《みなみざかい》ノ町《まち》〉という。イシヌの都のある中央区と、南区の境界に位置するためだが、さて、南とは日の出に向かって利き手側か、その反対か。こうなるともう全くのお手上げである。

町の者も、南境という名を気に入ってはいないようだ。彼らは密かに〈風《かぜ》ト光《ひかり》ノ都《みやこ》〉とこの地を呼ぶ。ハマーヌはここの生まれではないが、仕事を求め、連れと頻繁に訪れる。そのときいつも泊まるのが、この場末の古ぼけた安宿だ。連れは毎度着くなり町に繰り出すので、ハマーヌが決まって留守居役となっていた。

それにしても、そろそろ戻ってきてもらわないと困るのである。

ハマーヌは懐《ふところ》から取り出した小さな巾着袋《きんちゃくぶくろ》を、机の利き手側の隅に置いた。そこには同じような袋が八つ、小山を築いていた。全て小銭入れである。連れが用意していったもので、それぞれに銅小判《どうこばん》が一枚ずつ入れてあった。ハマーヌは腹が空くと、これを一つ持って出かけて、屋台の親父に中身を差し出し、もし釣りが返ってくればそれを小袋の中に戻す、ということを繰り返していた。屋台の売りものならば銅小判で大概のものは買えるため、勘定せずとも済むという算段だ。

そう、ハマーヌは勘定も不得手であった。じっくり数えればなんとかなるが、急に幾ら幾らと言い放たれると、どの貨幣を出すべきか分からなくなるのだ。そもそも今朝、二人前の饅頭を注文したことも彼にはかなりの賭けだった。足りないと言われたらどうしたものかと小半刻ほど市場をぐるぐる回って逡巡《しゅんじゅん》した。それでも注文に踏み切ったのは、算段がついたからではなく、他の客たちの注目に気づいたためだ。彼は何故《なぜ》か人目を引く。彫りの深い顔、切れ上がった三白眼《さんぱくがん》、触れれば刺さりそうな紺鉄《こんてつ》の髪色のせいか。

結果として饅頭二つに乳茶《にゅうちゃ》が買えたうえ釣りもあったので、持ち金は十分あるようだ。とすると今までの釣銭を掻き集めれば、もう幾日かは不自由しないはずである。そのはずであるが、さて実際どれほどの額が手もとにあり、どの貨幣が幾らに相当するのか。それを割り出すのはハマーヌにとって至難の業であり、おそらく一日仕事となろう。

巾着袋の山を眺めるだけで眩暈《めまい》を覚えたハマーヌは、早々と考えるのを諦め、目深に被っていた鉄《くろがね》色の長衣《ながぎぬ》を外した。〈襲衣《おすい》〉という、頭巾付きの被りものだ。膝下までの長さの綿布で、頭巾を被って首の留め具を掛ければ、鼻と口を隠すことができる。昼には砂除けと日差し避け、夜には寒さ避けに使われる、砂漠の旅人の外套である。

襲衣を丸めて寝台の上に放り投げれば、ぼふっと軽い音がし、土ぼこりがもうもうと舞ったが、気には留めなかった。一歩外に出れば、たちまち砂まみれになるような土地だ。気にするだけ無駄である。

がたつく椅子を足で引き寄せて、がさがさと饅頭の油紙の包みを開く。さくさくとした揚げたての皮にかぶりつけば、肉汁と野菜の甘味がじゅわっと口に広がった。まぶした数々の香辛料が鼻腔《びこう》を心地よくくすぐる。

たったの三口で一つ食べ終えてしまった。満腹にはほど遠かった。もう片方の包みを見れば白い湯気が誘うが如くゆらゆらと揺れている。こちらは落花生入りだったはず。

連れが戻ってくるかもしれぬし、戻ってこなければこなかったでこれを昼食にとっておけば勘定の心配が一つ遠のく。そう思いつつ、ハマーヌは包みに手を伸ばした。こういったものは温かいうちに食べてやるのが一番である。

がさがさ油紙を鳴らしていると、不意に騒々しい足音がした。ハマーヌが慌《あわ》てて饅頭を包み直した直後、扉が勢いよく蹴り開けられた。

「ハマーヌ！　おい、ハマーヌ！」

興奮しきって部屋に飛び込んできたのは、一人の若者であった。ハマーヌの仕事の連れウルーシャである。無造作に束ねた鳶《とび》色のくせっ毛に垂れた目尻。どことなく猫を思わせる風貌だ。どれほどの距離を全力疾走してきたのか、硫黄《いおう》色の襲衣を引っかけた細身の肩を上下に激しく揺らしている。

ウルーシャは息を整えようともせず、ハマーヌに飛びついてきた。

「ハマーヌ、よぉく聞きやがれ！　仕事だ。でっけぇ話が舞い込んだぞ！」

それを皮切りに、常の如く、砂丘を転げ落ちる小石の勢いでまくし立てられた。

「呑気に朝飯なぞ喰いやがって。お前ねぇ、このウルーシャさまに感謝しろよ！　お前がぐうたらしている間に、町中を駆けずり回って飯の種を集めてきたンだからよ！　第一、仕事仲間に挨拶回りにも行かねぇなんて、どういう了見してやがンだ。付きあい酒の一つ世間話の一つぐれぇ、できねぇでどうすンだよ！」

今更である。どこへ行き着くとも知れぬ会話、そんなものを聞くようには彼はできていない。そのことは相棒であるウルーシャが一番よく知っているはずだ。

「いや、俺の望みが高すぎた」相棒は独り首を振った。「お前に愛嬌を振りまけとは言わねぇ。だがな、せめて人の話をじっくり聞けよ！　何度も言うがな、何の役に立つのか分からねぇ話ってのが、一番肝心なンだよ！　うまい話ッてのはな、勝手に転がって来やしねぇんだから！」

ハマーヌは言われた通り、じっと耐えて耳を傾け続けたが、その『うまい話』の内容がなかなか出てこない。ついには、ウルーシャは寝台にひっくり返り「こちとら昨日の昼から飲まず食わずよ！」だの「疲れた、腹減った、咽喉《のど》が渇いた！」だの、かんしゃくを起こし始めた。

こうなると話の先を促しても無駄だと、常の経験から知っている。ハマーヌはそんな相棒に、油紙の包みと乳茶の皮袋を投げてやった。

「おっ、まだ温かいじゃん」

少しは機嫌が持ち直したらしい。しかし、がさがさと油紙を広げる音の後、再び怒号が響き渡った。

「おい！　かじってあンじゃねぇか！」

ほんの味見程度である。

「お前はもう食ったンだろ、この大食漢の居食い野郎！　ちったぁ働きやがれ！」

ウルーシャの説教に、ハマーヌは黙って部屋の隅を指差した。そこには天幕や麻布など、旅の必需品が積まれていた。以前使っていたものが古くなったので、ウルーシャの留守中ハマーヌが新調しておいたのだ。

「あのな、ハマーヌさんよ。そりゃ、俺がぜぇんぶ手配しておいたのを、ただ引き取ってきただけじゃねぇか。ンなのは、やって当たり前だろ。なに自慢げなツラしてやがんだ」

『ツラ』は見えないはずである。ハマーヌは今、彼に背を向けている。

「背中に書いてあんだよ」

ウルーシャはそう吐き捨てた後「あちっ！」と合の手を入れた。茶を飲もうとしたのであろう。彼はその後も、ぶつぶつと文句を言いつつ饅頭を頬張っていたが、腹が満たされると気が済んだらしい。寝台からひらりと飛び降り、ハマーヌの前に何やら四角い物を置いた。

「まぁ、ともかくだ。これを見ろ」

寄木細工の小箱であった。工芸品の類《たぐ》いにとんと疎《うと》いハマーヌも、これは逸品と即座に分かった。いったい何種類の木材が使われているのだろうか、木の風合いとは多種多様で色鮮やかなものと、これを見て初めて知った。感嘆しつつ蓋を取ると、中は空だったが、何気なく蓋を裏返して彼は目を見張った。

イシヌ王家の御印《みしるし》、竜の紋が刻まれている。

驚いて顔を上げれば、したり顔のウルーシャが目の前にいた。

「ここの市《いち》にゃあ、他の町じゃ売れねぇモンが、領中から流れてくるだろ？　掘り出しモンがねぇかと必ず寄るようにしてンだよ。そこで見つけた」

とするとこの男はここ数日、知り合いに挨拶を済ませ、世間話や付きあい酒に興じる傍《かたわ》ら、闇市を片っ端から覗いていたわけだ。なんという胆力の持ち主か。耳よりな話を得られる保証もない中、よくぞ気力がもつものだと、ハマーヌは恐れ入るばかりであった。

「ことの始まりはな、付きあいで呑んだ時、妙な噂を小耳に挟んだんだ。それによるとイシヌの城は今てんやわんやの大騒ぎらしい――どうしてか分かるか？」

ハマーヌが考えもせず首を横に振ると、ウルーシャは愉しげに笑い、耳打ちした。

「上の王女ラクスミィが雲隠れしたんだ。まあ、表沙汰にはされてねぇから、あくまで噂だがよ。それを聞いた直後、闇市でこれを見かけたってわけだ」

ウルーシャの指が寄木の小箱をとんとんと叩く。

「俺としたことが、つい言い値で買っちまったぜ。で、そこの店主の話じゃ闇市は最近ちょいと賑わってンだと。いつもは出回らねぇようなモンがぽろぽろ流れてくるようになったらしい。それは、雲隠れの噂が出始めた時期とぴったり一致してンだな。こりゃあ、ひょうとするとひょっとするぜ」

ウルーシャの目が野心にらんらんと輝いている。

「で、こっからが本題だ。王女の噂を聞いたカンタヴァさんが——なんだよ、その顔。まさかまた忘れたのかよ。俺たちの頭領だよ。いつになったら覚えンだよ——まあいい。でだ、そのカンタヴァさんが腕の立つ奴らを集めて王女を極秘に探し始めたらしい。もし俺らが皆を出し抜いて王女を見つけりゃ、大手柄だぜ！　出世間違いなしだ！」

高らかに咆《ほ》えると、相棒は懐から小袋を取り出した。ころんと机に転がり出たものは、満月の如き完全無比な形と、ほのかに紅《べに》がかかった光沢が麗《うるわ》しい、一粒の真珠《しんじゅ》であった。

「店主の話じゃ、最近流れ出したお宝の中で一番多いのはこの薄紅色の真珠らしい。首飾りかなんかをばらして少しずつ売ってンのか、売った後にばらされたのか。なんにせよ、これをとっかかりに足取りをたどっていけば、必ず王女に行き当たる！」

ウルーシャは椅子から跳びはね、ハマーヌに飛びついた。

「支度するぞ、ハマーヌ！　陽が傾いて来たら、すぐに町を出るんだ！」

来た時と同じ威勢のいい足音を立てながら、ウルーシャは部屋を飛び出した。ハマーヌは鉄色の襲衣を引っ摑み、荷物を一度に担ぎ上げると、相棒に続いた。

市場で水樽と干し肉を調達し、全て幌《ほろ》馬車に積み込む。ウルーシャが最後の聞き込みに出ている間、ハマーヌは町を囲む防塁《ぼうるい》に登り、外の景色をぐるりと見渡した。

紺碧《こんぺき》と黄金。

それがこの地を支配する二色である。

突き抜けるように高い空のもと、見渡す限りの砂の大地が、大海の如く波立っている。町の周りの砂丘は小さく、反対に遠くのものは山のように大きい。こうして地平線を眺め続ければ、距離という感覚は次第にあやふやになり、方角は互いに混ざり合い、天と地の境界もゆるやかに溶け合って、地をしかと踏みしめているはずの己の足が、ひたすら頼りなく思えてくる。

ハマーヌはその感覚に逆らわず、静かに瞼《まぶた》を閉じた。天と地のはざまへと己の六感を飛ばす。延々と連なる黄金色の波。その肌をなめらかに撫でていく、大気の流れを追いかける。

——凪《な》いでいる。

ハマーヌがそう思った時、足もとのはるか下から彼を呼ぶ声がした。

「おぉい、ハマーヌ!」

ウルーシャが帰ったらしい。己の立つ場所へ意識を瞬時に引き戻されたハマーヌは、焼けるような陽光に目が眩《くら》んだ。軽く頭を振って残像を払うと、急《せ》かされるままに防塁を下りた。

地面に着くや否や、相棒は早速「どうだ、凪は?」と訊いてきた。しかし、ハマーヌが口を開く前に「そうか、よし!」と手を打った。

「じゃあ、砂嵐の心配がねぇうちに、さっさと行くぞ!」

こうして二人は砂海《さかい》へと乗り出した。

砂ノ領中に星の如く散った紅真珠を丹念に追う。ウルーシャは行く先々で訳ありの品を扱いそうな店をぴたりと探し当てた。どれもこれも入り組んだ道の奥にあり、看板すらない。店主とじっくり話し込んだ後、彼は決まって手冊を取りだし、何葉にもわたってびっしりと文字を書き込んでいった。

やがてウルーシャは紅真珠を最初に買い取った店を突き止めた。今回は裏通りながら看板がかかった正規の店である。これを見てハマーヌは外で待つことに決めた。彼はどうにも目つきが鋭く体格の良さもあって、堅気《かたぎ》に警戒されがちだからだ。

「だから、笑えってンだ」とウルーシャがぼやく。「愛想笑いでいいからよ。せっかくのツラ、無駄にしやがって……」

手本を見せるように如何《いか》にも人好きのする笑みを浮かべて、ウルーシャは店の中へと消えていった。ハマーヌはやはり外に留まった。日干し煉瓦《れんが》に赤土を塗っただけの、味気ない壁にもたれかかる。男の肩幅ほどしかない狭い路地から見上げれば、空が細長く切り取られていた。その吸い込まれそうに濃厚な青を眺めること、しばし。

再び現れたウルーシャの表情は、入る前のものとさほど変わらなかった。ハマーヌに「よう、待たせたな」と手を振ってみせたきり、無言で店を離れていく。さては見込み違いだったなとハマーヌが独り合点していると、ウルーシャがくるりと振り向いた。

偽りのない満面の笑みだ。

「大当たりだぜ！」興奮を抑えきれぬふうに言う。「あの店だ、間違いねぇ。真珠どころか、小箱ごと持ち込まれたってよ！　売りにきた奴らは、紅真珠が本物とは思ってなかったらしいけどな。とんぼ玉やら貝殻やらと一緒くたにして『子供の玩具《おもちゃ》箱だけど、細工が凝ってッから買ってくれ』だとよ。あの店主もやり手だぜ、しっかり買い叩いてやがんの。ともかくだ、売り手は旅の楽士風情だったらしいぜ！」

入手した情報をもとに聞き込みを始めたウルーシャは、ものの数日で、ラクスミィ王女と思しき少女を連れた一座と、彼らの向かった先までもを割り出していた。

「南端《なんたん》地方だとよ」と言ってから、ウルーシャは声を落とした。「ちっと不味《まず》いな」

ハマーヌは頷《うなず》いた。南区からさらに下った南端地方は近頃〈血と闇の一団〉という盗賊団に牛耳られており、かなり荒れていると聞いた覚えがあった。

砂ノ領は痩せた土地にもかかわらず、意外と人口が多い。人が集まる理由は、砂ノ領の当主イシヌの方針にあった。幅広い自治の保証である。納税と戸籍の提出、そして幾つかの規範を守りさえすれば、どこの出身だろうと、何を信奉しようと、どんな暮らしを営もうと、お咎めなしである。よって自由を愛する人々がこぞって砂漠に集結し、各々思い通りの町を作り上げていた。砂ノ領とはいわば開拓者の地なのだ。

イシヌの御旗のもと各町は表面上友好を保っているが、もちろん例外もある。特に統治者の目の届かぬ辺境の地域は、何かと諍《いさか》いが絶えない。湖や青河のある中央区に比べ格段に厳しい環境とあって、略奪も糧《かて》を得る手段の一つだ。辺境の民の言う〈出稼ぎ〉とは即ち、他集落への襲撃を意味した。

欲しいものは盗る。それが辺境の掟であり、一種の秩序であった。時には町そのものを奪うこともあるが、侵略者はそこに住むつもりで来ているため、戦いといえど大概はごく小規模なもので、誰が勝とうが負けようが暮らしはそれなりに続いた。

問題は〈血と闇の一団〉のように、その暗黙の了解から逸脱した無法者の集団だ。彼らは略奪のみによって生きている。町から町へ移り土地を食い荒らしていく、白蟻の如き蛮族である。井戸や水路を破壊されて復興を断念した町も一つや二つでないと聞く。

「やべぇな」とウルーシャが呟く。「盗賊団は大抵、人買いとも繋《つな》がってッからな。姫がとっ捕まって、外ツ国《とくに》にでも売られちまったら、追うのは難しくなるぜ」

猶予はない。二人はすぐさま馬車に飛び乗った。夜を徹しての移動の始まりである。

陽の落ちた砂漠は文字通り凍るように寒い。冴え冴えとした星明かりのもと、二人の吐く息が白々と映えた。砂丘の谷間を縫う公路の上を、二頭の馬のひづめと四つの車輪が、砂と霜を散らして進む。冷えて重くなった大気が砂丘を駆け下りて強風となり、馬車の幌を船の帆のように膨らませた。風の力を受けると、馬の脚が飛ぶように速まった。

それは、二人が南端地方に入ってすぐの早朝のことであった。

暁光に暖められた霜から、乳を流したような朝もやが立ち昇った。それまで一心に馬を走らせていたハマーヌは、急に手綱を引いた。馬がいななき、がくっと荷台が揺れ、身体に襲衣を巻きつけ寝ていたウルーシャが「うわっ」と小さな悲鳴を上げる。

「おい、なんだよ、いきなり……」

ぼやきを聞きながら、ハマーヌは濃霧にぼうっと浮かぶ太陽を見つめていた。連れは、ことを察したらしい。溜め息まじりに御者台にやってきて、太陽と馬車の行く手を差し示した。

「あっちが東、こっちが南。なんだ、合ってンじゃねぇか。このまま進め、いいな?」

そう言い捨てるや、さっさと襲衣にくるまり直ってしまう。しかし、ハマーヌにはその一言で十分であった。意気揚々と手綱を打ち鳴らし――再びがくりと止まった。

「うおぉい、もうかよ!」ウルーシャが叫ぶ。「今、確認したばっかじゃ――」

そこで連れの罵倒《ばとう》は終わった。朝もやの向こうに蠢《うごめ》く影に気づいたらしい。御者台を降りたハマーヌを追って、彼もひらりと荷台から飛び降りる。

二人が砂の上に降り立ったのと同時であった。

朝もやに影が浮かび上がった。初めは一つ。それが三つ、四つと増えていく。やがて初めに浮かんだ影がぜぇぜぇと息を切らしながら、二人のもとへ駆けてきた。

「た、助け、て……」

そう言ってくずおれた男は、ハマーヌたちより一つ二つ若いだろうか。造作は悪くないが、恐怖に目を血走らせ、顔は引きつって肌は乾ききっている。青年は咽喉からひゅうひゅうと笛のような息を吐きつつ、ハマーヌの脚にすがりついた。

「おい、てめぇら。そいつを渡しな」

朝もやの向こうから、割れ鐘のような声が響いた。青年を追って現れた男たちを見て、ウルーシャが嬉々として耳打ちをした。

「〈血と闇の一団〉だ」

なるほど確かに赤と黒の旗を掲げている。しかしハマーヌの目には、十人の盗賊はいずれも彼らが追う青年と似たり寄ったりの余裕のない表情に見えた。例えるなら、急に群れを失ったはぐれ狼であろうか。

場違いな愛嬌たっぷりの笑顔を浮かべ、ウルーシャは盗賊らへと歩み寄った。そんな相棒に倣って、ハマーヌも襲衣の前をはだけるように両手を挙げる。武具のないことを示すためだ。

ところが十組のぶしつけな目線は何故《なぜ》かハマーヌの顔や身体つきを舐めるように確かめた。

やがて、馬車に気づいた彼らは荷台をしげしげと覗き込んだ後、ちッと舌打ちした。

「しけた荷だぜ。仕方がねぇ、てめぇらで補ってやらあ。こっちの兄ちゃんはちょいとトウがたっちゃあいるが、行くところに行きゃあ、高く売れらぁ」

そう言ってにやつきつつ、剣の鞘《さや》の先でハマーヌの胸板を小突いてくる。ハマーヌは怒りに任せて足を踏み出しかけたが、ウルーシャに肩を叩かれて、ぐっと堪《こら》えた。

「なぁ、旦那がた。この辺で小さな女の子を見ませんでしたかい」

探りを入れるウルーシャの、のんびりとした口調が、相手の癇に障ったらしい。

「口を利くんじゃねぇ、殺されてぇのか！」

盗賊の一人が唾を飛ばして叫びながら、ウルーシャの鼻先に剣を突きつけた。

それが、ハマーヌの我慢の限界であった。

次の刹那《せつな》、太刀は折れ、くるくると宙を舞っていた。

殺戮《さつりく》の赤、破壊の黒。〈血と闇の一団〉の二色の旗は、南端地方随一の力の象徴である。これを掲げれば、ただのごろつきが一瞬にして砂漠の支配者となれるのだ。

南端地方を我が物顔でのし歩いていたその最中、大きな厄災が突如として彼らを襲った。

盗賊団は一瞬にして壊滅の憂《う》き目に遭った。何が起こったのかを把握する暇もなく、下っ端たちは命からがら逃げ出した。順風満帆であったはずの大船が前触れもなく沈み、荒れ狂う波に投げ出された彼らは、どこに向かって泳ぐべきかも分からなくなっていた。彼らに残された道は結局のところ、盗賊としての生き方だけであった。

〈血と闇の一団〉の崩壊した根城から、囚われの人々がばらばらと脱走していた。彼らを売り飛ばせば、当面は糊口《ここう》を凌げるだろう。そう判断した盗賊団の残党十人が、のろまな旅芸人の青年に目をつけ、いざ回収せんとしていた時である。

鉄色、硫黄色の襲衣の、妙に場馴れした雰囲気の若者二人に出くわした。

「なぁ、旦那がた。この辺で小さな女の子を見ませんでしたかい」

「口を利くんじゃねぇ、殺されてぇのか！」

一人が唾を飛ばして叫びながら、硫黄色の襲衣を着た優男《やさおとこ》に太刀を突きつけた時である。

きんっという澄んだ音。くるくると宙を舞う刀身。はるか後方に吹き飛ぶ仲間。

さらに二人、もう二人と、仲間たちが濃霧の中に消えていく。

六人目が砂に沈んで初めて、盗賊たちは攻撃されていることに気づいた。訳が分からぬまま迫りくる鉄色の影に剣を振り下ろす。

返ってきたのは凄まじい衝撃であった。柄だけを残し、粉々に散る刃。一瞬で武器を失った男の目は、鋼の剣を叩き割った拳《こぶし》が、己の腹にのめり込むのを辛うじて捉えた。ほんの数回の瞬《まばた》き。その間に盗賊はたったの三人となっていた。

彼らは悟った。鉄色の襲衣の男。こいつと、真正面からやり合っては駄目だと。

「おいおい、ハマーヌ。話の途中だろうがよ」

場にそぐわぬ朗らかな声。鉄色の襲衣の男の動きが一瞬、鈍る。すきをついて盗賊たちは突進した。如何にも非力そうな硫黄色の襲衣の優男に。

摑みかかったはずの手は虚《むな》しく宙を掻いた。ぐにゃり、と景色が歪み、激しい眩暈が彼らを襲う。次の瞬間、彼らは砂地の上に折り重なるように倒れていた。

優男は消えていた。いや違う。鉄色の男の肩に寄り掛かるようにして、こちらを見て笑っている。いつの間に移動したのか。あたかも、初めからそこにいたかのような佇《たたず》まいであった。

ありえない。その言葉だけが、彼らの頭の中で鳴り響いた。混乱のあまり、完全な恐慌状態だった。鉄色の裾から覗く足先がなにげなく動いた時、男たちは全員思った。

殺される、と。

一人は逃げ出した。一人は奇声を上げて、怪物たちに突撃した。もう一人は懐の中を探り、震える指で葉巻のような筒を取り出した。

それは、ひどく短い吹き矢であった。〈火筒《ひづつ》〉と呼ばれる〈火丹器《かたんき》〉の一種だ。筒には〈比求文字《きゅうもじ》〉と呼ばれる太古の文字によって火の作用を持つ術式が彫られており、軽く一吹きするだけで強弓《ごうきゅう》以上の威力が出る。

込められた矢は、たったの一本。外せば終わりだ。男は、死に物狂いの者のみが有する一種独特の集中力をもって筒を構えた。

彼の張りつめた視神経が、異様にゆっくりと目の前の光景を捉えていく。

斧を振りかざし、がむしゃらに突っ込む仲間。迎えうつ鉄色の男は、悠然と身体を沈み込ませた。襲衣の隙間から一切の迷いなく突きだされる掌底。

触れたようには見えなかった。それなのに仲間の身体は宙を舞った。突風に攫《さら》われたが如く。

男がそう思った刹那、黄金色の砂の大地をざあっと風が駆け抜けた。白霧は打ち払われ、黒に限りなく近い、深い深い緑の衣が旋風の如く舞い上がる。

風だ。男は思った。こいつは、風だ――

恐怖のためか、それとも畏怖か。男は火筒を構えたまま凍りついていた。すると景色が再びぐにゃりと蜃気楼《しんきろう》のように揺らぎ――気づいた時には、その風が彼の目の前にいた。

「あーあ。全員ノシちまって」

ウルーシャが呆れたように、だがどことなく痛快そうに呟きつつ辺りを見渡した。朝もやが晴れた砂の上に、襲撃者たちが点々と転がっている。

「せっかく何か分かるかと思ったのによ。お前って本当、奔《はし》りだすと止まれねぇのな。まぁ、火筒を持ち出されたンじゃあ仕方ねぇけどよ」

ウルーシャが屈みこみ、足もとの砂地に刺さった細い筒を拾いあげている時であった。「あ……あ……」というか細い声が、そよ風に乗って流れてきた。

「おっと、いけねぇ」ウルーシャが額をぴしりと叩く。「そうだった。一人残ってンだったな」

声を追って荷台の裏へと回り込むと、助けを求めてきた青年が隠れていた。ハマーヌを見るなりびくりと大きく身体を慄《おのの》かせ、へなへなと砂にへたり込む。

「大丈夫だ、ナンもしねぇって」と言って、ウルーシャは人の好い笑みを浮かべた。「災難だったな、あんた。まぁ、乗れよ。水と干し肉ぐらいしか出せねぇけど」

気さくな物言いに安心したのか、恐ろしさのあまり逆らえぬだけなのか、青年はのろのろと腰を上げた。が、なかなか荷台に足をかけられずにいる。ハマーヌはさっさと放り込んでやろうと思ったが、ウルーシャに一睨みされ、大人しく御者台に上がり、ただひたすらに待った。

「いいぜ、出しな」

号令を受けて手綱を振るうハマーヌの後ろで、ウルーシャが青年の世話を焼いている。「少しずつ、含むようにして飲めよ」だの「干し肉、固すぎるな。ちょっとふやかすか」だの、不気味なほど甲斐甲斐《かいがい》しい。情けを受ける当人の心には随分染みたようで、嗚咽《おえつ》が聞こえ始め、連れが背を擦《さす》ってやっている気配がした。

ウルーシャの手練手管にすっかり籠絡された旅芸人の青年は、尋ねられるままに語り始めた。

「俺がいた一座にはさ、この地方の生まれの奴が多かったんだ。それが最近、南からは物騒な話ばっかり流れてきてさ。俺たちは流れ者だけど、故郷がどうなっても構わねぇってわけじゃないんだ。で、ちょっと様子を見に行こうって話になったんだよ……でも途中で盗賊に襲われちまって……」

そこから延々、囚われの身に堕ちた嘆き節が続く。しかも、話はどんどん遡《さかのぼ》っていく。芸を身に着けるまでの下積み時代。一座に拾われるまでの苦労話。里を飛び出した経緯。里の暮らしの貧しさ。家と水場を行き来し、濁った水を瓶《かめ》に溜めるだけで暮れゆく日々。母乳をごくごく吸う赤ん坊の弟が羨《うらや》ましくてならなかった、飢えと渇きの幼少期――

ハマーヌは苛立った。青年の身の上など興味はないし、その程度の境遇なら砂ノ領ではありふれている。それより、王女らしき娘は一座にいたのか否か。口を挟みたかったが相棒にどやされるだけなので、ハマーヌは耳を傾けるのを止め、流れゆく雲を眺めた。

心を無にすること、しばし。彼の意識を引き戻す話が飛び出した。

「……牢屋にみんなで押し込められて、これからどうなるんだろうって話してた時だ。盗賊たちが騒ぎ出したと思ったら、すぐに静かになって……。気づいた時には、盗賊団はぶっ潰れてた……」

「なんだってぇ?」ウルーシャが叫んだ。「〈血と闇の一団〉が、壊滅? 襲撃を受けたってぇことだよな。いったい相手は何モンだ?」

答えは出なかった。青年は当時牢の奥におり、何も見ていないらしい。

「そうか。じゃあ、しょうがねぇな」と言いつつ、ウルーシャは不満げであった。「で、自力で牢を破って逃げてきたってわけだな?」

相棒はすでに関心をなくしたようで、ぞんざいに言い放ったが、よく聞けば、牢の扉を親切にも開けてくれた者たちがいたという。

「おいおい、それを先に言えって」元気づいたウルーシャが明るい軽口を叩いた。「そいつらが盗賊団を襲った連中に違えねぇ。で、どんな奴らだった？」

ウルーシャが先を急かすが、青年は言ったものかどうか迷っているようであった。

「その、女の人が二人……」

「は？」ウルーシャが素っ頓狂《すっとんきょう》な声を上げた。「おんなぁ？」

ハマーヌが肩越しに振り返ると、青年は居心地悪そうに身体をゆすっていた。

「そう。青っぽい衣と、橙《だいだい》色っぽい衣の……。その二人が錠を開けてくれたんだ」

「待て待て。そいつらだけじゃあねぇだろうよ。他にも仲間がいたんじゃねぇか？」

ウルーシャが尋ねても、青年は肯定とも否定ともつかぬふうに頭《かぶり》を振るばかりだ。

「二人で蔵を探って、反物《たんもの》とか武器とかを運び出して、幌馬車に積んでた。他に誰かいたようには見えなかったなぁ……。だけど、なんでかな。俺、そいつらが怖くてたまらなくってさ……。優しく話しかけられたのに、震えるばっかで、なんも答えられなくって」

「へぇ、なんて言われたんだ？」

青年は急にもじもじと手を結んだり開いたり、落ち着きを失くした。促されると、彼はさも言いにくそうに、女の一人が放った言葉を再現した。

曰く『可愛い貴男《あなた》、あたしと一緒にいらっしゃい』。

ハマーヌは呆れ返った。連れを見れば、驚きを通り越して困惑しきりの表情である。ここにきて青年の話がまるで信用できなくなったのだから、無理もない。

砂ノ領には、神話や伝説、怪談奇談の類いが多い。例えばイシヌ家の祖は太古の昔、東の果ての霊山・火ノ山より降臨した神人と謳《うた》われる。西の果ての樹海には、胴が蛇で、手足が樹、蜘蛛《くも》の如き指を持つ、半人半獣の〈水蜘蛛〉なる水の精霊が棲むという。また、戦乱の地には美しい女に化けた妖《あやかし》が現れて若い男を攫っていくというのも、有名な話であった。

真面目に聞いていた話が突然に虚言じみてきて、さしものウルーシャもがっくりと肩を落としている。その姿に憐れみを覚える反面、ハマーヌは思った。

ほら見ろ。やっぱり、何の役に立つか分からねぇ話は、役に立たねぇんだ、と。

第一章

一　水蜘蛛《みずぐも》族

「さぁ、ミミちゃん」紺碧《こんぺき》の衣のタータが歌うようにミイアを呼んだ。「もう少しで私たちの故郷に着くわ。慌《あわ》ただしくなるから、今のうちに昼ごはんを済ませましょう」

「あい分かった」ミミは頷《うなず》くと「では、わらわが水を出してしんぜよう！」

その意気込みは空振りに終わった。タータが皮袋に満々と入った水を差し出して来たのだ。ミミは袋を受け取りながら、馬車の中を今一度眺めた。荷物は、山と積まれた反物《たんもの》に、丹導器《たんどうき》らしい武具が少々、それからタータたちがもともと持っていた干した肉と果物の包み。……それだけだった。

これはなんだか妙に思えた。一座と旅をしていた時、荷台を一番占領していたのは水樽だったのだ。馬という生きものは人と同じく汗をかく。砂漠の馬は草原の馬より渇きに強いけれど、やっぱり水はたくさん要《い》るのだと、旅芸人たちは言っていた。

腑《ふ》に落ちないながら、こぼさないようにゆっくりと袋を傾け、水を飲む。これも団員たちに教わった飲み方だった。そうして何気なく幌《ほろ》馬車の後ろに顔を向けた時だ。

ミミは目を剝《む》いた。ミミたちの馬車が公路を大きく外れて、砂丘の斜面を登っていたのだ。柔らかな砂地に埋まることもなく、からからと軽やかに回る車輪、ぱかぱかと鳴る馬のひづめ。よく見れば、馬車が通り過ぎたところだけ砂が固まって、平らな石の道のようになっている。けれどもそれも、馬車が遠く離れると、わだちやひづめの跡もろとも、さらさらと砂に還っていくのだった。

これはどうしたことだろう。ミミは懸命に考えた。この馬車が特別なのだろうか。いや違う。先日、盗賊を退治したタータが、荷台の後ろでなにやらかりかりとやっていた。文字を彫っているようだった。あれはもしかして、土や砂を操る式だったのでは——

「あらあら駄目よ。危ないわ」

荷台の縁から身を乗り出しかけたミミは、式を見つける前に、ひょいと抱き上げられてしまった。タータの腕は温かく柔らかだったけれど、臣下や乳母はおろか母さまも、彼女をこんなふうに扱ったことなどなかった。これではまるで仔犬か仔猫ではないか。

「下ろせ、ぶれいもの！」

力の限り叫んでじたばたと暴れていると、腕の主が意地悪く微笑んだ。

「下ろしてもいいの？」

ミミはひくりと身を震わせた。こいつは本気でミミを馬車の外に投げ捨てかねない。不本意ながら、大人しく座っていると誓うしかなかった。

このタータという女には初めからいいようにあしらわれている気がする。ミミは乾物の包みから干し無花果《いちじく》を選ぶと、さりげなくタータから離れ、御者台のラセルタの横に移った。噛むほどに増す甘味を楽しみつつ馬車の行く手へと顔を向けたミミは、またしても目を見開いた。

「木！」

ミミが思わず叫んで指差したのは、とても大きな樹木だった。黄金色の砂にしっかりと根を張って、太い枝を真横に伸ばしている。

どうして、この砂漠のただ中に木が。そう思っていると、もう一つ、また一つ。初めはぽつぽつと見かける程度だったものがあれよあれよという間に増えていき、気づいた時には、ミミたちが乗る馬車は木漏れ日の降りそそぐ森の中を進んでいた。

「ここは、どこの殿さまのていえんじゃ？」

うっそうと生い茂る枝葉に見入りながら、ミミは尋ねた。庭園にはたくさんの水が要るから、滅多なことでは造れない。王族か、よほどの力のある豪族だけが持てる、贅沢《ぜいたく》中の贅沢なのだと教わっていた。ましてや、こんなに広い庭なのだから、ここの主はとんでもない力の持ち主なのだろう。

真剣に訊いたミミに対し、女たちは互いに見つめ合うと、こともあろうか腹を抱えて笑い出したのだった。

「何がおかしいのじゃ！」ミミは頭にきて怒鳴った。

「ごめんなさい」と言いつつ、タータはまだ笑っていた。「ミミちゃんにとって、木は植えるものなのね」

「何を言うか！」ミミは鼻息を荒らげた。「庭だけではない、畑もそうじゃ。農夫が種を蒔き水をやるから、こくもつがとれるのじゃ。そなたたち、自分のしょくたくに上がるものがどこから来るのかも知らぬのか」

水を統《す》べる者は、水によって己が生かされていると知っておらねばならぬ。それがミミの母さまの信念だった。母さまは朝餉《あさげ》と夕餉《ゆうげ》に、この米は、麦は、果実は、青菜はどこの畑で穫れたもので、どの水路から水を引いているのか、よく教えてくださった――

ぱたたっと手の甲にしずくが落ち、ミミは慌てて袖でぬぐった。だが、今度は御者台の床板にぽたぽたっと水の粒がしたたり落ちた。ミミは狼狽《うろた》えた。彼女はこんなにも泣くまいと頑張っていて、目尻だってちゃんと乾いているのに、水滴はどんどん増えていき、荷車を引く馬の背や、茂みの葉っぱ、枝に揺れる花びらの上で、虹色の光をきらきらさせながらぽんぽんと跳ねている。

――これはどうしたことだろう？

「あぁ、降ってきたわね」

タータはそう呟くと、幌の下に潜るようにと促した。ミミは反対に、御者台からうんと身を乗り出して、しずくが落ちてくる先を目で追った。

そして驚き、慄《おのの》いた。

「お空が。お空が、ない！」

「ええ？」

ラセルタとタータはきょとんと顔を見合わせると、揃って天を仰いだ。そこにあったのは、ミミがよく知る突き抜けるように青い空ではなかった。見えるのはくろぐろと立ち昇っていく煙のようなもやばかりだ。

降りしきる水の粒はいよいよ勢いを増す。幌布を叩く音がうるさくてたまらない。ミミは悟った――誰かが煙と水を操って、ミミたちを溺れさせようとしているのだ。

「強き者よ。どうして戦わぬのじゃ！」

必死にそう訴えても、タータは小首を傾げてミミの顔に見入るばかりだ。

ラセルタがぽんと手を打った。

「あ、分かった。ミミちゃん、雨を見たことないのね」

あめ。ミミは目を瞬《またた》かせた。あめ。これが？

雨という言葉自体は、もちろん聞いたことはある。天から水滴が落ちてくるのだと知ってもいる。けれど、ミミが思い描いていたものとは全く違っていた。彼女の頭の中の雨は、柄杓《ひしゃく》ですくった水をさっと撒き散らすようなものにすぎなかったのだ。

これが雨だなんて。ミミは恐ろしくてたまらなかった。この天水は、湖や水路の中に納まる穏やかなものではなかった。水使いとして意のままに操れるようなものでもなかった。地上の全てを容赦なく絶え間なく叩き、大地に無秩序な流れを生み出して、勝手に走り去っていく、傍若無人な生きもの。

雨粒だけではない。もくもくと空を覆い隠していく黒いもやのことも、馬車を揺らす乱暴な風のことも、誰も教えてくれなかった。

ましてや、天が咆《ほ》えるだなんて！

「竜じゃ！　竜がおる！」

鼓膜を裂くようなとどろきに金切り声で叫んだミミを、タータは優しく抱きしめた。

「あれは雷鳴よ。遠いから大丈夫よ」

気づいた時には、ミミはタータの胸ですんすんと鼻を鳴らしていた。そんな彼女を見ながらラセルタが呟く。

「子供らしいところもあるのね」

これはとんでもない屈辱だった。ミミは猛然と立ち上がった。そのはずだったが、勢いそのままにちょいと持ち上げられ、抱き直されただけに終わった。

「あら、素敵じゃない。竜だなんて。私も今度からそう言おうかしら」

「貴女《あなた》が言うと、本当に竜を呼びそうよ」

ラセルタがおおげさに溜め息をついて、ぼそりと皮肉ると、急にタータの目が熱を帯びた。黒い空を見上げて、「竜……水竜……」などとぶつぶつ呟いている。慌てたらしいラセルタが、友の夢想を吹き飛ばすように大声を上げた。

「だいぶん雨脚が強くなってきたわね！　馬はここまでにしましょうか！」

言うなりさっさと御者台を降りていく。けぶるような雨の中、すぐ身体はずぶ濡れに、裾は泥だらけになる――はずなのに、ラセルタの衣にはしみ一つつかない。鼻歌まじりに馬具を取り外す女を、ミミは食い入るように見つめた。

ラセルタ目掛けて一直線に落ちてくる雨粒。それが彼女の身体に触れる直前、まるで見えない膜に当たったかのように、ぽんっと弾かれていく。足もとを見れば泥水が勝手にラセルタを避けていくし、彼女のつま先が触れたところから、さらさらと乾いた砂に戻っていく。不思議だった。とても、とても不思議だった。

ふと気づけば、ミミの後ろでかりかりという音がしている。振り返ればタータが曲刀の先で荷車の床板を引っ掻いていた。薄暗い幌の下で目を凝らしたミミは、それが比求文字《ひきゅうもじ》だと見てとった。ミミは、タータが比求式を書けると悟っていたから、そこには驚かなかった。彼女の目を釘付けにしたのは別のものだった。

タータの手の動きだ。

例えるなら川の流れだろうか。時に緩やかに、時に軽やかに、時に穏やかに、時に大胆に、うねり奔《はし》り、跳んではねる。一薙《な》ぎ一払いでも仕損じたら、全てが狂ってしまう複雑な文字の列を、蛇のように滑らかに、蜘蛛が巣を織るように縦横無尽に刻んでいく。

タータがさっと手首を返して、最後の一文字を書き終えた時、馬を放したラセルタが戻ってきた。

「相変わらず、信じられないほど早いわねぇ」

ラセルタの声には素直な驚きの響きがあった。にっこりと微笑みで応えたタータは、視線を上げ、幌の外を指差した。

「来たわ」

同時に聞こえ始めた、どろどろという地鳴り。タータの指の示す先、馬のいなくなった車の前に目を向けて、ミミは凍りついた。

樹々の向こうから唸りを上げて、濁流が現れたのだ。

吸い寄せられるようにまっすぐこちらへ向かってくる、真っ黒な流体。ミミは自分を抱き寄せた者に必死ですがった。ところが、タータもラセルタも押し寄せる泥水に、愛おしそうな笑みすら唇に湛《たた》え、おいでおいでと手招きするのだ。

奔流《ほんりゅう》に呑み込まれようという、その瞬間。

二人は声を合わせて、高らかに歌い始めた。

がくん、と荷台が大きく傾く。でも、揺れたのはその一度きり。固く瞑《つぶ》っていた瞼《まぶた》をそろりそろりと開いたミミは、威厳を保とうとするのも忘れ「わぁ！」と声を上げた。

ミミたちの幌馬車が、逆巻く水の上に舟のように浮いていたのだ。

馬車を捕らえると濁流は静かになった。ところが一転ものすごい勢いで引き始め、さっき駆け下りた坂道を今度は駆け上がっていった。駿馬《しゅんめ》よりも速く走る波は、やがて切り立った谷の清流へと合流し、大きなうねりとなって、荷車を上流へと運んでいく。

ミミは歌い続けている二人を見上げて思った。もう他に考えようがなかった。

彼女たちは水使いなのだと。

水使いはとても稀《まれ》だ。火ノ国中を探しても片手の指が埋まるかどうか。それほど難しい技なのだ。イシヌ家の歴代の女王たちですら〈天《てん》ノ金環《きんかん》〉がなければ水を操れなかった。水丹器要らずの水使いとなると、見たことも聞いたこともない。なのに目の前に二人もいるなんて！

けれど先日盗賊と戦った時、二人は水丹術《すいたんじゅつ》を使っていなかった。何故《なぜ》だろう？

ミミの頭の中には疑問がやまほど飛び交っていたが、彼女の耳はタータたちの旋律を聞き取るのに忙しく、彼女の目は水の流れを追いかけるのに忙しかった。呼吸をするのも忘れそうなほど濃密な時間を過ごし、ますます急になっていく渓流を登ると、視界がぱぁっと開けた。

滝壺だ。天に向かってそそり立つ岩肌。それを覆い尽す苔《こけ》と羊歯《しだ》の上を、純白の水がしぶきを上げて落ちていく。滝壺の周りを崖と同じほどの高さの大木がぐるりと取り囲んでいて、幹に太い蔦《つた》を絡ませ、空いっぱいに枝や葉を伸ばしていた。

けれども、ミミの目を釘付けにしていたのは、滝でも樹々でもなかった。

滝壺の上空に、大きな鳥の卵みたいなものが浮いている。その壁は遠目には殻のようにつるんとして見えたけれど、近づくにつれ違うと分かった。何千何万という糸が複雑に織り込まれ、壁を作っているようだ。よく見ると、大樹の枝々から蜘蛛の糸のような半透明の大綱が何本も伸びていて、卵をしっかり絡めとり、滝壺の上につり下げていた。

蜘蛛の糸で織った繭《まゆ》。そんな言葉が、ミミの頭にぽんと浮かんだ。

ミミたちを乗せた幌馬車がゆっくりと繭の下に潜っていく。すると、丸い底がしゅるしゅるっとほどけて蔦のように垂れ下がり、車体を絡めとった。タータとラセルタは口を閉じ、代わりに頭上から幾十人もの声が降りそそぐ。荷車はそっと水面を離れ、繭の中へと吸い込まれていった。

「ただいま、みんな！」

ラセルタは繭が閉じるのももどかしいといったふうに、御者台から飛び降りた。

「喜んでちょうだい！　今回の獲物は大物だったの！　反物が一人三反は手に入った。自分のために仕立てるも良し、婿花《むこばな》たちを着飾らせるも良し、意中のあの人の気を引くも良し！　後で山分けよ！」

わぁっと明るい歓声が沸き起こる。不思議と女の声ばかりだった。

ミミはそぉっと幌の向こう側を覗いてみた。華やかな笑い声に若い女の姿ばかりを思い浮かべていたが、そこにはミミと変わらぬ年頃の者から、赤子を抱いた女盛りの者、過ぎた年月を思わせる深いしわの刻まれた口を大きく広げて呵々《かか》と笑う、好々婆《こうこうば》とでも言うべき老女まで、さまざまだった。

そこへ「ラセルタさま！」と若々しい声が響いた。女たちを掻き分け掻き分け現れたのは、ぴちぴちとした肌に浮かぶ汗の玉すら爽やかな紅顔の美少年だった。もっともミミの目には、なよっとした身体つきが如何《いか》にも頼りなさそうに映っただけだったが。

「おかえりなさいませ！」若者が腕を広げる。

「逢いたかったわ、可愛い人！」ラセルタが手を伸ばす。

二人は人目もはばからず熱く抱き合い、そして——婿王を取らぬイシヌ家に生まれ、夫婦のやりとりを間近に見たことのないミミは、目の前のできごとがちっとも分からず、目の奥でちかちかっと変な光が回るのを感じた。さらにもう三人、年頃は違えど似たような背恰好の男たちが駆け寄って来て順々に同じことをし始めたものだから、ミミの目の中では光どころか世界そのものがくらくらと回り始めた。

「少しは控えなさいって言っているのに」タータが溜め息と苦笑まじりに囁《ささや》いた。「あのひとったら、あれで私を『ろくでなし』って呼ぶのよ。理不尽だと思わない?」

ミミにはなんとも答えようがなかった。

荷台から音なく降りたタータがしなやかな腕を伸ばしてきた。ぼんやりしていたミミは何も考えずにその手を取って飛び降りた。繭の地面は綿のようにふわふわで、なんだか頼りない。

「あら、ターター!」女たちが驚きの声を上げた。「その子はだあれ?」

「ミミちゃんって言うの」とターターは答えた。「よろしくね」

それだけだった。ミミの手を引き、出迎えの輪をするりと抜けていくターターの背中を、ラセルタの怒りの声が追いかけてくる。

「ちょっと、ターターったら! まさか貴女、私に全て説明させる気?」

「貴女の方が話上手だもの」

当然のことながら「このろくでなし!」と罵《ののし》りが聞こえたが、凪なき日の湖畔のように涼やかなターターの佇《たたず》まいは、そよとも乱れはしなかった。

風と言えば、繭の内側に雨風は入ってこない。ざあざあごうごうという唸り声も、どろどろという天の咆哮も、ほとんど聞こえない。じめじめした大気は消え、心地良い暖かさに満たされていた。頭上から降りそそぐ柔らかな光を追って目線を上げたミミは、ぽかんと口を大きく開けた。

卵形の繭の中にあったのは、美しくも荘厳な建造物だった。ほのかに光る壁に沿って、ゆるやかな坂が二つ、らせんにねじれながら上がっていく。坂と坂の間には幾つもの橋が渡され、橋と橋の間にはお盆のような平べったい部屋が作られている。部屋のことは〈踊り場〉と呼ぶらしい。踊り場は決して重ならないよう緻密に置かれていて、下から眺めると、まるで陽光をひとすじもこぼさないように伸びる大樹の枝のようだった。

「ここは保存庫、向こうは調理場、その先は食事ノ間……」

らせん坂を登りながら、タータが踊り場を次々と指差していく。

「ここの階は男ノ間、上が女ノ間。その隣が学び舎《や》よ。現役の〈彫り手〉が新人の少女たちに〈舞い手〉に彫る〈秘文《ひぶん》〉の基礎を教えるの」

「ほりて？　ひぶん？　まいて？」

耳慣れない言葉に訊き返すが、タータはにっこり笑って「見た方が早いから」と言ったきり黙ってしまった。ミミも仕方なく口を閉ざしたが、静かになると、自分の手を包み込むたなごころのしっとりとした温かさが気になった。くすぐったいような気恥ずかしいような、懐かしいようなもの悲しいような、変な気持ちだった。

もじもじと動いて、手を引き抜こうとミミが頑張っていると、タータが手を握り直した。もうすぐ最上階で、〈舞い手たちの舞台〉が見えると言う。ミミたちの登っている坂は繭の天井を抜けて、屋上へと続いているようだった。

だん、だん、だだん。

ぱん、ぱん、ぱぱん。

足を踏み鳴らす振動、小気味の良い手拍子が、天井から伝わってくる。合間合間に入る男たちの掛け声は力強く、覇気《はき》に満ち溢れ、それでいて冴え冴えと澄んでいる。一糸乱れぬ拍動と奔放な躍動感に、ミミは見る前から産毛が逆立つほどの身震いを覚えた。

かくして繭の上、屋上の舞台に足を踏み入れたミミは、舞い手たちを一目見るなり立ち尽くしたのだった。

ミミは思い込んでいた。タータもラセルタも、繭の中で出会った女たちも皆、ミミや母さまと同じ火ノ国の公民《こうみん》の容姿をしていた。だから男たちもきっとそうなのだと。でも、そうではなかったのだ。狭い世界しか知らぬ子供の目には、彼らの風体はとても異様に映った。

蜘蛛の足のようにごつごつと節ばった、十本の長すぎる指。広げれば彼らの身丈ほどもあろうかという腕が柳の枝のようにしなり、奔流のようにうねる。手足に比べて胴は短く、背骨がひどく曲がった者もいて、鎌首をもたげる蛇のようだった。けれども機敏な足さばきからは、肉体の歪みなど微塵《みじん》も感じられない。長い首に乗る小ぶりの顔は、はつらつとした笑みを浮かべており、肌のほとんどを覆う奇妙な衣装をひらめかせ、流れるように舞っている。

四、五人の男たちが中央で演じる中、他の者らは舞台をぐるりと取り囲み、手拍子を打っている。やがて舞い手らの息が切れ始め、動きが緩慢《かんまん》になると、威勢のいい掛け声とともに別の数人が躍り出た。そうやって入れ代わり立ち代わり、絶え間なく舞い続けているようだった。

「どうして、あの者たちは踊っておるのじゃ？」

ミミが舞いを妨げないよう、そっと囁きかけると、タータも小声で答えた。

「ここを守っているの」

その時だった。突然のけたたましいさえずり。見れば鳥たちが一斉《いっせい》に飛び立ち、森の樹々が騒めき揺れている。続いてどろどろと大気が震え出し、大地が啼《な》き始め、崖の豊かな滝の流れがみるみる涸れていった。

次の瞬間、消えた滝筋を呑み込むように現れたのは、怒濤《どとう》の大波だった。

白く泡立つ巨大なかたまりが、繭を目掛けて一直線になだれ落ちてくる。

男たちは一斉に立ち上がった。そしてくるりと舞い一つ。ただそれだけで鉄砲水はぱあっと散った。細かい霧の粒が雲間からそそぐ陽の光を浴びて、まんまるの虹の輪っかを創り出す。

悠々たる雄叫びが響き渡る。ミミはぺたりと座り込んでしまった。説明されなくても分かった。ここに住まう者は全て水使いなのだ。男たちに至っては、丹導器どころか式すら唱えずに水を操っている——

「そなたたちは、いったい何者じゃ？」ミミは息も絶え絶えに訊いた。

「〈水蜘蛛族〉」タータは微笑んだ。「荒れ狂う水の大地に住まい、水の流れとともに生きる。それが私たちよ」

二　イシヌ王家

「母さま」

　あどけない声に呼ばれ、イシヌの女王の思念は、浮上した。

「ミイア姉さまは見つかった？」

　顔を向ければ、幼い娘アリアの無垢な瞳と出会った。枕に沈んだ銅《あかがね》色の髪が一房、丸い額に張りついている。女王は微笑みかけながら、それを外してやった。

「案ずるでない。兵たちが探しておる。じきに戻るであろう」

「兵たちに教えてあげて」アリアは悪戯《いたずら》っぽい眼差しを向けた。「姉さまはかくれんぼがとてもお上手なの。いつもいつも、アリアが思いもしないところにいらっしゃるの」

「そうしよう」と女王は答えてやった。「さぁさ。今日はもう休むがよい」

　アリアはまだ話したそうに渋っていたが、髪を撫でてやるうち、ふっと糸が切れるように眠りについた。寝息が先刻よりも幾分しっかりとしているのを確かめて、女王はそっと寝台の縁から立ち上がった。

「姫の口にするものは、たとえ水の一滴でも、必ず毒見いたせ」

音なく馳せ参じた女官たちにきつく申し付けると、女王はアリアの部屋を後にした。ゆるやかな螺旋《らせん》の階段を下り、隣の塔へと渡り、高き塔の上の自室へと向かう。しかし今夜もまだ、床に入るわけにはいかなかった。

女主人の到着とともに、透かし細工の戸がすうっと開かれた。寝所の次の間、女王が姫たちとともに朝餉《あさげ》と夕餉《ゆうげ》をとる、小さな居室である。玉も螺鈿《らでん》細工も施されていない慎ましやかな部屋ながら、床には青龍紋《せいりゆうもん》入りの石が敷かれており、壁は柔らかな乳白色に映えている。調度品は全て、火ノ山にのみ生える筬《おさ》の巨木より切り出されたものだった。

濃い飴《あめ》色に照る机の天板に、小ぶりの碗が一つ、ちょこんとのっている。また、その重厚な机案の両側には、二人の男が跪《ひざまず》いていた。

「お待ちしておりました、陛下」

イシヌ王家直属軍、通称〈公軍《こうぐん》〉の大将二名である。

砂ノ領を護る公軍は南北二つに分けられており、それを指揮する者は〈南将《なんしよう》〉〈北将《ほくしよう》〉と呼び習わされている。彼らはともに、火ノ国創始からイシヌに仕える由緒ある家柄の出で、女王の即位時より領の統治の両翼を担ってきた。しかし双方の間には近年、埋め難き亀裂《きれつ》が生じていた。

「検分、御苦労」女王は鷹揚《おうよう》に頷《うなず》くなり、本題に入った。「して、どこまで分かった」

まず北将が口を開いた。

「やはり毒でございました」と卓上の碗を目で示す。「毒が出ましたのは、アラーニャ殿下の口にされた汁物のみ。おそらくは料理に混ぜられていたのではなく、この碗に塗られていたものかと——」

どこか淡々とした北将の報告を、南将が遮《さえぎ》るようにして継いだ。

「下手人は給仕の一人と思われまする。捕らえた矢先、口に含んだ毒を呑み、自ら果て申した。裁かれる前に黄泉《よみ》に逃げ込むとは、どこまでも卑劣な奴」

憤懣《ふんまん》やるかたなしといった南将の報告に対し、北将は冷然と問うた。

「陛下、姫さまの御容態は如何《いか》に」

「大事ない」とだけ、女王は答えた。

「ふむ」北将は安堵したふうでもなく目線を落として呟いた。「……下手人は即死し、姫は永らえたか……」

「何たる言い草か！」南将が唸る。「姫さまの御回復をお慶《よろこ》び申し上げもせず！」

「無論、すみやかなる御快癒をお祈りいたす」北将は気だるげに言い添えた。

「仕損じた——そんなふうにも聞こえたぞ」

「慮外《りよがい》なことを」北将は超然と受け流す。「アラーニャ殿下はイシヌ家が末子、王座を継ぐ御子。身命を賭してお守り申し上げる所存」

「おぉ！　そうであろうとも。『アラーニャ殿下は』な！」

南将は咆《ほ》えると、猛々しい勢いで卓上を指し示した。

「しかしあの碗は本来、ミイア姫さまのものだ！　手違いでアリアさまの御膳にのっていなければ、毒に倒れられていたのはミイアさまだったのだ！」

女王は碗へと目を向けた。薄い緑地に濃い青の釉薬《ゆうやく》がかかった陶器は、紛れもなくミイア姫のためにあつらえたものであった。この碗に毒が塗られていたなら、刺客の狙いは当然ミイアであったろう。目的がアリアならば、わざわざミイアの碗を選ぶ由はない。碗が入れ代わったのは、娘たち自身が気まぐれに取り換えたという単なる偶然にすぎなかった。

「どちらにしても大事には至らなんだはず」北将はあくまで冷淡である。「アラーニャ殿下は一口で吐き出されていた。ラクスミィ殿下もそうされただろう」

南将の目が激しく燃え上がった。

「なんたる厚顔！　アリアさまのお苦しみ、陛下のお嘆きをなんと心得る！」

南将が剣の柄に手を掛けても、北将は眉根一つ動かさなかった。

「陛下の御前なるぞ――控えよ」

「どの口が！」

「もうよい」女王は手をあげた。「ことのあらましは分かった。今宵はもう遅い。仔細は明朝に改めて聞こうぞ」

女王の言葉に、南北の将はぴたりと口を閉ざし、揃って平伏した。こうしたところは不思議と息の合う両者である。だが、居室を辞し戸を閉めるほんの直前、南将だけはちらりと視線を送って寄越した。女王はゆるやかに瞬《まばた》きをして、それに応えた。

小半刻ほどが経った。酋の木の椅子に身を沈め、卓上の碗を見るともなしに見つめる女王のもとに、南将が再び訪れた。彼は居室に入るなり女王の裳裾《もすそ》に触れるほど近くに跪き、口早に囁《ささや》いた。

「聡明なる我が女王陛下、お気づきでございましょう。事態は切迫しております る」

「北将か」とだけ、女王は訊いた。

「さよう。ミイア姫に対する彼の者の敵意は、宮中の誰もが感《か》じているところ。陛下にもこれまで再三御注進申し上げましたが、あれはもはや陛下の忠臣にあらず。王家の古き慣習を至上の理《ことわり》とする妄信者なり！　このようなときが必ずくると、小官は危ぶんでおったのです」

女王は黙して、北将の冷たく閉ざされた面差しを思い浮かべた。彼の怜悧《れいり》な思考にはこれまで何度も助けられてきたものの、その心のありようは今一つ摑み切れなかった。ミイアに水丹《すいたん》術《じゅつ》の才覚ありと分かるや『後々の火種になる』と囁き、それとなく対処を促した時の彼の非情な目を、女王は今も忘れていない。

また彼がそうした眼差しを見せたのは、その時が初めてでなかった。ミイアとアリアが誕生した日のことだ。北将は女王の前に姫二人を並べ、どちらかを選ぶよう迫った。選ばれた方はイシヌ王家の跡取り子として。選ばれなかった方は生まれなかったものとして遇すると。

事実、それがイシヌのしきたりであった。イシヌに女の双子が誕生すると、家が絶え、国が滅びるといわれる。本来は、後に生まれたアリアが無事息をした瞬間に、ミイアは神の御元に帰されるはずであった。母の選択次第では、その逆もありえた。

女王は選ばなかった。あるいは、どちらをも選んだ。

二人とも己が命を賭して産み落とした愛しい娘である。母の胎《はら》から生まれ出るや、高らかに産声を上げた。小さな口に含ませれば、迷いなく乳を吸った。そんな娘たちの一方をどうして葬り去れようか。

あの日以来、己と北将の間には越えがたき隔たりができてしまった。それでも女王が北将を手もとに置き続けてきたのは、彼の忠義を信じたからであった。

しかし今こうしてみると、その信頼は正しかったのか確証が持てない。

女王は転じて、足もとの南将を見やった。彼は身を流れる血潮の如く、情熱あふれる男である。二人の王女を我が子以上に愛し、ミイアの才気を見るや『国と王家は安泰だ』と喜んだ、良くも悪くも朴直な気質を持つ。その豪胆な明るさにはこれまで度々救われてきたが、大局を見通す力となると少々心もとなかった。

しかし彼の、己が信念のまま突き進むさまは、あたかも阿芙蓉《あふよう》の実の如く万人の心を虜《とりこ》にする。女王もこの男と二人で言葉を交わしていると、心地よい高揚を覚えることがある。兵はもちろん、文官たちの信の篤《あつ》い彼が後ろ盾についたことは、ミイア姫にとって、少なくとも命の面においては幸いであった。

「我が女王陛下。ミイアさまの御身のため、ただちに策を講じなければ。あのお方の類《たぐ》い稀なる才の萌芽を、決して摘んではなりませぬ。姫さまは我が国に真の豊かさをもたらす御子でございます」

女王は頷く代わりに尋ねた。

「策と申したが如何《いかが》いたす。こたびのことを北将の謀《はかりごと》と断罪しようにも、証拠などあるまいぞ」

「確かに、ござらぬが」南将は口角を上げた。「御案じ召されるな、陛下。人心を動かすは論や証拠にあらず、信と大義なり。小官の言葉には信が、陛下のお言葉には大義がござりまする。ミイアさまは小官が必ずお守り申し上げます」

女王は足もとに跪く男の目を見つめた。その色合いを例えるならば、己の道を疑わず、妨げるもの全てを呑み込み膨れ上がる、大火の如くであった。

我が子のためならば、たとえ焼き尽くされようとも身を投じるのが母である。しかし迸《ほとばし》る炎のあまりの熱さに、女王は躊躇《ちゅうちょ》した。脳裏をかすめた、北将の溶けることのない雪原の如き眼差しも、彼女の身を縛りつけた。

「――今宵はもう遅い」

女王は結局、先ほど告げた言葉を繰り返した。

「仔細は、明朝に」

南将はなおも言い募るそぶりを見せたが、女王が手をあげると黙してこうべを垂れ、居室を辞していった。

ようやく独りとなった女王は、卓上の小さな碗へと目を戻し、ミイアが初めて水を練ったときのことを想った。

たった六つの娘が水丹術を会得しようとは、誰が予見しえたであろう。水丹術はこの世の丹《たん》導学《どうがく》の全てを極めた先にあるものだ。手習いを始めたばかりの子供になしうるものではない。女王は正直なところ、ミイアが如何にして水を操っているのか見当もつかなかった。

二年前、湖底に沈む天ノ門を娘たちに初めて見せた日を思い起こす。あの日ミイアは城に戻るなりすぐさま自室に駆け込み、草紙の束を引っ張り出し、無我夢中といった様子で何かを書きなぐり始めた。聞けば〈天《てん》ノ金環《きんかん》〉の比求式《ひきゅうしき》のつもりだと言う。拙《つたな》いながらも、確かにところどころそれらしく見え、女王は微笑ましく思ったものである。

その頃からミイアはことあるごとに、鼻歌らしき旋律を奏でるようになった。もとより歌の好きな子だったが、その節回しはどこか聞き覚えのあるようでいて、全く切れ切れであった。聞けば母の術の真似だと言うので、女王は愛しく思ったものである。

それから少し経って、ミイアがアリアとともに丹導学士の教えを受け始めた時のことだった。勉学の進み具合について女王が尋ねると、学士は疲労困憊《ひろうこんぱい》といったふうの引きつった笑みを浮かべた。

「ラクスミィ殿下は大変、丹導学に御興味がおありで。それは結構なのですが、式という式を細切れに覚えようとなさいます。そんなふうにされては意味がございませんよと申し上げてもいっこうにお耳に入らぬ御様子……」

この時も、女王はただただ好ましく感じたのみであった。

ある日の夕刻、ミイアが興奮した様子で〈評定ノ間《ひょうじょうのま》〉に飛び込んできた時も、女王は常と同じ笑みを浮かべて我が子を迎えた。何かを見てほしいとしきりに言い募る姫を叱りつけることなく、「政務中ゆえ後にするよう」と優しく諭《さと》した。

今となっては詮無きことながら、この時なんとしても娘を止めるべきであったのだ。

「すぐ終わります。これだけ御覧になって！」

ミイアは叫ぶや高らかに歌い始めた。すると彼女の頭上できらりと光が瞬き、透きとおった糸がしゅるしゅると我が子の身体を覆っていった。

水《みず》ノ繭《まゆ》であった。

たちまち居合わせた臣たちが色めき立った。

「なんと、水の技を、このお年で！」「しかも、〈天ノ金環〉なしとは」「神童じゃ！」

どよめきを浴びて、ミイアは誇らしそうに胸を張っていた。しかし母の顔を見上げるなり、姫は凍りついた。女王に己の表情を知る術《すべ》はないが、その口から放たれた声はひどく冷ややかに響いた。

「……来客中ぞ、さがりゃ」

娘は狼狽《うろた》えた様子で、ぺこりと頭を下げ、小走りに評定ノ間を去ろうとした。しかしそんな彼女を引き留める者がいた。

「いや、お待ちあれ、ラクスミィ殿下。これは実にめでたきことでございます。ぜひお祝いの儀を申し上げたく」

〈東ノ大使〉であった。戸惑うミイアの足もとに跪き、彼は高らかに宣《のたま》った。

「未来のイシヌの当主に幸多からんことを」

一瞬の沈黙。直後、イシヌの文官武官からごうごうと怒声が上がった。

「血迷われたか、大使どの！　跡取りはイシヌ家が末子アラーニャ姫でござる！」

「これは異なこと」大使はうっすらと笑った。「イシヌの当主は優れた水使いがなるものと聞きますぞ。そもそもラクスミィ殿下とアラーニャ殿下は双子……どちらが末子かなど、たいした問題ではありますまいに」

女王は激情に任せて、玉座から立ち上がった。

「客分とはいえ、許し難き暴言の数々。ただちにこの地を発ちませい！」

衛兵らにとり囲まれ、大使は去った。その背が悠々と遠ざかるさまを、女王は歯嚙みしつつ見送った。

双子は不吉。家は絶え、国は滅びる——耳の奥で誰とも知れぬ声がこだました。

三　失われし民

　ウルーシャとハマーヌは与太話ばかりする青年を近くの村へ送り届けると、盗賊団の根城に向かった。旅の一座に薄紅の真珠《しんじゅ》と寄木細工の箱を持った少女がいたと、最後に聞き出したからだ。だが、その寄り道があだとなった。

　ひと足違いで、イシヌの公軍《こうぐん》が根城を占拠していたのである。

　見つからぬように砂丘の陰に隠れながら、ウルーシャはしきりに「畜生！　畜生！」と地団太を踏んだ。かと思うと、唐突に砂に突っ伏して「王女が見つかっちまう」「これでお終いだ」「何もかもが無駄になった」と、おおげさな嘆き節を連発した。

　一方のハマーヌは、軍と鉢合わせせずに済んで良かったのではないかと思っていた。むしろ、総力を挙げて王女を探していたであろう公軍と、ここで出会ったということは、ウルーシャの読みが実に的確だったということだ。だが、それを言ったところで何の慰めにもならぬとハマーヌは分かっていた。じっと黙して、相棒が落ち着くのを待つ。

やがて、ウルーシャはもそりと起き上がると、式を唱え始めた。彼は光丹術士《こうたんじゅつし》であり、光の屈折や反射を利用して、蜃気楼《しんきろう》を生み出す、遠くのものを見るといったことを得意としていた。気を取り直して、公軍や根城の様子を遠見《とおみ》ノ術《じゅつ》で探ることにしたようだ。

相棒は術を練ってすぐ、興奮した顔つきになった。

「おい、ハマーヌ。こりゃあ、ちょっと面白ぇぜ」

彼曰く、根城の中は世にも奇妙な光景であるらしい。

地面に何十と走る大きな亀裂《きれつ》。崩壊した家々と、今もくすぶり舞う火の粉。町に残る傷痕が死闘を生々しく物語る。がれきに埋もれた屈強な男たちは辛うじて息こそあれ、みっともなく白目を剝《む》き、口角から泡を吹いている。

「あの旅芸人の兄ちゃんの話は、まんざら嘘でもなさそうだな」ウルーシャは呟く。「しかも王女はここにはいねぇみたいだぜ。兵隊たちがイラついてらぁ」

まだ望みがあると知るや、相棒の瞳に光が戻った。猛烈な勢いで光丹式を唱え始める。何かを探しているのか、宙を睨む目がせわしなく動くが、それもしばらくするとぱたりと絶えた。難しい顔をしてうつむくウルーシャの横顔を、ハマーヌはただ見つめ続けた。根城に入れるのならともかく、こう遠くては、光を操れぬ自分にできることはない。

「あの兄ちゃん」相棒がようやく口を開いた。「女二人は幌《ほろ》馬車に荷を積んで、まっすぐ西に向かったって言ってたよな」

ハマーヌは頷《うなず》いた。覚えていたわけではないが、相棒とて彼の記憶を当てにしてなどいまい。

実際ウルーシャはハマーヌの反応を確かめもせず、独り首をひねっている。

「まぁ、砂漠の中に入ったんなら土丹術士《どたんじゅつし》がいたんだろうが……それにしたって、西に向かうわだちも足跡も全ッ然見つからねぇ……。公軍兵の北から進軍してきた跡は、山ほど見えるんだけどよ。風が消しちまったのかな」

「風は吹いてねぇ」

ハマーヌは言った。久しぶりに聞く自分の声だった。思えばこの半月、口を利いていない。頭の回転の速すぎる相棒が、ハマーヌの考えを先回りして代弁してくれるので、口を開くまでもなかったのだ。ただ風に関しては、ハマーヌの領分だった。

「この辺りはここ数日、凪《なぎ》だ。そよ風もなかった」

ハマーヌの断言を相棒は疑うことなく「そうか」と言った。

「それにしても、こんなに綺麗さっぱり痕跡を消していけるもんかなぁ。天に昇ったわけでもあるまいし……」

ウルーシャは長いこと熟考した後、深々と吐息をつき立ち上がった。手がかりが消え失せた今、二人だけで王女を追うのは無理と判断したようであった。

「戻るぞ、ハマーヌ。とりあえず、ここまでのことを頭領に報告だ」

それから三日。彼らは一路〈風ト光ノ都〉へと馬を走らせた。

砂漠に出て以来、干し肉と水だけで閉口していたハマーヌは、何よりもまずまともな食事にありつきたかったが、手柄を立てることに熱心なウルーシャに半ば引きずられるようにして、頭領の館へと入った。

「注進状は読んだ。とりあえず、よくやった。ウルーシャにハマーヌ――だったか」

ウルーシャが背筋をぴんと伸ばして敬礼した。ハマーヌも若干遅れて相棒に倣った。己の額に手の甲を当てるという恰好自体をハマーヌは馬鹿馬鹿しく感じていたが、横のウルーシャはいつまでたっても腕を下ろそうとしない。勝手にやめれば百万言と降ってくることは分かり切っていたので、仕方なく付きあい続ける。

二人の敬礼をじっくりと眺め、頭領カンタヴァは至極満足げである。短く刈り上げた頭髪とひげ、筋骨隆々たる逞《たくま》しい体軀は、町長よりも将校を思わせた。実際、彼は卓越した武人かつ風丹術士《ふうたんじゅつし》であり、弓の形をした風丹器を肌身離さず持ち歩いていた。

つい先日までカンタヴァの名すら覚えていなかったハマーヌであるが、彼の弓には強い関心を持っていた。その風丹器は俗に〈風《かぜ》ノ弓《ゆみ》〉と呼ばれ、かつてこの地に栄華を極めた〈風ト光ノ国〉の宝であったらしい。

よく手入れしているのだろう。火ノ国の歴史よりも古い武具ながら、まるで今日造られたばかりのようだ。反りには大胆な透かしが入り、絡まり合う蔦《つた》を模している。宝物品と言ってもよい、実に洗練された逸品であった。

もっとも、この弓の要《かなめ》はそこではない。

ハマーヌは弓の握りの上の照準台と、弦の中程にある引き具へと目を走らせた。通常の弓では矢をつがえるための籐頭《とがしら》や中仕掛けがあるところである。しかし、ここに据えるのは矢でなく、金属製の細い円筒だ。筒身を照準台にのせて、後端を引き具に差し込んで固定する構造らしい。極細の筒先から発射されるのは矢でも弾でもない。家一つ容易に粉砕するほどの凄まじい風のかたまり――衝撃波であった。本当にそれほどの破壊力があるのかハマーヌ自身目にしたことはないが、カンタヴァの武勇伝は半ば神話のように仲間内で語られている。

そもそも風ノ弓に限らず、飛び道具の類いは、戦場において最大の脅威である。

全ての攻撃で最も肝心なのは、力の及ぶ距離、即ち間合いである。これは個人の資質、技や武器の種類により大きく変動する。弓はこの間合いが飛び抜けて長い。相手の術が及ばぬ安全なところから攻撃を仕掛けられるというわけだ。相対する側は防戦一方となり、ろくに反撃できぬまま討たれてしまう。

無論、飛び道具に弱点がないわけではない。一つは命中率、もう一つは使い手の希少さだ。例えば、長距離型丹導器《たんどうき》の代表格〈火筒《ひづつ》〉は単純な構造ゆえに量産可能で、扱いも平易だが、如何《いかん》せん命中率が低い。幾ら殺傷力が高かろうとも、当たらねば意味はない。先日の盗賊団の残党の如く、火筒持ち一人が相手ならば、ハマーヌのような接近戦型の術士にも、勝機は十分あるのだ。

一方、風ノ弓はその精巧な造りから、使い手次第では百発百中を誇るという。しかも、その飛距離たるや火筒の比ではない。町の端から端まで容易に届くというから、もはや信じがたい攻撃範囲だ。反面、扱いは非常に難しく、風ノ民千年の歴史において、使い手は片手で数える程度。そんな伝説の弓を楽々と使いこなすカンタヴァが頭領の座につくのも当然と言えよう。

もっとも、術士としての技量と頭領としての器量は別ものらしい。

「かまいたちのサグか。名前だけは知っている」頭領は鼻で笑った。「ともかく、奴の率いる盗賊団に捕らわれた旅の一座に、竜の紋章入りの箱の持ち主がいたのだな？」

「間違いありません、頭領」ウルーシャが意気込んで答える。

「だが、それ以上の追跡は困難だった。何故《なぜ》だ？」

「はい。その場に居合わせた旅芸人の一人から、盗賊団を襲った何者かは西に向かった、との証言があったのですが、不可解なことに、西に向かうわだちは発見されませんでした」

はきはきと答える相棒の隣で、ハマーヌはぽつりと「そこに全部書いてあるだろうが」と呟いた。どういうわけか、脛《すね》を思い切り蹴り上げられたが。

「リタ、我が賢き光の妻よ、お前はこれをどう読む？」

頭領は急に目尻を下げ、己の背にしなだれかかる者に注進状を差し出した。長い爪が伸びてきて草紙をつまみあげる。決して狭くない部屋の端にいても、女の香水と白粉《おしろい》の匂いが鼻腔《びこう》を突いた。ハマーヌはこの類《たぐ》いの香りが大の苦手であるが、ウルーシャが再び脛を蹴飛ばす素振りを見せたので、くしゃみを懸命に噛み殺した。

「三日前の収穫祭だけどサ」女が甘ったるい声で言う。「顔を出したのは女王だけだったらしいのサ。王女が二人とも咳気《がいき》にかかったって話だけど、なんだか怪しいよネ。赤ん坊の時から、毎年かかさず連れてきていたのにサ」

「やはり、軍もまだ王女を見つけておらんと見てよかろうな」

妻リタが微笑むのを確認すると、カンタヴァはこちらに向き直った。

「今夜、会合を開く。お前たちも必ず出席し、見聞きしたこと全てを詳《つまび》らかに述べよ。なんとしても軍を出し抜き、王女ラクスミィの身柄を手に入れねばならん」

ウルーシャが目を輝かせた。会合に参加できるのは選《え》りすぐりの精鋭〈選士〉のみである。野心家の彼には何よりの褒美だ。一方のハマーヌにとっては、ようやっと部屋を辞せたことが何よりの喜びであった。

館の前の広場には焼き飯の屋台がある。他店と違って瓜が入っており、それがまた美味《うま》い。制止されるより早く、ハマーヌは銅小判を店主に投げ、山盛りの大皿を受け取った。

「お前ねぇ！」

非難の声に構わず、草の茎《くき》を削っただけの箸《はし》をせわしなく動かす。ウルーシャは屋台の親父から受け取った釣銭を確かめながら、なおも言い募った。

「聞けって、馬鹿野郎！　会合の後に晩餐があるんだよ。今からそんなに喰ったら満腹になっちまうだろうが」

そんな心配は無用である。それより、今のうちに何か入れておかないと、会合中に腹の虫が鳴る。

「だから俺はいらねぇって」ウルーシャはハマーヌが差し出した皿を押し返した。「分かったよ、好きなだけ喰え。代わりに、頼むからさっきみてぇな減らず口は叩くんじゃねぇぞ。会合ってのは同じ話を繰り返すもんだからよ。あと、絶対に寝るなよ！」

なかなかに難しいことを言う。ならばせめて寝ずに済むような使命を与えてほしい。

「例の女二人については俺が話す」

そうハマーヌが持ちかけると、ウルーシャは浮かぬ顔をした。

「あの与太話を？　笑いモンになるだけだぜ。言う必要あるか？」

あるだろう。旅先で起きた事柄は全て述べよ、と言われたではないか。たとえ笑われようと構いはしない。むしろ、良い眠気覚ましである。ウルーシャの手柄を横取りする気はないが、彼が言いにくいことならば自分が引き受けても問題ないだろう。

ウルーシャが「やっぱり止《や》めとこうぜ」と最後まで渋った通り、会合で女たちの逸話を報告するや、会場は爆笑の渦に呑み込まれた。ハマーヌが真顔であったことが殊更に笑いを誘ったようであった。一人の男がからかう。

「若い男を攫《さら》う女だとぉ？　何を言い出すかと思えば、婆さんの昔話にでてくる妖《あやかし》ではないか。お前はまさか、そんな言い伝えを頭から信じているのではなかろうな、えぇ？」

答えは要《い》らないと判断した。頭から信じてなどいるはずがない。女の一人が青年を誘惑したくだりは特にくだらない。

それを押しても知らせるべきとハマーヌが考えたのは、正当な理由があってのことだ。旅芸人から聞いた話や、ウルーシャが遠目で観察した盗賊団の根城の戦闘跡を考え合わせると、団を襲撃した者はおそらくかなりの少人数である。十人足らず、あるいはもっと少ない。よって二人という青年の言は看過しがたい。

弁明もせず黙りこくっているハマーヌに焦《じ》れたか、ウルーシャが横から付け足した。

「通常、略奪者は何よりもまず、水と食料を確保するものです。ところが、盗賊団の根城には備蓄のほとんどが残されていました。理由は二通り考えられます。団を襲撃した者の手もとにはすでに水と食料が潤沢にあり、補充の必要がなかったか、もしくは、もともとたいして必要なかったか」

「前者だろう」頭領のカンタヴァが断じた。「常識で考えよ。盗賊団の根城に乗り込むにあたり、イシヌは相当数の軍隊を送ってよこしている。それだけの戦闘力を奴らに見たということだ。女二人ではどうにもならん。間者として、ひと足先に送り込んだ可能性はあるが」

「御見解もっともです」と、ウルーシャは持ち上げつつ「ですが、根城の周辺を調べてみても襲撃者の足取りは全く摑めませんでした。おかしくありませんか？　軍隊並みの集団が砂漠を移動したのなら、痕跡がはっきりと残っているはずです」

「その疑問はお前たち自身が解決済みだろう」頭領は言う。「注進状にこうあったぞ。盗賊団の襲撃後には大風は吹いておらず、わだちはあえて消された可能性があると。襲撃する前の跡も用心深く消していったのだろう」

「はぁ、確かに……。ただ、痕跡といっても足跡だけとは限りません。たとえ術士でも砂漠をどこまでも突き進むわけにはいきませんから、どこかの集落に必ず立ち寄ったはずでしょう。そんな大人数が突然押しかけたら、覚えている者がいそうですが……」

「ウルーシャよ、戦法というものを学んだ方がいい」若干うんざりした声が返った。「最後には大人数でも、揃って移動したとは限らんのだ。五、六人の班に分かれて散開し、襲撃前に集まれば、たいして目立つまい」

「なるほど、さすがは頭領」ウルーシャはぬかりなく持ち上げると、控えめに継いだ。「では御教示ください。連中が、丹導器はともかく、あえて反物《たんもの》を盗った理由は……？」

「急遽用立てする必要が出たのだろうよ」と、適当な憶測が返った。「さて、これらから分かるのは盗賊団の襲撃は組織によるもので、周到に計画されていたということだ。奴らの狙いは当然ラクスミィ姫だろう。しかも、我らや公軍よりも先に王女の居どころを察知したとあれば、隠密には相当に長《た》けていると見てよい」

「先を越されたか」選士たちが歯嚙みした。「いったい何者だ。イシヌ王家の継承者にラクスミィ姫を推す者か、はたまた逆に姫の存在を危険視する者か……」

議論はますます白熱して、先へ先へと進んでいく。完全に取り残されてウルーシャが弱ったような視線を投げかけてきたが、ハマーヌはただ肩をすくめてみせた。

言うべきことは言った。これ以上食い下がっても無駄である。

ウルーシャの考えはよく分かっている。襲撃者の目的は姫ではない。何故ならば、盗賊団が姫の一座を捕らえたのは全くの偶然だからだ。姫が賊に捕らわれることを予見して戦闘部隊を派遣し、かつ何人《なんぴと》にも足取りが摑めぬように散開して進むなど、まずもって不可能であろうし、また無意味である。それほどの諜報力があるなら、わざわざ団に真正面からぶつかって派手な戦闘跡を残すよりも、王女だけを密かに救い出す方がはるかに簡単ではないか。

従って、襲撃者の目的は別にあったと読むべきである。単純に、反物と丹導器が欲しかったとは考えられないか。王女の存在は彼らにとって誤算であり、襲撃が誰かの注目を浴びるとは露ほども思っておらず、わだちを消したのは単に盗賊の残党に追われるのを防ぐため――

とは言え、証拠はない。頭領の憶測を見当違いと断言しうる材料もない。せっかくの手柄を不確かな進言で潰す必要など、さらにないのだ。それでもできる限り己の考えを明かしたウルーシャはよっぽど誠実であったとハマーヌは思う。

会合の残り時間、ハマーヌは選士らの不毛な論争を右から左に――あるいは左から右だったかもしれぬが――聞き流しつつ、階下の厨房《ちゅうぼう》から漂ってくる香りを楽しんでいた。こうやって匂いだけで料理を予想するのが、自慢にもならぬ彼の特技であった。香草をたっぷりと詰めた雉尾鶏《きじおどり》の蒸し焼き、干したからさね茸と炊き込んだ香り米、甘辛いたれをからめた青菜の炒めもの、青河《せいが》で釣りあげた魚の包み揚げ。さすがは頭領の晩餐会。砂漠のど真ん中なのに豪勢なものだ。酒も期待していいだろう。

さて、二刻あまりが経った。議論の行く末になど興味はなかったが、どういう軌跡をたどったのか「ともかく方々手を尽くし、王女の足取りを追う」という無難な結論に至ったようだ。腹の虫が限界であったハマーヌはどっと疲れたふうの相棒を待ち切れず、さっさと晩餐の場に下りた。

堅苦しい食事が苦手なハマーヌは晩餐が手酌の無礼講と知り、心の底から歓喜した。上下の隔たりなく語り合えるようにとの、頭領の妻リタの計らいらしい。あの化粧と香水以外はなかなか良い女ではないかと、昼間とは正反対の心証を抱く。

ハマーヌは手近の机の上の皿を三つ取ると、酒の確保に向かった。なんとなんと、酒樽には火蜥蜴印《ひとかげじるし》が大きく刻印されているではないか！　米どころの草ノ領の中でも、カラマーハ帝家直轄の田園でのみ栽培される〈御印米《みしるしまい》〉――その米だけを使った極上品という証《あかし》だ。いやはや、滅多に味わえるものではない。濃厚な香りを放つ琥珀色の酒を、ハマーヌはいそいそと銚子に移し入れた。

「皆の衆、おおいに喰って飲んでくれ！」頭領カンタヴァの威勢のいい声がとどろく。「今回のできごとは、我ら〈失われし民〉にとって大きな転機となるだろう。風ノ民と光ノ民よ、今宵この場で誓い、確かめ合おうではないか。天の恵みを独り占めする傲慢《ごうまん》なイシヌ家から自由と祖国を取り戻すまで、我らは決して諦めぬと！」

雄叫びが上がる。ぐーっと杯を干した頭領に続き、部下たちも酒をあおった。とっくに銚子も杯も空にしていたハマーヌは、恰好だけ真似をして、すぐさま酒樽まで汲みに戻った。

会場の端の丸い机に陣取り、大量の皿を前に黙々と舌鼓を打っていると、見知らぬ男が銚子片手にやって来て、勝手に隣の椅子に腰かけた。

「やぁ、ハマーヌ。会合初参加おめでとう」

そう言うなり杯に酒をそそいでくる。一回り年上だろうか、光ノ民の何某《なにがし》と名乗ったが、串から大きな肉のかたまりを取り外すのに夢中のハマーヌは、すっかり聞き落とした。

「君の名はちょくちょく耳にしていたよ」と何某は囁《ささや》く。「いつか必ず頭角を現すと思っていたけど、こんなに早いとは正直驚いた。若手の中では一番の出世頭だ。二つ名は伊達じゃなかったね」

二つ名。ハマーヌは箸を止め、相手を見つめた。

「なんだ、まさか知らないのか？〈式要らずのハマーヌ〉って、選士らの間でも有名だよ。比求式を唱えることも丹導器を使うこともなく、風を読み、操る。速すぎて誰も追いつけないってね」

ハマーヌは両手を見下ろした。確かに彼は戦うとき、風丹式を唱えない。詠唱したり武器を構えたりする手間がない分、技の出が速く、戦いで先手を取り損ねたことはない。

だが、それだけである。戦闘には自信があるが、他はからっきしだ。式を唱えないのも至極単純に、式が理解できず、よって覚えることもままならぬからである。そんな彼が会合に参加できたのは、ウルーシャの働きがあってこそ。いわば、おまけのようなものであるが——何を勘違いしているのか、光の何某はなおも熱心に語りかけてくる。

「そう警戒しないでくれ。君の技を盗もうってわけじゃない。言ったろう、私は光ノ民。私が使うのは光丹術、風使いの君とは畑が違う」

だからこそ仲良くなれる——そう囁くと、彼はまた勝手に酒をそそいできた。

己の好きなように飲み喰いしたいハマーヌにとって迷惑至極だった。光ノ民は総じて陽気な性格で、口を利いたこともない相手とすぐに打ち解ける。ウルーシャもその例外ではないが、彼は距離というものを知っている。

そういえばウルーシャはどこにいるのか。ちらりと目を走らせると、会場の反対側の大机に相棒の姿があった。他の選士たちと何やらひそひそと話し込んでいる。また、役にも立たない噂話に精を出しているのだろう。

何気なくウルーシャの様子を眺めていると、横で光の何某がうっすらと笑った。

「彼、忙しそうだねぇ。よっぽど必死なんだろうけど、気持ちは分からなくもないかな。君と組んでいるおかげで手に入れたせっかくの機会だもの。なりふり構わずせっせと顔を売って、次の相手を見つけておかないとね」

言葉の真意は判じかねたが、声の調子が不快である。何某はハマーヌの睨みに気づかぬのか、なおも語り続ける。

「小耳に挟んだんだけど、彼の一族は土地を持たない〈浮雲《うきぐも》〉らしいじゃないか。しかも一族郎党、食うや食わずの暮らしだとか。そりゃあ必死になるわけだよね。そんな男と組んでやるなんて、君は優しいんだな。だけどもう十分じゃないか？　彼だって、自分のことはよく分かっているはずだ。はなから君とは釣り合わないってね」

何某の意地の悪い笑みを見て、ようやくハマーヌは気づいた。ウルーシャが今、長々と話しこんでいる年輩の男。名前は覚えてはいないが、確か風の使い手ではなかったか。

風ノ民と光ノ民は二人一組で任務に就く。相棒の力が仕事の首尾に直結するため、より相性の良い相手、より役立つ相手に乗り換えることは珍しくない。ましてや、ここにいるのは立身出世に目をぎらつかせている者ばかり。引き抜きには殊更に熱心だろう。この救いがたいほど見る目のない光の何某はともかく、ウルーシャの有能ぶりを見抜いた者たちが、彼に近づこうとしているのに違いなかった。

気づいた時には、ハマーヌは椅子を蹴って立ち上がっていた。倒れた椅子の音に驚いた人々の注目を浴びたが、一切構うことなく、ずかずかと会場を横切り、ウルーシャの横にどっかと腰かける。突拍子もない行動に虚を突かれたのか、ウルーシャと話し込んでいた年輩の男は、ふっと苦笑い一つ残して立ち去った。

「……何なの、お前」

ウルーシャは戸惑い半分呆れ半分という調子である。そんな彼の手から杯を奪うと、ハマーヌは先ほどまでいた机を顎で指した。

「あいつがうぜぇ」

彼の示した方角に目を向けたウルーシャは、急に慌《あわ》てた声を出した。

「おい。ありゃあ光ノ民の次席だよ。お前、失礼なことしちゃいねぇだろうな」

むっつりと黙り込んだハマーヌの顔を見て、全てを悟ったようである。

「しょうがねぇ奴」

相棒はやれやれと溜め息をついた。何故か口もとが柔らかく見えるが、光の加減であろう。呟いた言葉通り、仕方のない馬鹿な奴と思っているのに違いない。

ハマーヌとて分かっている。こんなことをしても無意味だと。相棒はいつか去るもの、生涯組む相手を変えない方が稀有《けう》である。ハマーヌのように戦闘以外何の役にも立たぬ連れなど、ウルーシャにとっては上に登りつめるための踏み台でしかないだろう。

しかし、踏み台には踏み台なりの意地がある。置いていかれる身であればこそ、より高く飛べる者の足掛かりでありたい。次席止まりの中途半端な何某なぞに利用されるほど、安くないつもりであった。

常ならば絶え間なく話し続けるウルーシャであるが、機嫌を損ねたのか、そっぽを向き沈黙している。気まずい空気を払拭するほどの話術を持たぬハマーヌは、ただ待ち続けた。

やがて、無言に耐えかねたらしい相棒がつっけんどんに言い放った。

「で？　これからどうする？」

ラクスミィ王女の追跡の件であろう。足取りが摑めない現状では、捜索の手順は各班の裁量に任されている。となれば、自分たちが為《な》すべきことは一つだ。

「戻る」

相棒は驚いたように振り返るも、ハマーヌと目が合うや「そうか」と思慮深く頷いた。

「盗賊団の根城だな。そろそろ軍の検分もひと区切りついた頃だろうしな。現場に立てば何か見えてくるかもしれねぇ」

「ありえねぇモンかもしれねぇな」

ハマーヌの独り言に、ウルーシャはやっといつもの勝気な笑みをのぞかせた。

「望むところだ」

第二章

一　秘《ひ》文《ぶん》

ミイア——ミイア——

呼び声に、ぱっと目を見開くと、そこは湖の底だった。

白い砂の絨毯《じゅうたん》、透きとおった青の世界、頭上できらめく光の網。揺蕩《たゆた》う藻の間を魚の群れが縫うように泳いでいく。声は魚たちの向かう先からするようだ。ミイアは砂をえいやと蹴った。身体がふわりと浮かび上がる。水をひとかきすると、すぐに群れに追いついた。衣の裾をむなびれのように閃《ひらめ》かせ、ミイアは湖中を駆けた。

進むにつれ、薄布を一枚もう一枚と重ねるように青が深まっていく。辺りが濃紺に染まり、もう少しで闇色に変わるという時だ。一緒に泳いでいた魚たちが急にまばゆく輝いた。辺りを瑠璃《るり》色に照らしながら、彼らは互いに溶け合い、一つの光となる。

「ミイア——ラクスミィ」

光は厳《おごそ》かに、けれども懐かしい声でミイアを呼んだ。

「そなたはイシヌの未来の女王を支える者。妹を守ることは即ち、家を、火ノ国を、天ノ門を、大地を、民を守るのと同じ。よう学びよう励み、妹の力となれ」

母さまと同じ凜《りん》とした佇《たたず》まいの光が、濃紺の闇を指差した。たちまち闇は弾け飛び、白砂にそびえ立つ四面の門が現れる。天ノ門は大きく咆《ほ》えると、あぶくの数珠《じゅず》を巻き上げながら大量の水を吐き出し始めた。

一瞬で水面まで攫《さら》われそうな勢いに、ミイアは全身全霊の力を籠めて踏みとどまった。そんな彼女に縋《すが》りつくように伸ばされる、自分そっくりの手。ミイアが握りしめると「姉さま」と嬉しそうな囁《ささや》きが返った。アリアだった。

ミイアとアリアはひしと強く抱き合った。その瞬間、暴れ水が彼女たちを捕らえた。二人は砂地から引きはがされ、湖を駆け昇り、湖面を突き抜け、竜が天に還るように高く舞い上がった。

気づけば、ミイアは天駆ける竜の姿に転じていた。四肢に雲を纏《まと》い、たてがみを振れば雨が降り、尾をしならせれば気流が生まれ、咆えれば雷鳴がとどろいた。背にアリアを乗せ、蛇のようにくねる青河《せいが》をはるかに見下ろし、ミイアは飛翔する。大地は草の波打つ平原から黄金の砂漠へと変わった。砂丘の谷間に落ちゆく夕日の燃えるような真紅の中へ、ミイアはまっすぐ飛び込んだ——

不意に、固い大理石の感覚が足の裏に伝わった。かんかんという小気味よい靴音。

真っ赤な夕焼けを浴びて、ミイアはイシヌの城の廊下を駆けていた。ずっと後ろでアリアが

「待って、姉さま!」と叫んでいる。その声はどこかふわふわと遠く、待つ気は全然起こらなかった。アリアは後からゆっくり来ればいい。

それより早く、早く、早く。

母さまにお見せしよう。

ミイアは高らかに歌った。透きとおった糸が頭上できらりと瞬《また》き、まるで繭《まゆ》のようにしゅるしゅると彼女を覆った。母さまが見せてくださった、あのきれいな水の技だった。

神童だと声が上がった。不吉だと別の誰かが慄《おのの》いた。

またある者は、ミイアに跪いた。東の地から訪れた使者だ。顔の輪郭《りんかく》がぼんやりとして、今一つ掴めない。よく見ようと近づくと、使者はすぅっと溶けていき、代わりに見知った顔が目の前に現れた。

「おめでとうございまする、ミイアさま!」

腹の底に響く晴れやかな声——南将《なんしょう》のものだった。

〈不吉の王女〉とミイアを後ろ指差す者ばかりの中で、彼はまるで自分の娘のように彼女を可愛がった。アリアも交えての三人で追いかけっこしたり、かくれんぼしたり。頬が落っこちそうなほど甘ぁい藤餅《ふじもち》をこっそりくれたり。ミイアにとっては、臣下というより、優しいおじうえに近かった。

「姫さまは、水の神に愛されてお生まれだ」と南将は言った。「つまらぬ噂などお気に留めますな。世界は広うございますぞ。姫さまはいずれ、火ノ国に真の豊かさをもたらす御子となりましょう！」

その時、氷のような視線がミイアを貫いた。母さまが怒ってらっしゃる、そう思って振り向くと、もう一人の将、北将《ほくしょう》が立っていた。

いつも言葉少なく、気難し屋の、近寄りがたい雰囲気の男だ。けれど、このような目をしていただろうか。ミイアの全身を縛り上げる、恐ろしい色。

「水の神よ」北将が呟く。「瓜二つの姫二人。祝福し給《たま》う子を取り違えられたか……」

すると、景色がぐるりと廻り、ミイアは妹や母さまとともに食卓を囲んでいた。

イシヌの夕餉《ゆうげ》はいつも、汁物一碗におかずが三皿、漬物一鉢と季節の果物が一切れ。王家の食卓としてはとても質素らしいけれど、自分のお気に入りの食器に盛りつけられる温かな料理は、ミイアとアリアの毎日の楽しみだった。

でも、二人は子供だ。多少の好き嫌いはあった。ミイアは久々根《くくね》の独特の匂いがほんのちょっと苦手で、アリアはすずしろの歯触りがあんまり好きではなかった。料理人はそれを知っていて、灰汁《あく》を抜いたり、たれをつけたり、気づかないよう細かく刻んだり、はてはすりつぶしてみたりと、あれこれ苦心してくれてはいたけれど、嫌いなものほどよく分かるものだ。ミイアはお碗の蓋を取るや、久々根の匂いをすぐさま嗅ぎ分けたのだった。

ミイアはちらりと隣のアリアのお碗を覗いた。なんだか久々根の量が少なく見えた。アリアは反対に、すずしろののったお鉢を見比べていた。ミイアのお鉢の中身が幾らか小さく見えたようだった。二人は目配せし合い、母さまが臣からの奏上に気を取られているすきに、ささっとお碗とお鉢を取り替えた。

交換してみると量も大きさもたいして変わらないようだったけれど、そんなことはどうでもよくなっていた。秘密ごとが楽しくてならず、二人はくすくす笑いを必死に嚙み殺して、箸《はし》を手に取った。

元凶は、お碗だったのだろうか。お鉢だったのだろうか。ともかく、食べ始めてすぐのことだ。アリアが突然椅子から転がり落ちたかと思うと、げぇげぇと胃の中身をぶちまけ出した。

毒だった。

次の瞬間母さまが血相を変えて、ミイアの右手を思いっきりはたかれた。衝撃で、ミイアが今まさに口に運ぼうとしていたすずしろの一かけらが、手から弾き飛ばされた。きれいに透きとおったお野菜が宙を舞い、床に落ち、べちゃりと潰れるまでの様子が、鮮やかに瞼《まぶた》に焼き付いた。

――ごめんなさい。ミイアは必死に叫んだ。ごめんなさい。お皿を取り替えっこして、ごめんなさい。みんなの前で術をみせて、ごめんなさい。もう二度と水は使いません。

けれどもその時には、母さまはアリアのもとに向かわれていた――

ミイアの頰に、そっと温かな指先が触れた。母さま。そう思ったけれど、聞こえてきた声は別人のものだった。

「ミミちゃん、起きて。朝よ」

はっと瞼を開いたミミは、自分がどこにいるのか一瞬分からなかった。未だ夢の中のような心地で、ぼんやりと辺りを見回す。

そうだ。ここは水蜘蛛族《みずぐもぞく》の住処《すみか》だ。

タータは、水蜘蛛族としては相当な変わり者のようだった。ここでは、女は女ノ間、男は男ノ間に集まって仲良く並んで眠る。でもタータは、仲間から離れたところに自分だけの小部屋を作り、一人そこで寝起きしていた。水から練った糸を丹念に織り込んだ鞠《まり》のような部屋は、光はよく通すのに、外から中の様子は全く見えない。新参者のミミにとっては、もの珍しげな視線から逃れられるので、気の休まる場所だった。

「おはよう、ミミちゃん」と、タータの紅《あか》い唇が囁く。「お腹が空いたでしょう？　さあ、顔を洗って。着替えたら下に行きましょう」

そう言って木を削っただけの盆を差し出してくる。中身は空っぽだった。さっぱり意味が分からず、ミミが目を瞬《しばたた》いていると、「あら」と悪戯《いたずら》っぽい微笑みが返った。

「難しいかしら？　手伝いましょうか？　それとも、滝壺まで汲みに行く？」

煽るような物言い。何を仄《ほの》めかされたか悟ったミミは、頭のてっぺんがかっと熱くなった。この女は、水丹術《すいたんじゅつ》を使って盆を水で満たしてみせよと言っているのだ。ミミの力を試そうというわけだ。なんと無礼な！

先ほど夢で母さまに誓った言葉は、どこかに吹き飛んでいた。ミミは盆を奪い取ると、一心不乱に式を練り始めた。ここの大気は蒸気に満ちている。一から水を生み出す必要はない。砂漠で水を操った時より、もっとうまくやってみせる……！

「まぁ……！　すごいわ！」

驚嘆の声を浴びてミミは「思い知ったか」と胸を反らせた。とても良い気分だった。仔犬のようによしよしと頭を撫でられるのは少し気に入らなかったが、タータの表情がたいそう嬉しそうだったので、好きにさせてやることにした。着せられた衣は、どこぞの娘のお下がりのようだったが、それも許してやった。

食事ノ間では女たちが集まり、朝餉《あさげ》とおしゃべりのために口を忙しく動かしていた。タータはやっぱりその輪には加わらない。「好きなものを取って」とミミに小さな籠を渡して、広間の中央に向かう。そこには色とりどりの果実が、どんと無造作に積まれていた。爽やかな香りの黄金色の柑橘《かんきつ》類。甘い芳香の深紅の桃。瑠璃色の大粒が房のように連なる葡萄《えび》葛《かずら》。どれもこれも見たことのないものばかりだった。

中身のはち切れそうな柘榴《ざくろ》、瑞々《みずみず》しい青の葡萄葛を一つずつ、タータが選んだ。ミミも同じようにすると、タータの後をついて果物の山の後ろに回った。そこにあったのは、ほかほかと湯気の立つ川魚の串焼きだった。わたを抜いて塩をまぶして炙っただけのとても素朴なものだったけれど、丸々太った魚の腹を一かじりするなり、じゅわっと脂の旨みが口の中に広がった。

ミミは夢中で魚を頬張った。あっという間に一匹たいらげ、二匹目もすぐに骨だけになった。温かいものを食べるのは久しぶりだったし、一座での食事はお世辞にも豊かとは言えなかったのだ。……とはいえ、少々欲張りすぎたようだ。

「ゆっくり食べて」と朗らかな声。「それとも三匹は多かったかしら？」

タータは笑いつつ、咳き込むミミに串を置かせ、代わりに椀を持たせた。何かの乳が入っている。少し癖のある香りだったが、ほんのりと甘く、刻んだはじかみが浮いている。一口飲むと、手足がぽかぽかしてきた。

ミミは葡萄葛の丸い実をつまみつつ、周りを眺めた。女たちは気ままにやってきて、気の向いたものを食べ、好きにおしゃべりして、好きなときに去っていく。大勢がたっぷり食べていくのに、果物の山は少しも小さくならない。

「これらは、どこで採っておるのじゃ？」

何気なく尋ねると、タータはなんと、ミミが残した焼き魚を食べているところだった。びっくりしているミミに構うことなく、彼女は言う。

「森にたくさん実っているわ」

彼女の言いようからミミがなんとなく察した通り、水蜘蛛族は農耕の民ではなかった。その必要がないのだ。なにしろ、森のそこら中に食べものが転がっている。米や麦はないが、木の実や果実で十分腹は膨れる。精のつくものが欲しければ足もとの滝壺に魚がぴちぴち跳ねているし、肉が恋しいのなら岩場をぴょんぴょん跳んでいる鹿や山羊《やぎ》を追えばいい。

もっとも、それは水使いに限った話だ。川や滝が大蛇のようにのたうち、鉄砲水にいつ襲われるともしれぬこの地では、水が操れなければあっという間に命を落としてしまうだろう。

果実を摘むのも狩りをするのも、〈舞い手〉という不思議な姿の男たちの仕事だった。彼らはいつも動き回っている。この森の絶え間なく降りしきる雨のように、御しがたい力が彼らの肉体へとそそぎ込まれ続けていて、止まれば死ぬかのようだった。

「その通りよ」と、タータは言う。「――この森に入った以上、貴女《あなた》はもう水蜘蛛族よ。大事なことだから、よく覚えておいてちょうだい。

舞い手は踊れなくなったら、終わり。怪我や病気で動けなくなったり、捕らえられて身体を縛り上げられたりしたら、たとえ食事を摂っていても、徐々に衰弱して死んでしまうの」

妙に生々しい物言いに、ミミは問わずにはいられなかった。

「……誰か、捕らえられたことがあるのか?」

「ええ、そう」

タータの話では、はるか昔、舞い手になりたての男の子が森の外に遊びに出たところ、外の人間に攫われてしまったらしい。外の者にとっては舞い手の姿がもの珍しかったのだろうし、もしくは水を操るさまを見て、欲しくなったのかもしれない。

「で、捕らえて、縛って……殺してしまうたのか」

「そう。当時、一族みんなで必死に探したらしいのだけど、やっと見つけた時には、もう手遅れだったらしいわ。それ以来、私たち水蜘蛛族はこの西ノ森の奥に身を潜めるようになったの。森の外に出るときは女だけで行くと決めてね。ほら、女なら外の人たちと変わらないから、水蜘蛛族とばれないでしょう?」

そのため、森の外で入り用な物を調達(ときどき強奪)するのが女たちの役目に、留守を預かるのが男たちの役目になったらしい。

事情は分かったが、ミミはなんだか納得がいかなかった。

「それは大昔の一度きりの話じゃろう？　何故《なぜ》そなたのように強き者までが、こそこそ森に隠れて暮らさねばならぬ？　男の子はかわいそうじゃったが、捕らわれたのは彼が弱かったから。助けられなかったのは仲間の力がなかったからにすぎぬのに」

タータはただ、うっすらと微笑んだだけだった。

狩りに出かけないとき、舞い手らは屋上の舞台で日がな一日踊り続けている。タータに教えられながら眺めているうちに、ミミも舞いの意味を掴み始めた。繭《まゆ》家《や》の周りの流れが穏やかなのは、彼らがこうして水を操り続けているおかげだ。そうでなければ、豪雨が叩きつけ、川は溢れ、木々は倒れ、滝は荒れ狂い、鉄砲水が襲うまでもなく繭家はぼろぼろになって、滝壺に落ちてしまっているだろう。

激しく躍動感あふれる舞いに見入っていると、手拍子が不意に途切れた。踊りを止めた若者たちの代わりに壇上に現れたのは、髪もひげも真っ白な一人の老人だった。

「まあ、ウパのお爺さま！」タータが高揚した声を上げた。「踊りに出ていらっしゃるなんて、珍しいこと！」

ウパと呼ばれた、背の大きく曲がった老父の舞いは、他の誰のものとも異なっていた。ゆったりとした腕の動きは大海原の波のよう。密やかな足の運びはこんこんと湧く泉のようだった。とても緩やかな、気だるげとも見える舞いなのに、雨脚はさあっと弱まり、風にたなびく滝の水は眠りに落ちたように穏やかになっていく。

「ね、素敵でしょう」タータがミミに囁きかける。「あの人が今の舞い手で一番の手練れなの」

敬愛の念あふれるタータの言葉を聞いて、ミミはてっきりウパは舞い手の長《おさ》なのかと思った。ところが他の舞い手たちは、ウパの踊りにどこかいらいらしている様子だ。しばらくすると、待ち切れなかったのか数人がずかずかと舞台に上がり、まだ踊っている老父をぞんざいに外へ押し出したのだった。

やれやれと苦笑いしているウパに、タータが手招きして横に座るように促す。

「相変わらずお見事ですわ。いつ見ても惚れ惚れします」

「ほっほ」ウパは白いひげを揺らして笑う。「貴女さまにそう言っていただけるとは、なんと光栄な。十年は若返ったような心地ですわい」

朗らかに話す二人に、周りの男たちが冷ややかな視線を向ける。ミミはふと、奇妙に思った。舞い手たちの年齢についてだ。奇妙な風体なのでよく分からないけれども、ウパ以外の者はみんな若いようだ。十代二十代ばかりで、四十を超える者はほとんどいないだろう。

そうか。ミミは悟った。舞い手は踊れなくなったら終わり。怪我や病気、囚われの身となる他に、老いも大敵なのだ。ということは、老いてもなお舞い手であり続けるウパは、やっぱり達人のはずだ。それなのに、この扱いはなんだろう?

ミミが疑問を投げかけようと口を開いた時だった。

「タータさん、そんな爺さんの相手なんか面白くないだろう?」

ぐいっと二人の間に割って入ったのは、すらりと背の高い舞い手だった。ここに来て間もないミミの目にも、彼は印象に残っていた。必ず舞台の真ん中を陣取って、誰よりも長い手足をたっぷりと見せつけるように踊る、ちょっぴり目立つ男だ。ミミがもし男の色香を理解できる年頃なら、ただの気障《きざ》ったらしい自惚《うぬぼ》れ屋とは思わなかったかもしれないが。

若者は犬でも追い払うようにウパをあしらうと、勝手にタータの横に腰を下ろした。

「いくら気持ちが若返ろうとも、爺さんのしなびた肌が変わりはしないさ。タータさん、貴女にはもっとふさわしい相手がいるよ」

男は甘い声で囁きながら、指先で紺碧《こんぺき》の被りものに触れる。ミミの背筋に、ぞわりと何かが走った。タータも払いのけこそしなかったものの、あからさまにうんざりした様子だ。

「貴男《あなた》にはもう決まったひとがいるでしょう。カラ・マリヤ、素晴らしい彫り手よ」

「でも、貴女ほどじゃない」若者は熱心に言い寄る。「マリヤさんが何と言おうと、僕は固く心に決めていた。僕の右腕は、貴女に捧げるんだってね」

若者の告白に舞い手たちが色めき立った。素知らぬ顔をして、二人の会話に聞き耳を立てていたらしい。思えば、ミミたちがここに来てからずっと、彼らの目はタータを追い続けている。舞台の真正面の特等席をわざわざ空けてくれたのは、新入りのミミのためかと思っていたけれども、どうやらそうではないようだ。

みんなが固唾《かたず》を呑んで待つ中、タータの出した答えは残酷なほど素っ気なかった。

「要《い》らないわ」

けれども、若者は自信家なうえ、なかなかにしたたかだった。

「タータさん、そう言わず、もう一度よく考えておくれよ。あえて言わせてもらうけど、僕ほどの素材は滅多にいないよ。しかも舞い手の命とも言える利き腕の彫りだ。貴女の腕前をその子に見せてあげるには、うってつけだと思うけれど」

そう言ってミミに目配せなんぞよこしてくる。馴れ馴れしいやつは大嫌いだ。ミミはめいっぱいのしかめっ面《つら》を返してやり、無礼者から引き離そうとタータの腕を引っ張った。ところがミミに促されて立ち上がったタータは、ずれた被りものを羽織り直すついでといったふうに、さらりと若者に告げたのだった。

「身体を清めて、女ノ間にいらっしゃい」

驚いたのはミミだけでなかったようだ。しんと静まり返った屋上が揺れるようにどよめいたのは、タータとミミがらせん坂を下り始めてからだった。

どよめきは瞬く間に繭家全体に広がった。

「タータが〈秘文〉を入れるって！」

驚きと興奮がないまぜになった声が、踊り場から踊り場へと飛び交う。階下を覗けば、大人の女たちはわざわざ仕事の手を止め、少女たちは学び舎《や》から脱兎の如く飛び出して、ぞくぞくと女ノ間へと集まっていた。

そんな騒ぎもどこ吹く風で、タータは淡々と準備を進める。鞠部屋にいったん戻ると、壁に並べられた小袋の中から、銀色の草を一つかみ、漆黒《しっこく》の実を一つまみ選び取った。それらを空の椀に入れてミミに持たせると、なめし革の巻物のようなもの、矢立て、洗い立ての手拭い、小さな陶器の壺三つを編み籠の中に納め、部屋を出た。

　女ノ間は満員御礼といった状態だった。老いも若きも食い入るように、タータの一挙一動を見つめている。異様な熱にすっかり気圧《けお》されたミミは、タータに話しかけられていると、すぐには気づかなかった。

「ミミちゃん」と、顔を覗きこまれる。「薬草を煎じてもらえるかしら」

　せんじる。目を瞬かせていると、薬草を煮ることだと教えられた。それだけだった。すっかり困って、手の中の椀を見つめる。けれども、見物人たちの注目を集めていると気づいた時、ミミははっきりと悟った。これは今朝と同じだ。タータはまた試しているのだ。みんなの前で力を示してみよと言っている……！

　ミミは憤然と床に椀を置いた。今度は蒸気を水に変えるだけではない。水が蒸気になるぎりぎりのところまで高めなければならない。難しいけれど、やってやる！

　椀の中で、ぶくぶくとあぶくがはぜ出した。

　おぉ、と溜め息まじりの歓声が上がった。どこからか「タータが連れて帰ってくるわけだわ」という呟きが聞こえてきて、ミミは誇らしさで胸がいっぱいになった。

　ところが、ほんのわずか気が逸れた瞬間、ぱんっとあぶくのはじける音がした。

　はっと視線を戻した時にはもう遅かった。薬湯《やくとう》は吹きこぼれ、半分まで減っている。悔しさと恥ずかしさで、さぁっと血の気が引いていく感覚がしたけれど、タータは椀をふわりとあおぐようにして香りを確かめ、満足そうに微笑みかけてきた。

そこへ人垣が割れ、先ほどの若者が意気揚々と現れた。如何《いか》にも沐浴の後といったふうに、うなじでくくった髪から水をしたたらせ、白い肌着らしきものを纏っている。タータのもとに参じた彼は、たっぷりと額《ぬか》ずいた後、「では！」という掛け声も潔く、上半身を脱ぎ払った。

舞い手はいつも長い上衣の下に布籠手《ぬのごて》・布手筒《ぬのてづつ》、巻き脚絆《きゃはん》、徳利襟《とっくりえり》の肌襦袢《はだじゅばん》という出で立ちで、顔と指先つま先以外を覆い隠している。布の下に何があるかなんて全く考えもしなかったミミは、露《あら》わになったものを一目見るや、雷に打たれたようになった。

刺青《いれずみ》だった。浅黒い肌の上で、色とりどりの紋様が大河のように流れ、渦巻き、波打っている。それらが全て比求文字《ひきゅうもじ》と気づいて、ミミはまた衝撃を受けた。まさかこの者たちは、己の身に式を刻むことで水を操っていたというのか！

その通りとタータが頷《うなず》いた。

「水蜘蛛族に代々伝わる秘文、水丹術の比求式を彫った肉体そのものが、彼らの武器よ。こうすることで式を唱えず丹導器《たんどうき》を使わず、ただ動くだけで水を操ることができる――その動きを〈舞い〉と呼んでいるわ。そして〈舞い手〉の身体に式を施すのが、私たち〈彫り手〉の役目なの」

タータはまず、ミミが煎じた薬湯を若者に差し出した。施術の間眠れるようにとのことらしい。ところが、若者は椀を押し戻した。

「そんなもの、僕には不要だ。立派に耐えてみせるよ。声一つだって上げはしない」

堂々と胸を張る彼に、タータは困ったような微笑みを浮かべた。

「貴男が弱いと言っているのではないわ。こうした方が傷の治りがよいだけ。早く舞台に上がって出来栄えを見せてちょうだい」

意外や若者はあっさり頷いた。少しほっとしたように見えたのはミミの気のせいだろうか。もしかするとさっきのは強がりで、本当はとっても痛いのかもしれない。

薬湯が効くのを待つ間、タータは彫り道具をみせるからと、ミミを傍《かたわ》らに招き寄せた。革の巻物は針入れだった。広げた革の内側に、様々な太さの長針がずらりと並んでいる。

「彫り手にもよるけれど、私は舞い手ごとに新しい針を使うわ。揃えるのが面倒だけど、舞い手の身体にはいいように思うから。顔料は藍・緑・朱《あか》の三色よ。藍は〈白亜《はくあ》ノ砂漠《さばく》〉に生える聖樹《せいじゅ》の皮、緑は光《ひかり》ノ原石《げんせき》を砕いた粉、朱色は東の果てにそびえる火ノ山の、溶岩の澱《おり》から作るの。それぞれ効能が違うのだけど、細かいことはおいおい教えるから、今は大まかなことだけ覚えておいてちょうだい」

これから使うのは藍色がたくさんと緑色が少し。朱色は、今日は要らないらしい。藍の顔料には丹導術士《たんどうじゅつし》の力の源である〈丹〉を〈伝える〉働きが、緑の顔料には丹を〈解き放つ〉働きがあるという。朱色の顔料には丹を〈取り込む〉働きがあるが、扱いが難しくとても貴重なので、ちらりと見せてもらうだけに終わった。

女たちが若者を横たわらせた。辛うじて目は開いているけれど、とろんとしているところをみると、そろそろ薬が回ってきたようだ。仰向けになった彼の首を支えるように籐の枕が差し込まれる。

　舞い手の胸板に、タータはするりと手を置いた。心臓の上のひときわ大きな字を、白い指の腹でなぞっていく。若者のまつげが細かく震えた。

「どこにどんな式をどう置くか」タータは歌うように呟く。「まずよく練ること。それが全てを分かつわ。水丹術は力の加減が少しでも狂うとすぐに破綻してしまう。わずかな間違い一つで式全体が無意味になってしまう」

　ミミはさっきの失敗を思い出した。ほんの一寸《ちょっと》気を緩めただけなのに、水はすぐ蒸気に返ってしまった。ただ、唱え間違えたなら唱え直せばいいことだけれども、人間の身体に刻んだものはもう消しようがない。取り返しがつかないのだ。

　そこまで考えて、疑問が湧いた。

「どうして、式を唱えるのではだめなのじゃ？」

「水丹術の比求式は、どれもとてつもなく長いでしょう？　例えば鉄砲水に襲われたとき、一から唱えていては間に合わない」

「では……では……、どうして水丹器を作らぬのじゃ？　わざわざ痛い思いをせずとも、水を操る丹導器をこしらえればよいことではないか」

「それも同じ。式が長すぎるの。水を操るのが難しいと言われるのは、周りの状況に応じて、使う比求式をどんどん変えていかなければならないから。丹導器はあらかじめ式を書き込んで使う道具。便利だけれど式が固定されるから、水丹術とは相性が悪いの。どんなときでも動くように式を書き込んでいくと、家のように大きな機械になってしまう。補助用の器具なら別だけれど」

説明を聞いたミミの頭の中に浮かんだのは、湖の底に沈む天ノ門と、イシヌ家の秘宝・天《てん》ノ金環《きんかん》だった。なるほど確かに、巨大な機械仕掛けか補助道具しか、水丹器を見たことがない。

理屈は分かったが、なお納得がいかない。

「ならば、人のからだにおさめるのも無理ではないか」

タータの瞳が不敵に光った。

「それを収めてみせるのが、我々彫り手の腕の見せどころなのよ」

もっと近くに寄って、刺青を見てみるようにと、タータが促す。朦朧《もうろう》としている若者の肌に顔を近づけるのはなんだか恥ずかしかったけれども、秘文を読み始めるにつれて、気まずさはどこかへ飛んでいった。

「これはいったい何の式じゃ？」

ミミはつい大声で叫んだ。

若者の身体に刻まれた術式にはミミの知らない字がたくさんあったから、読みとれていないだけなのだろうか。でも、水の式の初歩ぐらいなら彼女にも分かるはずなのに、馴染みの文がどこにもないのだ。

「よぉく見て」とターターは促す。「貴女なら、きっと分かるわ」

言われて見返すと、知っている比求式のかけらはあるようだ。どれもこれも中途半端に途切れた、意味のないものになっているけれど。

困惑しながらもミミが思ったままに告げると、タータは楽しそうに笑った。

「そうね。じゃあ、これならどうかしら？」

ほっそりとした指先が浅黒い肌の上をたどっていく。右胸に刻まれた式、脇腹を伝う文字の列、右のももの外側の渦。また右胸に戻ると、今度は左肩の後ろの一節、左肘の裏から親指までの流れへ——教えられた通り順々に読み取ると、ばらばらだったものが一つの意味のある式となった。

「水ノ繭の式！」

「そう、正解！　では、これは？」

タータの指が次々と比求文字を繋《つな》ぎ合わせて、巧妙に隠された式を浮き上がらせる。ミミは瞬《まばた》きするのも忘れて刺青に見入った。嵐のような興奮が彼女の小さな身体の中で暴れていた。

やがて、ミミは気づいた。胴体の部分に刻まれた文のかけらが、色々な術の式に何度も出てくると。

「その通り！」満足そうな相槌が返った。「よく気づいたわ。それこそが、水蜘蛛族の秘文の真髄《しんずい》。こうやって、水の式をできる限りばらばらにして舞い手の動きに合わせて彫ることで、色々な組み合わせの術式を使えるようにするというわけ」

ミミは驚いた。タータの説く式の組み上げ方は、ミミが自ら編み出したものとそっくりだったのだ。

母さまの水の技に焦《こ》がれたミミは、自分の力で繭を紡ぎたいと夢中で考えた。そこで丹導学書のあちこちから、必要な式だけを抜き取って繋ぎ合わせることを思いついた。だが、そんな彼女の発想は、イシヌの城ではありえないものだった。ミミがどんなに説明しても、城の丹導学士たちも母さまも、誰一人として理解してくれなかったのだ。

驚喜《きょうき》が、ミミの身体を駆け巡った。ここ西ノ森では、自分と同じように式を組み立てる者がいる。自分と同じように世界を見る者が、ここにはいるのだ。

タータは矢立てを手に取った。薄い墨を含んだ筆を引き抜くと、すぅすぅと穏やかな寝息を立てている若者のまっさらな右腕にぴたりと当てる。これから刻む秘文の下書きらしい。ミミの後ろで見物人たちが「いつも、そらで入れるのに」と囁き合っていた。

「よく使われる文節は、水丹術の要《かなめ》。他と連動しやすいよう、体幹の近くに置いて。少しの力で働くよう、文字は大きくなめらかに。反対に、特徴のある文節は術を形作るもの。細かな動きにも応えられるよう、小さく繊細《せんさい》に、精密に仕上げて」

タータが筆を走らせていく。傍目《はため》には何の脈絡もない文字の羅列《られつ》が、さらさらと一切の迷いなく紡がれていく。

現れた比求式は、まるで絵画や紋様のように美しかった。下書きの段階なのに、若者の肢体の中で右腕だけが光り輝いて見える。

それからたっぷり二刻。タータが長い針を自在に操って、点描を打つように下書きの文字の輪郭に顔料を落としていくさまを、ミミは食い入るように見つめ続けた。集中しすぎて両目の奥がかっかとし出した頃、針の動きがようやく止まった。

「はい。今日はこれでお終い」

わあっという歓声、ほぅっという溜め息が、あちらこちらで上がった。ミミは息を押し殺し続けていたことにやっと気づき、ふぅーっと肺の空気を吐き出した。頭がなんだかふわふわとしている。

彫りを始めから終わりまで熱心に見ていた若い娘が数人、後始末を買って出ると、まだ寝ている舞い手の右手を清潔な布で巻き始めた。処置を施しながら、彼女らの目はタータの彫りに釘付けだ。まだ文字の輪郭だけだったけれど、既に息を呑むような見事な出来栄えだった。

「舞い手の体調にもよるけれど」と、タータは言った。「七日ほど空けて、文字の中を埋める作業に入るわ。色の配分や濃淡に気をつけなければならないけれど、彫りの技術としては単純だから、次は貴女にも少し経験してもらうわね」

なんとタータは、ミミにもう針を持たせるつもりでいるらしい。ミミがびっくりして見つめると、紅い唇は艶《あで》やかに微笑みかけてきた。

ミミはこの時はっきりと悟った。自分はきっと水の神に呼ばれたのだと。

この西の最果ての地で、タータという師に出会うために。

二　式要《い》らず

「よし、いいぜ」ウルーシャが告げた。「でも、早くしろよ。この技はそんなに長くはもたねえからな」

ハマーヌは頷《うなず》くと、茂みの中から出て、かつて〈血と闇の一団〉の根城であった廃墟に足を踏み入れた。周囲には公軍《こうぐん》の監視の目が残っているが、ウルーシャが夜中に仕掛けた光丹術《こうたんじゅつ》の罠で番兵たちを欺《あざむ》いている。「蜃気楼《しんきろう》と同じ原理でな……」と説明を受けたが、光は自分の領分ではないので理解しようとは思わなかった。

廃墟は多少片づけられていたが、争いの爪痕は手付かずの状態で残されていた。ハマーヌはそれらを一つ一つ見て回った。いや、見て、と言うのはいささか語弊があろう。視覚はとかく主張が強すぎる。彼はまず痕跡の位置だけをざっと確かめると、初めの場所に戻って、静かに両の瞼《まぶた》を閉じた。

雑念を断ち切り、この場が訴えかけてくるものに意識を合わせること、数拍。やがて彼の瞼の裏に、激しい攻防による丹の流れが残像の如く浮かび上がってきた。

丹を感じ取るなどいったいどうやっているのかと、以前相棒に訊かれたことがある。しかしどう説明したものか、ハマーヌには分からなかった。例えば聞こうとせずとも音が鼓膜を震わし、風が気まぐれに肌を撫で、匂いが独りでに鼻腔《びこう》へと入り込むように、丹は勝手に語りかけてくるものである。四六時中触れているものをいちいち感覚として拾い上げていないだけで、どのように感じ取るのかなどと問われても答えに窮《きゅう》するしかなかった。

盗賊団が襲撃されてから約半月。西の砂漠に消えたという馬車の痕跡は、さすがに感じ取れなかった。しかし、戦闘跡の丹は今なお乱れ、ざわめいている。目を閉じたまま逆巻く流れをじっくりと追っていると、焦った調子の小声が彼を呼んだ。

「おい、ハマーヌ。もう行くぞ。術が切れちまう！」

思ったより長居をしてしまったようである。まだ留まりたい気持ちもあったが、ハマーヌは従順に目を開けると、相棒の背を黙って追いかけ、廃墟を抜け出した。

「で？」

兵隊たちの目に一度も留まることなく、無事に砂丘の陰に停めていた馬車へと戻るや、ウルーシャがせっつくように口を開いた。

「お前の勘はなんて？」

どうしても聞き捨てならず、ハマーヌは「……勘じゃねぇ」と抵抗を試みた。しかし、案の定「だったら、何だよ」と切り返され、大人しく初めの問いに答えることとした。

「二人だ。それより多くも少なくもねぇ」

そう断じると、ウルーシャは驚いたように目を見張ったが、否定は一切しなかった。

「……女か？」

「それは分からん」

「まあ、男だったとしてもだ。二人だけで、どうやって戦ったんだよ？」

ハマーヌはその場に腰を下ろして胡坐《あぐら》をかくと、砂の上に指でよろよろと線を引いて、とつとつと説明を始めた。ウルーシャは辛抱強く耳を傾けたのち、一つ頷くと、鮮やかに話をまとめてみせた。

「つまりこうか。まず根城の入り口付近で、頭《かしら》のサグが襲撃者の片割れと一騎打ち。たちまち劣勢となり、部下たちに加勢させたが、襲撃者のもう一方がそれを防御。頭が倒れて逆上した連中が敵を取り囲んだが、敵二人に瞬時に一掃された……」

さすがはウルーシャである。拙《つたな》い説明から、正確に状況を把握したようだ。

「なるほどな。戦闘跡は入り口辺りに集中していたうえに、綺麗な放射状だったからな。盗賊団は、自分たちが取り囲んだ敵から逃げる間もなく、やられちまったってわけか」

さらに理路整然とした裏付けまでついて、ハマーヌは満足しきって立ち上がった。しかし、ウルーシャに鉄《くろがね》色の襲衣《おすい》を引っ張られ、再び砂の上に座ることになった。

「で？　この二人が丹導術士《たんどうじゅつし》だとして、いったい何の使い手なんだ？」

そうであった。そこが一番の難問であった。ハマーヌは一瞬迷ったが、感じたままを告げるしかない。もう一度砂に描いた下手な絵の中に指を差し入れたが、話が進むうち、ウルーシャの垂れた眉がみるみるつり上がっていった。

「おい、ハマーヌさんよ。真面目なツラして、俺をからかってンじゃねぇだろうな」

全くもって心外だ。しかし、そう言いたくなる気持ちは分かる。これはもはや信じるか信じないかの問題であった。

鋭く睨みつけてくる目を、まっすぐ受け止めること、十数拍。先に視線を逸らしたのはウルーシャの方であった。

「……分かったよ。お前は腹芸なんかできねぇし、冗談も言わねぇ。だがよ！」

相棒の手が砂絵を叩いた。

「これはいくらナンでも、ありえねぇ！　ちょっと聞いただけでも、風、土、金、磁、火、氷、光、闇、雷——丹導術のほとんどの分野を網羅してンじゃねぇか！」

ハマーヌは反論しなかった。反論しようがなかった。彼自身も困惑していたからだ。

丹導術とは、丹を介して、力を操作する技である。力には様々な種類があり、例えば、ハマーヌの十八番《おはこ》・風丹術《ふうたんじゅつ》は、単なる〈風熾し《かぜおこし》〉の技と誤解されがちであるが、振動や圧、波動を操る技術である。ウルーシャの光丹術は風丹術から派生した領域で、粒子と波動両方の性質を一度に使うという高等技術である。その他、熱量を駆使する火丹術《かたんじゅつ》、物質の結合力に特化した土丹術《どたんじゅつ》などなど、いずれの分野も専門性が非常に高く、一つの分野を究めることも難しい。

「机に向かってちんたら資料を紐解いている学士《がくし》なら、まだ分かる。けどな、術士だぜ？　一瞬が生死を分ける戦闘の最中に専門外の技を練る余裕なんか、あるわけねぇよ！」

よって少なくとも使われた力の数だけ、使い手がいたと考えるべきだとウルーシャは主張する。それでもハマーヌが頑迷に首を横に振り続けるので、相棒は頭痛をもよおしたのか額に手を当て、うなだれた。

「……だけどよ、ハマーヌ。こんなこと誰も信じねぇよ」

ハマーヌはようやく首肯《しゅこう》した。彼にできるのは、丹の震えを感じるところまでである。その内容をどう活用し、人を動かす道具とするかは、彼の領分ではなかった。

「お前が信じられねぇのなら、この話はここで終わりだ」

事実をそのまま口にすると、何故《なぜ》か相棒の瞳が大きく揺らいだ。

ウルーシャは唐突に、砂絵を蹴るようにして立ち上がった。固く強張った背を向けて、長い沈黙に入る。硫黄《いおう》色の襲衣の裾から覗く足先が、苛々と黄金色の砂粒を踏みしめていた。何かがひどく相手の気に障ったらしいということだけを感じ取ったハマーヌは、同じく沈黙して待ち続けた。

やがて、ウルーシャは忌々しげに「あぁ、もう！」と吐き捨て、天を仰いだ。

「つくづく嫌な野郎だ。分かったよ！　どうせなら一発でっかく当ててやろうじゃん！」

自暴自棄にしか聞こえぬ啖呵《たんか》であるが、こちらに向き直った目にはウルーシャらしい野心がしたたかに光っていた。

一刻も無駄にできぬと言わんばかりの勢いで、馬車を出せと急《せ》かされた。どこへ向かうのかと思えば、ここから二つの集落を越えた先にある田舎町であった。

「もう集まる頃だからな」ウルーシャは言う。「俺らの仲間がさ。いやまぁ、仲間って言えるほどのモンでもねぇか。ただな、この前の会合で、頭領の見立てに納得いかねぇって人が実はちらほらいたんだよ。カンタヴァさんに真ッ向逆らう気はねぇけど、ちょいと場所を変えて話し合おうってことになったんだ」

いつの間にそんな算段をしていたのか。相棒の手際の良さにはいつも驚かされる。つくづく感心しながら馬をひた走らせ、その秘密の集会が行われる予定の、うらぶれた宿屋の角部屋に足を踏み入れたハマーヌは、思わぬ衝撃を受けた。

自分たちを出迎えたのが、晩餐会でウルーシャと熱心に話し込んでいた、あの年輩の風使いだったからだ。

「やぁ、来たね。ウルーシャ君、ハマーヌ君」

「遅くなってすみません、アニランさん。あの、他の皆さんは」

「食事に出ているだけだよ。もうじき帰ってくるだろう」

穏やかに告げ、アニランは椅子を勧めた。一礼して腰かけたウルーシャが、扉の前で微動だにしないハマーヌを無言で睨んでくる。しかし、面白そうに微笑んでいる同席者がどうしても気に喰わず、またどうにも気まずく、ハマーヌは襲衣を目深に被り直すと、椅子から一番遠い壁にもたれかかった。アニランの忍び笑いが聞こえてきた。

幾ばくもしないうちに他の者たちが帰って来ると、アニランが早速切り出した。

「それじゃあ、君たちの考えを、もう一度初めから詳しく教えてくれるかな」

ウルーシャが頷き、口を開いた。滔々《とうとう》と流れる端的かつ理路整然とした話に、全員が黙して聞き入った。しかし、襲撃者の術の種類の話になると、反発が次々に起こった。

「全ての力を操る者だって？」「馬鹿馬鹿しい！」「からかうのもいい加減にしてくれ！」

集中砲火を浴び、さしものウルーシャも言葉を詰まらせている。彼自身、半信半疑でここにいるのだ。切り返せずとも無理はなかった。彼が答えを探しあぐねている間にも、反論が非難へ、非難が嘲笑《ちょうしょう》へと変化していく。誰かが「所詮は貧乏人の戯れ言《ざれごと》だよ。功を焦るがあまり、とうとう虚言癖まで引き起こしたらしい」という暴言を吐いた時、ハマーヌは壁からゆらりと身を起こし、嘲《あざけ》りの輪の中に踏み入った。

「その話は俺が言ったことだ」

嗤《わら》うなら俺を嗤え。そういう意味を込め、大口を開けた者一人一人を見据えた。彼の視線をまともに受け止めた者はおらず、次々と顔を背けて、うなだれていく。唯一ウルーシャを嗤わなかったアニランだけが、初めと変わらぬ微笑みを湛《たた》えていた。

「殺気を抑えてくれ、ハマーヌ君。僕らは術士というより学士肌でね。腕っぷしの方はからっきしなんだ。だから、頭領カンタヴァの覚えがめでたくないんだな」

快活に笑ってみせるアニランの声には、如何《いか》にも学者らしい皮肉っぽさが滲《にじ》んでいた。

「頭領曰く、話が回りくどいうえ、何の役にも立たないことばかり気にするのだそうだ。いやはや、耳に痛いよ。だがね、当たり前のこと、ありえないことを考察して初めて、見えるものもある……そうだな、みんな」

ウルーシャの話を『戯れ言』として一笑に付したことを、実にやんわりとたしなめられて、丹導学士たちは恥じ入った様子である。諍《いさか》いの終息を宣言するかの如く、アニランは「よし」と大きく頷くと、ハマーヌを見上げた。

「では、君が『読んだ』という戦闘の様子を、比求式《ひきゅうしき》に書き起こしてみようか」

比求式。予想外の展開に、ハマーヌは目を瞬《またた》かせた。一方で、彼が背に庇《かば》うようにしていた相棒のウルーシャは、喜色満面で学士の顔役に歩み寄った。

「いいんですかい、アニランさん！」

「いいも何も、初めからそのつもりだったんだろう？」アニランは口角を上げた。「頭領を動かすには、襲撃者は二人だったと証明しなければならない。それには、戦闘の軌跡を式図にする必要がある。よってその能力があり、なおかつ出世街道から外れた暇な連中に声をかけて回り、頭領の目の届かない場所に集めたわけだ」

言葉こそ辛辣であったが、ウルーシャを見る目は温かかった。それにへらりと笑ってみせる相棒のそつのない態度に、ハマーヌはひどく苛立った。ウルーシャの横にいると時折こうしたほの暗い焦燥が彼の胸の奥底を掻き乱す。己に欠けたものをまざまざと見せつけられ、虚《むな》しい嫉妬の炎を燃やしているのかもしれない。ただ今日に限っては、相手がとにかく気に入らない。ハマーヌは学士なる生きものが苦手である。

「おい、何むくれてンだ」ウルーシャが耳打ちした。「面倒くせぇとかぬかすなよ。普通はな、こうやって比求式でものを考えるんだよ。お前のために皆さんが骨を折ってくださるんだから、感謝しろよ！　あと、腹が減ったとかぬかすなよ！」

まさか、作業が終わるまで、何一つ口にさせないつもりか。不当極まりない仕打ちに、ハマーヌは嫉妬も焦燥も忘れ果てて絶望したが、幸か不幸か作業はかなり難航する見通しとなり、その日は夜が更ける前に解放された。

南端地方の食事は正直口に合わない。米はまず出ない。肉もまれだ。水場で細々と育てた野菜を鉄鍋に入れ、葉の水分だけで蒸し上げる。それを椰子《やし》の油と絡めて喰うのだ。水は貴重なため、家畜の鼻から抜いた血を乳と混ぜて出されることもある。

幸い、この町は田舎ながら隊商路の近くで、市場が立っていた。菴羅《あんら》の実酒《みざけ》を片手に、屋台から屋台へと渡り歩くハマーヌの後ろでは、ウルーシャが始終ぶつぶつ呟いていた。

「お前が式を書けりゃ早いのによ。なんで書けねぇんだよ。お前って、その気になりゃ何でもできるだろうに、絶対やろうとしねぇよな。馬鹿だから仕方ねぇけどよ」

おだてたいのかけなしたいのか、よく分からない。ハマーヌがとりわけ不思議に思ったのは、自分が買いかぶられているらしい点であった。そういえば〈式要らず〉とかいう妙なあだ名を誰かから聞いたような気がするが、嫌味か皮肉としか思えなかった。

ハマーヌは式を書かないのではない。書けないし、理解もできないのだ。世の現象を、あのように複雑怪奇な図形に落とし込む才能など、一切持ち合わせていない。

あまりの出来の悪さに、一族の恥よとハマーヌの父親は嘆いたものであった。父は、かつて栄華を誇った風ノ民の末裔《まつえい》として天よりも高い矜持を持っており、先祖の知恵と技を絶やさず伝えることが長《おさ》たる者の使命と考えていた。一族の間に子が生まれると箸《はし》より先に筆を持たせ、彼自ら徹底して鍛え教えた。

しかしどんなに手間をかけようとも、ない種は芽吹きようがない。ハマーヌはそうした子供だった。何歳になっても左右が分からず、指の名前もろくに覚えられない。比求式を読み解くには高等算術が必要なのに、数の大小がすんなりと呑み込めず、計算を教わるどころではない。手先は救いがたいほど不器用で、筆を持ってもまっすぐ線が引けず、書き取りとなると平易な音綴りでも不可能であった。連日連夜、父に諭《さと》され、叱られ、怒鳴られ、食事を抜かれ、とうとう平手や蹴りが飛んでくるようになっても、ハマーヌは数の足し引きすらままならず、比求文字に至っては、ただの一文字とて書けるようにはならなかった。

ある日、机に座るや嘔吐《おうと》した息子を、父はついに見限った。あるいはそれが父の愛であったのかもしれぬ。拷問に等しい日々から解放されたと知り、ハマーヌはまず心の底から安堵した。そして、そのようにしか考えられぬ自分を心の底から恥じた。

しかし、できぬものはできぬと開き直れば、精神は不思議と安定した。自分は父の子でなくなったのだと思えば、恥も感じなくなった。数えと音綴り、箸の持ちかただけはなんとか身に着けて、ハマーヌは家を出た。十四歳であった。

以来、一日の食糧と寝床を得るためには何でもやった。年の割に体格がよく、大人の男並みに力があったことが幸いして、ましな職にありつけたときもあった。用心棒である。ハマーヌの一族は〈常地主《とこじぬし》〉と呼ばれる定住の民で、砂漠を移動することはなかったにもかかわらず、妙に風の読みに長《た》けていたのも、大きな強みとなった。次第に彼は町から遠ざかり、屈強な男たちに交じって砂の海を渡る日々を過ごすようになった。

そんな頃のことだ。

『いた！』

隊商路のとある水場、天幕を張っただけの出店がぽつぽつと並ぶほこりだらけの井戸端で、用心棒仲間と安い馬乳酒《ばにゅうしゅ》をあおっていると、底抜けに明るい声が響き渡った。見れば、硫黄色の襲衣を羽織った少年が、こちらをまっすぐ指差している。なんと無礼な奴と思った次の瞬間、そいつはほとんど飛びつくようにハマーヌに近寄ってきたのだった。

『やっと見つけたぜ、この野郎！　俺だ、ウルーシャだ。このツラ忘れちゃいねぇよな？』

ウルーシャとは血の繋《つな》がらない遠縁で、幼少からの顔馴染みである。彼の家は土地を持たぬ〈浮雲《うきぐも》〉で、放牧するような家畜も隊商を営むような財もなく、子供の目にも貧しさが見てとれた。彼の家族は頻繁にハマーヌの生家を訪ねてきたが、おそらく金の無心のためであろう。しかし、ウルーシャはあっけらかんとした子供で、またハマーヌも対等に遊べる相手に飢えていたから、父親同士の話し合いの間、ずっと二人で過ごしたものだった。

かつての遊び相手が突然に現れて、自分を探していたと話す。ハマーヌは考えるよりも先に、ウルーシャを手荒く突き飛ばしていた。

『うざってぇ。誰だよ、てめぇ』

無様に尻餅をついた相手にそう吐き捨てて、ハマーヌは踵《きびす》を返した。無性に腹が立って仕方なかった。あるいは動揺していたのかもしれぬ。よもや知り合いに今の自分を見られようとは考えていなかった。

したたかに尻を打ちつけた相手は、すぐさま跳ね起き追いすがってきた。

『ひでぇな、本気で忘れたのかよ？　こっちはお前が家を出たって聞いた時、まさかと思ったンだぜ。お前、そんなそぶり一切見せなかったからよ。何があったんだよ？』

どんなに振り払おうとしても、ウルーシャは影の如く張りつき、余計なことをべらべらしゃべりながらつきまとい続けた。これを商人や用心棒らが面白がって、ぴぃぴぃと口笛を鳴らしたり『修羅場か、あんちゃん！』と囃《はや》し立てる。まるで見世物であった。とうとう耐え切れず、ハマーヌは足を止めると、背後の影法師に向かって怒鳴った。

『てめぇこそ、なんでこんなところにいやがるんだ！』

ウルーシャは満面の笑みを浮かべた。如何にもしてやったりという、むかっ腹の立つ顔であった。

『つんけんすんなって。何度も言っただろ、お前を探していたんだよ』

まさか連れ戻しに来たのかと身構えたが、そうではなかった。しかし話を聞くうちに、その方がはるかにましであったとハマーヌは思った。

ウルーシャの父親は冴えない男で、光丹術士としては三流であったが、下手な自尊心や嫉妬心がない分、優れた教士《きょうし》だったようだ。息子には惜しげなく己の知る全てを与え、また息子は教えられた以上のことを学びとれる、並外れた頭脳の持ち主であった。すでに家に伝わる術を修め終えたウルーシャは早めの成人の儀を終えて独り立ちをし、これからの仕事の相棒となる風使いを求め、砂ノ領中を旅していた。そしてこともあろうか、ハマーヌを誘おうと追ってきたというのだ。

式も書けず、術も使えぬ落伍者を。

気づいた時には、ハマーヌはかつての友を砂地に叩きつけていた。

『人を馬鹿にするのも大概にしやがれ！』

鼻がつくほど顔を近づけ、ハマーヌは唸った。

『この俺が、てめぇと組むだと。ありえねぇ……！』

そのままくびり殺してしまいそうなほどハマーヌは怒り狂っていたが、己の姿が映り込んだ鳶《とび》色の瞳にひどく悲しげな色を見て、激情は急速に萎《しぼ》んでいった。行き場のないやるせなさとどうしようもない羞恥心だけが残り、ハマーヌは千切れるほど握りしめていた硫黄色の襟を、静かに離した。

ウルーシャは、もう追ってこなかった。

一刻も早く、一歩でも遠く離れたくてたまらなくなり、ハマーヌはやっと馴染んできた用心棒仲間に挨拶もせず、旅の備えも整えぬまま水場を飛び出した。陽が落ちかかった隊商路を、身なりの汚い少年が独り手ぶらで彷徨《さまよ》う。そんな彼の姿に、すれ違う人々が孤児か狂人かと、顔を顰《しか》めていた。

そんな彼に、野良犬の膿《う》んだ傷口にたかる蠅《はえ》の如く、良からぬ輩《やから》が引き寄せられてきた。

ハマーヌが立ち止まれば、背後の気配もぴたりと止まる。気が立っているためか、振り返らずとも彼らの位置や動作、体格や風貌までもが手に取るように分かった。以前に経験があったため、彼らの狙いも容易に知れた。人買いという名の蛮人はどこにでもいるものだ。しばらく後を追い、ハマーヌが本当に一人であることを確かめたのち、襲いかかるつもりなのだろう。

ちょうどいい。彼は思った。何もかも忘れて、滅茶苦茶に暴れてやる。

誘うようにだらりと無防備に立ち尽くすと、何を感じたのか、連中は一瞬ひるんだようであった。しかし、たかが未熟な少年一人。すぐに、数人が彼を抱え去ろうと飛びかかってきた。

初めに触れてきた奴の無骨な手首を摑んで、振り回す。大の男の身体が他の連中を巻き込んで、風車の羽のように旋回した。さらに勢いよくもう一回転。振り子の勢いを利用し、離れたところにいる奴ら目掛けてそいつを投げた。摑んだ手首を放す瞬間、遠心力に耐えかねた男の肩が、ごきりと外れる感覚がした。

悲鳴が上がるより前に、ハマーヌは次の男の懐《ふところ》へと飛び込んでいた。拳《こぶし》を叩きこんで吹き飛ばし、翻《ひるがえ》って隣の奴に手刀を叩き込む。咽喉《のど》笛が砕ける音。くずおれるそいつの身体を引っ摑み、背後に投げ飛ばす。剣を抜こうとした新手がそれにぶつかり、もろとも倒れ込んだ。

目端に逃げる人影を捉えた。躊躇《ちゅうちょ》することなく、ハマーヌは砂を蹴って走り出した。気持ちが昂《たかぶ》っているせいか、隼《はやぶさ》になったような感覚であった。一拍で距離が半分に、二拍でさらに間合いを詰めた。三拍め、目の前の背骨を叩き折らんとした、その刹那《せつな》。

ぐにゃりと視界が歪む。男の背が煙の如く掻き消える。やがて焦点を取り戻したハマーヌの目が見たのは、砂の地面に深々と突き刺さった己の拳であった。

『……もう止めとけ、ハマーヌ』

聞こえるはずのない声と、もうすでに懐かしい足音が、鼓膜を震わせた。

『いくら人攫《ひとさら》いの極悪人でも、こいつらは丹導術士じゃねぇ。これ以上は弱い者いじめだ』

顔は上げられなかった。砂から引き抜いた拳で、ウルーシャの顎を割らぬよう律するだけで精一杯であった。そんなハマーヌの気も知らず、幼馴染は話し続ける。

『それから、いくら術士でもな、夜の砂漠に一人、しかも備えなしで出るなんて、無謀以外の何モンでもねぇだろうが。ほれ！』

どさどさと何かが投げて寄越された。緩慢《かんまん》に視線を向けると、水袋に干し肉が数束、棒状に巻かれた天幕一式。そして、いったいどこで調達したのか、鉄色の襲衣が一着。

『……施しなんか、いらねぇ』

ようよう声を絞り出すと、ウルーシャが苛立たしげに『はぁ？』と喰ってかかってきた。

『お前ね、何を虫のいいこと言ってやがンだ。施しって、踏み倒す気かよ？　俺は生憎《あいにく》そんな余裕はねぇの。俺んちがすっげぇ貧乏なの、お前も知ってンだろうが。そのくせ弟妹ばっかり多くてよ、いっつも腹ぁ空かせて泣いてやがる。だから、俺はすぐにでも出世して、がっつり稼ぎてぇんだ』

ウルーシャはハマーヌの目の前に座り込むと、強引に顔を覗き込んできた。

『綺麗ごとも見栄も言わねぇ。正直に話す。腹が立ったら殴っても構わねぇが、話を聞き終わってからにしてくれ』

こちらをまっすぐに見据える目には、並々ならぬ決意と覚悟、野心の炎が燃えていた。ハマーヌは気圧《けお》され、知らぬ間に頷いていた。

『よし。じゃあ聞け』

ウルーシャは咳払いした。

『俺はさっき言った通り、貧乏人の子だ。商売を始める金なんかねぇし、後ろ盾も伝手《つて》もねぇ。耕す畑も、乳を搾《しぼ》る家畜も、住む家すら持たねぇ、まさに浮雲だ。俺にあるのは、辛うじて持って生まれた術の才だけ。だから、俺はガキの時から固く心に決めていた。俺は将来必ず〈見ゆる聞こゆる者〉になって〈風ト光ノ都〉に入ってやると』

風ノ民と光ノ民は、自らを〈失われし民〉と呼ぶ。かつて自分たちにも国があったと忘れぬためだ。祖国の時代に築いた知恵と技を絶やさぬよう、失われし民は子供の頃から徹底して丹導学を叩きこまれるが、特に力のある者は〈見ゆる聞こゆる者〉という組織に入団することが許される。彼らは失われし民の目となり耳となり、時には爪となり牙となって歴史の荒波から同胞を守り続けてきた、いわば国なき軍である。

〈見ゆる聞こゆる者〉の中でも、傑出した功績を上げた者は、頭領の膝もと〈風ト光ノ都〉に土地を賜《たまわ》り、家族とともに移り住むことを許される。そのため、定住の地を持たぬ〈浮雲〉の夫婦は、我が子に丹導術の才ありと知るともろ手を挙げて喜ぶと聞く。

砂漠を彷徨う暮らしは、それほどまでに苦しいのだ。

ハマーヌのような独り身の出奔者は、まだいい。己の衣食住を賄《まかな》うだけだから、仕事の選《え》り好みをしなければなんとでもなる。だが、浮雲は一族郎党揃って流転する。幼子や老人、時に病人も抱えており、食い扶持に比して働き手が少ない。手に職を持つ者がいなければ、全員が満足に食っていけるだけの収入は到底得られない。

浮雲の民にとって、暮らしやすい場所というものはない。町は豊かだが物の値が高く、稼ぎのほとんどが宿代に取られる。辺境は水源が限られ、よそ者に易々と分け与えてはくれない。家族分の水を買うだけで足が出る。薬はおろか食物も買えず、母親は乳も出ない――

ハマーヌの父は常々『病人と赤子を砂漠に捨てる外道《げどう》の民』と、浮雲を蔑《さげす》んでいた。その度ハマーヌはウルーシャの邪気のない笑顔を思い浮かべ、根も葉もないことと聞き流したものだが――ありえぬことではないと、砂漠の暮らしを知った今は思う。

ウルーシャの存在は彼の一族にとって、たった一つの希望の光だ。彼は幼い頃から、多大な期待を負わされ続け、またそれに応えようとしてきたのに違いない。

『……だけど、〈見ゆる聞こゆる者〉に入団して、思い知った』

歯ぎしりとともに、ウルーシャは吐き捨てた。

『貧乏人の子は結局、どこに行っても貧乏人の子なんだ。やっぱり、金がねぇ、後ろ盾がねぇ、伝手がねぇ。おまけに、俺程度の術士なんぞ、掃いて捨てるぐらいいやがる。だから誰も俺と組んでくれねぇんだ』

ウルーシャは突然、食らいつくようにしてハマーヌの肩を摑んだ。

『ハマーヌ。入団して、俺と組んでくれ。取り分はきっかり半分。何だったら、六四でも構わねぇ。仕事を取ってくるのも報酬の交渉も、面倒ごとは全部俺が引き受ける』

ここで一転『どうせお前にゃできねえだろうしな』と軽口を叩いたが、すぐ真顔に戻った。

『この取引にお前の利が少ねぇことはよく分かっている。組む奴がいねぇ男を相手する必要はねぇってこともな。だから、よしみでも情けでも、つなぎでも暇つぶしでも何でもいい。今の俺が知り合いと呼べる奴はお前だけなんだ。頼む。この通りだ！』

怒濤《どとう》の如く話し終え、ウルーシャは額が地につくほど深々とこうべを垂れた。ひどく不可解な行動だった。彼の理屈でいけば、ハマーヌは少なくとも彼の欲する者ではない。

何故かと考えて、答えに行き着いた時、ハマーヌは自ずと嗤っていた。自分でも分かるほど冷たく、底意地の悪い声であった。鳶色の瞳に映る己の姿は、殺意を覚えるほど卑屈であった。初めから何かおかしいと思っていた。

ウルーシャは知らないのだ。無理もなかった。ハマーヌが話さなかったのだ。一族の恥ゆえ絶対に話せなかったし、知られたくもなかった。

『――俺は、術を使えねぇ』

血を吐くような思いで告白する。

『だから家を出た。だから、お前とも組めねぇ。俺は、お前が頭を下げる相手じゃ、ない……無駄骨を折らせて、悪かった……』

かすれた声でなんとか告げると、ハマーヌはよろよろと立ち上がった。己の中の何か、最後の砦のようなものが、砂塵となって崩れ去っていくような気がした。

ところが一拍置いて、『はぁ?』という甲高《かんだか》い怒号が夕焼け空を引き裂いた。

『何言ってンだ、お前は! たった今、術を使っていたじゃねぇかよ!』

思わず足を止めると、怒り心頭に発したふうのウルーシャが詰め寄ってきた。

『そこまで馬鹿だと思われていたとはな。よぉく分かったぜ。その喧嘩買ってやる!』

小気味のいい、しかし意味の通らぬ啖呵を切ってから、ウルーシャは地べたにどっかと座り込んだ。砂地を綺麗にならし、指で猛烈に何かを描き始める。

比求式であった。

『これが、さっきの戦闘でお前が最初に繰り出した技の式。旋風技の応用だろ? 次に遠心力と爆風を組み合わせての移動。拳の圧を倍増させて一撃、反動にまた圧を乗せて、もう一撃。投げ技は——早すぎてよく見えなかった』

ウルーシャは悔しそうに舌打ちすると、最後の追跡と外した一撃を式にまとめ上げた。厚織り絨毯《じゅうたん》ほどの面にびっしりと書き込まれた比求文字の群れを、ハマーヌは困惑して見つめるばかりであった。

『何だよその顔は。間違いだとでも言う気かよ。こちとら専門外のうえに初見なんだ、細けぇところは勘弁しろよ。っていうかお前、唱えるところ隠すのうまいよな。傍《はた》から見ると、全く分からねぇよ。あ、もしかして家宝の風丹器でも隠し持っているとか?』

長すぎる沈黙に焦《じ》れたか、あるいは自信が揺らぎ始めたか、冗談めかした口調がだんだんと速くなっていく。反対に、ハマーヌの思考は鈍く、ほぼ止まっていた。

へたり込むように膝をつき、砂上の式に見入る。よもや何かのきっかけで理解できるようになったのかと思ったが、そうではなかった。触れなくなって久しいために、もはや脳が完全に拒絶していた。見つめれば見つめるほど、比求文字の一点一画ばかりが浮き上がる。それらを繋ぎ合わせ、やっと一つの形として認識しても、いざ書き写そうと視線を逸らすや、あっという間に崩壊してしまうのだった。まして式全体となると、無秩序に錯綜する点と線から成る、落書きの域であった。

――やっぱり駄目だ。分からねぇ、書けねぇ。ただの一文字も。

刹那、父に頬を平手打ちにされる感覚が生々しく甦《よみがえ》った。

気づけば、彼はみっともなくうずくまり、両手で顔を覆っていた。さぞや異様な光景だったろう。視界の端にウルーシャが呆然としているさまが映り、ハマーヌの身体は火がついたように熱くなった。

これ以上醜態を晒《さら》したくない。ハマーヌは立ち上がった。しかしウルーシャの方が早かった。足を払われ、よろめいたところを飛びかかられ、したたかに後頭部を打つ。

『何しやがる、どけ！』ハマーヌは力の限り怒鳴った。

『どかしてみろよ！』自分を組み敷く少年も負けじと怒鳴った。『俺を投げ飛ばせよ。もう一度、お前の術を見せてみろ！』

怒りと屈辱で、視界が血の色に染まった。ハマーヌは猛獣の如く咆哮《ほうこう》すると、目の前の硫黄色の襲衣に摑みかかった。嵐のような激情の中、ハマーヌは大気の震えと乱れを感じ、突如として生まれた乱気流が、暴風となって駆け上がっていくのを感じた。

次の瞬間、強風が砂もろともウルーシャの身体を天高く巻き上げていた。くるくると木の葉のように舞う人影と、自分の手から不意に消えた熱と重みに、ハマーヌはようやく我に返った。

このままではウルーシャは地面に叩きつけられて即死である。ハマーヌは咄嗟《とっさ》に、足もとに転がる天幕を引っ摑んだ。投げ槍の如く片手で担ぎ上げ、気合とともに一直線に投げ飛ばす。

燃えるような夕焼けを、白いものが切り裂くように飛んだ。布を縛る紐がするするほどけていく。純白の鷲の翼の如く広がった天幕がウルーシャの身体を受け止めると、吹きあがる風に煽《あお》られ、幾らか速度を緩めつつ砂地に落下した。

砂丘の上の天幕を目指し、ハマーヌは走った。近づいても硫黄色の襲衣は見えない。

『おい……！　おい！』

狂ったように怒鳴り続けながら、砂に埋もれかかった布を無我夢中で引きずり出す。『うぅ』と抗議めいた呻きが聞こえ、ほこりにまみれた頭が現れた。

『お前ねぇ』と、ぼやく声。『本気で投げンなって。死ぬかと思ったぜ。おぉ、痛ぇ』

憎まれ口とともにへらりと笑みを向けられて、ハマーヌは全身から力が抜けるのを感じた。倒れ込むように硫黄色の襲衣に顔を埋めると、いっそう笑われた。

『馬鹿だろ、お前』

『……うるせぇよ』

『ま、馬鹿と何とかは紙一重って言うしよ。あと、馬鹿とはさみは使いようとも言うな。お前さ、突き抜けて馬鹿すぎて、自分で自分を使えねぇンだろ』

『……うるせぇって』

さんざん茶化されながら、ハマーヌはウルーシャの心臓に耳を当て、鼓動を聞き続けていた。何がしたいのか自分でもよく分からなかった。ただ、先ほどまで己を支配していた破滅の衝動が、嘘のように引いていくのを感じた。

『お前の代わりに、この俺がお前をうまく使ってやるよ』鼓動の主は言う。『お前は馬鹿なんだから、ぐだぐだ考えんな。考えなくったって、お前にゃ風の神さまがついてンだから。あとは俺が何とかしてやる。いいな?』

あの時頷いていなかったら、自分は今頃どうしていただろうか。

ハマーヌは時折考えてみる。あのまま用心棒稼業をやって、どこかで野垂れ死んだろうか。あるいは身を持ち崩して、盗賊にでも成り下がっていただろうか。〈血と闇の一団〉の頭サグも、行き場をなくした風使いであった。愚かなならず者よと彼を嗤えぬ自分が、どこかにいた。

あの日ウルーシャに再会しなければ、ハマーヌは己を知らぬままに終わっただろう。後から気づいたことだが、ハマーヌの一族は風ノ民の中でも有数の学士家系であった。よって、父の教える丹導術はまず理論ありき、比求式ありきであり、それが唯一無二の真実と、ハマーヌも信じていた。

ところがウルーシャの鋭い観察眼と柔軟な頭脳は、その先入見を軽々と飛び越えてみせたのだった。

『どうして、お前が式なしで術を使ったと見抜いたかって？』

ある時思い切って尋ねると、ウルーシャは馬鹿馬鹿しいと笑った。

『どうしても何も、この目で見たじゃねぇか。俺だって見るまで考えもしなかったぜ。でもよ、親父がよく言ったんだ。比求式ってぇのは、この世のできごとを人間が分かるように書き綴ったモンにすぎねぇってな。比求式で表せることなんざ、ほんのわずか。世界の事象のほとんどは今の丹導学では説明できねぇし、比求式にされたものですら、どういうふうに力が働いてンのか、本当のところはよく分かってねぇんだとよ。だから、式にねぇことを見過ごさねぇよう、常に目を大きく開いておけってさ』

すると一転、ウルーシャは小声でぶつぶつと独り言を呟き始めた。そんなことばかり考えているから、現実の世界がろくに見えないのだと、そういったふうに聞こえた。彼は彼なりに、父親に対して思うところがあるらしい。

相棒の考えごとが終わるのを待ちながら、首を傾げ傾げ聞いた話を反芻《はんすう》していると、分かっていないと思われたようであった。一転、幼子に昔語りするように諭された。

『つまりだな、比求式っていうのは、この世界を司る神さまの言葉を人の言葉に無理に訳しているようなモンなんだ。聞き取るのも難しいし、なんとなく真似できても、意味はよく分かんねぇ。だから、式なしで術を使えるンなら、それはそれでいいんじゃねぇの？　神さまと話せるんだからよ。ま、人さまとはうまく話せてねぇけど』

最後に忘れず軽口を添えた。ウルーシャにとっては、いつもの何気ないおしゃべりの延長であったのだろう。

一方、ハマーヌにとっては生涯忘れ難き瞬間となった。

他人には聞こえないものが、自分には聞こえているのかもしれない。自分の感じている世界は、他人とは違うのかもしれない。その発想が生まれた瞬間、霞《かすみ》のかかった視界が冴え冴えと晴れ渡った。今までどことなく覚えていた違和感は、これなのではないかと。

それ以来である。ハマーヌが丹を読めるようになったのは。頭脳や理論でなく、五感や感性を信じるようになったのは。その感覚を例えるならば、地を這うことしかできなかったものが突然に翼を得て、天高く飛翔したかのようであった。

ハマーヌがどれほど恩義を感じているか、ウルーシャは知らないだろう。話したことはなかった。これからも話そうとは思わない。

これまで、ウルーシャは宣言通り、ハマーヌをうまく使い、出世街道を駆け上がってきた。しかし、上に行けば行くほど、今回の任務のように、比求式や丹導学の知識が必要となる機会が増えるだろう。そうした時、彼が至る結論は一つしかない。要らぬ情や無益なしがらみで、闇の底から自分を引き上げてくれた恩人を縛りたくはなかった。

第三章

一　夢の芽

「できたっ」

王女アリアが小さく叫び、椅子の上で跳びはねた。丹導学士《たんどうがくし》がしきりに誉めそやす中、墨のまだ乾かぬ草紙を手に、女王の玉案へと駆け寄ってくる。

「母さま、母さま。御覧になって。本日の手習いです」

差し出された紙の上に躍るのは、不揃いながらも素直な線であった。如何《いか》にも幼い文字の並びを見て、女王の脳裏をよぎったのは、ミイアの子供離れした筆跡であった。

手習いを始めた頃こそアリアと大差なかったものの、ミイアはたった二年で教士《きょうし》を凌ぐ流麗《りゅうれい》な書体を会得していた。末娘のその年では至極まっとうな字に女王は安堵を覚える反面、一抹のもの足りなさを抱くのであった。しかし、そんな内心を晒《さら》すわけにもいかず、女王は努めて晴れやかな笑みをアリアに向けた。

「学士の申す通りじゃ、ようできておる。引き続き励むがよい」

「はい、母さま」

母をまっすぐに見つめ返す清らかな瞳には、気後れや気負いは感じ取れなかった。いわば姉の身代わりのようなかたちで毒に見舞われたことを憤《いきどお》ったり恨んだりしている様子もない。かと言って、失踪した姉の身を案じているふうでもなかった。いつ見ても人形のようにちょこんと座って、おっとりと微笑んでいる。それが、イシヌの跡取り子アリアであった。

――覇気《はき》が足りぬ。

女王は心の内でそう呟いた。姉のように、とは言うまいが、その半分でも豪胆さが欲しい。今のままでは、水を操る操らぬ以前に、とても王者の器ではない。しかし、アリアに玉座を継がせると決めたのは、他でもない女王自身であった。

「失礼いたします、陛下」居室の透かし扉越しに女官が告げた。「南北の両閣下がお目通りを願い出ておりまする」

来たか、と女王は思った。先触れが終わるや否や二足の履物が石床を叩き、鎖帷子《くさりかたびら》の擦《こす》れる音が耳に届いた。女王は学士を下がらせると、アリアにも自室に帰るよう促しかけたが、ふと思い立ち傍《かたわ》らへと招き寄せた。

アリアが女王の左手の椅子に腰かけた時、二人の将の参上が告げられた。入室するなり口火を切ったのは、珍しく北将《ほくしょう》であった。

「陛下、今朝のお達しを今一度、御再考あれ。何ゆえに、ラクスミィ殿下の捜索を打ち切ると仰《おお》せか……」

北将は語気強く述べてからアリアの同席に気づいたらしく、はたと口を閉ざした。女王は、つと指を動かし、先を促した。

「……陛下。国内外の情勢をお考えください。ラクスミィ殿下の身柄を欲する者は、我が領の砂の数ほどおりまする。捜索中断など言語道断。お家のためにも御身のためにも、ここは火ノ国全土に我が軍を派遣すべきところかと」

そこへ南将《なんしょう》が、常になく低い声で呟いた。

「貴官の言う『我が軍』が果たして、どれほど信頼しうるものかな」

これに北将が眼光鋭く振り返ったが、南将は悠然とした態度を崩さなかった。

「そもそも、火ノ国全土に捜索の範囲を広げるならば、イシヌ公軍《こうぐん》の兵では到底足りぬ。この都の警護や砂ノ領の警邏《けいら》にも、人員を割かねばならぬゆえ。カラマーハ帝軍の力でも借りなければ不可能ではないか。貴官とて重々承知だろうに、何故《なぜ》そうも『我が軍』の中でことを収めたがるのか」

それとも、と南将はさらに声を低めた。

「何としても、ミイアさまのお身柄を手にしたいか」

「……イシヌの御為だ」

「どうかな」

女王はちらと目線を落とし、隣の我が子の様子を窺《うかが》った。アリアは言い争う将たちに目を丸くしているものの、口を開いて意見する気配は見せない。これが姉ミイアならば、良きにしろ悪しきにしろ、とうに発言しているところである。

女王が溜め息を漏らすと、南北の将の言い争いが立ち消えた。

「ミイアの行方は追わぬ」女王は宣言した。「もう決めたことじゃ」

北将の眼差しが失望にも似た色に、ふっと冷めた。

「……御心のままに」

北将はそれだけを言い残し、もはや留まる由はないとばかりに居室を辞していった。大理石の廊下に響く足音が消えた頃、南将はあえて明るくといったふうに囁《ささや》いた。

「よい御決断と存じまする、陛下。彼《か》の者の率いる北軍こそ、ミイア姫の敵でござる。北軍が先んじて姫を発見したあかつきには、姫さまの身に何が起こるか分かりませぬ。公軍の捜索はこれにて中止と相成りましたが、心配御無用。小官の手の者が極秘裏にお探ししておりまするゆえ」

女王は黙して、答えなかった。いずれにしても、ミイアの失踪から二月あまりが経つ。これ以上、公軍が妙な動きを続ければ、イシヌ家に何か起こったと、領の内外に触れて回るようなものである。王家の動揺が民に伝われば、領政に支障をきたしかねなかった。

南将が去った後、ようやくアリアが口を開いた。

「母さま。母さまは、姉さまがお戻りにならない方がよろしいの？」

あどけない声だからこそ、鋭く響く問いかけであった。女王は一瞬答えに詰まったが、娘に向き直ると、小さな手を包み込むように握りしめ、説き始めた。

「アラーニャよ。そなたは、イシヌの王座を継ぐ者、天ノ門の守護者じゃ」

「はい」

「水を統《す》べる者は、決して己の情や欲に負けてはならぬ」

「はい」

「そなたにもいずれ、下しとうもない決断を下す日が来ようぞ。そのとき勇敢であれるよう、己の心を今から鍛えておかねばならぬ。だから母はこうして謁見の場にそなたを同席させ、臣たちの鍔迫《つばぜ》り合いをするさまを見せたのじゃ――分かるか」

「はい、母さま」

娘の声はなんともあっけらかんとしており、女王は己の言葉が通じているのかどうか訝《いぶか》しく思った。実際、アリアは母の話を聞いていたのかいなかったのか、女王の顔を覗き込むようにして言った。

「では、母さまはやっぱり、姉さまが御心配なのね？　でも、姉さまならきっと大丈夫」

「何故そう思う」子供の浅慮《せんりょ》と思いながらも、女王はつい尋ねた。

「だって――わかるもの」

「そなたは姉の身を案じておらぬのか」半ば呆れて女王は言った。

「ええ、あんまり」

女王の口から長々とした吐息が漏れた。

「アリアよ。今少し、跡継ぎとしての自覚を持つように。そなたがしっかりせねば、臣の心は惑うばかり。それがひいては、そなたの姉を追い込んだのじゃ」

図らずも飛び出した母の厳しい言葉にも、アリアはやはり従容《しょうよう》としていた。

「でも母さまは前に、こうも仰《おっしゃ》いました」とおおらかに微笑む。「イシヌに生まれた女はみんな等しく、水丹術《すいたんじゅつ》を学ぶ。だって、もし水の技が絶えたら、国が滅んでしまうから。一つの糸が切れたら永久に直せないような伝え方は、絶対に駄目なのだって。

それから、他の国では長子が王座を継ぐけれど、イシヌでは末の子と決まっている。一代をできるだけ長くすることで、代替わりの混乱を避けたいから。もちろん末の子は水使いとして未熟だけれど、姉や母や伯母や祖母、みんなが力を合わせてその子を教え導き、イシヌの家と天ノ門を守っていくのだ、と」

末娘は小首を傾げた。

「アリアたちも、おんなじでしょう? 双子だから年は同じだけど、姉さまは姉さまですもの。姉が優れた水使いなら、女王にとって誰より頼もしい味方となるはずです」

聡い口を利くようでいて、どこまでも純真無垢である。それこそがアリアの美徳と思いつつ、また娘たちに咎はないと知りつつも、女王は苛立ちを抑え切れなかった。

「確かに、母はそう言うた。されどアリア、それはあくまで水丹術が、会得するまでにうんと長くかかるものだからこそ、成り立っておるのじゃ。たとえ、イシヌに仇《あだ》なす者が小さな跡取りを攫《さろ》うても、その子は水を使えぬゆえ、天ノ門は操れぬ。逆に、水使いとして円熟したおなごなら、そうしたとき如何に振る舞うべきか心得ておる。ところが、そなたの姉ミイアは前提を覆《くつがえ》してしまった……」

「でも、姉さまが水を操れることは、みんなもう知っているのよ」末の姫は笑う。「だったらアリアが急いで水を使えるようになっても、なんにも変わらないでしょう？　姉さまを女王にしたい人は、これまで通り姉さまを推すだけだもの」

平然と言ってのけた跡取り子は「だから、アリアはゆっくりで良いのだと、姉さまも仰ってました」と締めくくった。

女王は不満や苛立ちを通り越し、己の末娘に困惑していた。我が子ながら、何を考えているのか全く摑めなかった。才気あふれる姉と始終比べられ、嫉妬や劣等感を覚えてもよさそうなものなのに、アリアの言動からは、姉に対する負の感情が一切感じ取れなかった。

「だって」末娘は伸びやかに笑った。「姉さまは、アリアが女王になった時の第一の家臣ですもの。家臣は優れているほうがよろしいわ」

「されど、アリア」女王はついに、口に出すのも憚《はばか》られる恐れを告げた。「もし、もしものことじゃ。ミイアが誰ぞに唆《そそのか》され、そなたを裏切ったら、なんとする？　そうしたとき、そなたにミイアを止められるか」

「大丈夫よ、母さま。姉さまをお止めしなくても」と娘は母の手を力強く握る。「そんなことが起きるとしたら、それはアリアが玉座を降りたくなったときだけよ」

アリアは椅子からぴょんっと飛び降りると、手習いの草紙を取り、するすると綺麗に巻いて小脇に抱えた。

「母さま。姉さまはきっと御無事よ。水の神さまがついていらっしゃるから。でも、もし姉さまがお戻りになったら、アリアに一番に教えてくださいい。一人って、やっぱりつまらないの」

優雅にお辞儀をして、アリアは居室を辞していった。残された女王は狐につままれたような心地で、閉じられた扉を見つめた。

あるいは、あれもまた王者の器なのかもしれぬ。

女王の唇に、ふと微笑みが浮かんだ。しかし、それもすぐに影が差した。娘たちが手に手を取って天ノ門を守る——そんな夢の如き日を迎えることは、おそらくないだろう。

他でもない母自身が、その芽を摘み取ったのだから。

二　初《はつ》舞《ま》い

「できた！」

跳びはねるようにして立ち上がった拍子に、額の上の大粒の汗がつうっとミミの目に入ってきた。ちかちかとした痛みと不快感。たまらず無茶苦茶にこすろうとした時、ほっそりとした指が、ミミの手首をはっしと捕らえた。タータだった。

「駄目よ、危ないわ。長針を持ったままでしょう」

そうだった。ミミが汗だくになったのは、秘文《ひぶん》を入れていたからだ。タータは彫りを請け負った若者に頼み、あまり使わない薬指の一文字だけミミに任せてくれたのだ。

タータは固く絞った手拭いで幼い弟子の顔をぬぐいつつ、さらりと言い添えた。

「よく頑張ったわね。初めてにしては悪くない」

ミミはびっくりして、囁《ささや》きの主を見つめた。タータはミミが術を使うときは手放しで誉めてくれるけれど、彫りに関しては一度もそんなことはなかったのだ。比求文字《ひきゅうもじ》の中を埋める作業が始まってから、早や二月。毎日毎日、怒濤《どとう》のように降りそそぐ知識の雨の中、溺れぬように必死に泳ぎ続けた末の一言だった。

最後の最後で、ほんのちょっぴり認めてもらったような気がする。ミミは急に手拭いがくすぐったくてたまらなくなり、きゃっきゃと笑いながら身体をゆすった。

ところが急に手拭いが離れた。驚き見開いたミミの目の前を横切ったのは、真新しい秘文が入れられた逞《たくま》しい腕だ。薬草の眠りから覚めた若者がタータを掻き抱いたかと思うと、あろうことか深々と口づけた。

「何をするか！」

ミミは叫んで、二人の間に飛び込んだ。男から師匠を引きはがし、不埒《ふらち》な顎を思い切り蹴飛ばしてやろうとしたのに、するりと躱《かわ》されてしまった。初めの日の比求文字の輪郭《りんかく》を描く〈筋《すじ》彫《ぼ》り〉に比べて、今日の作業は痛みが少ないからと、眠り薬も弱いものを使ったのだ。もうすっかり目覚めたらしい若者は、図々しくも目配せなんぞ寄越してきた。

「何をって、お礼をするのは当たり前だろう？」

「そんなこと考えなくていいのよ」タータは実にやんわりと突っぱねた。「さ、今日はゆっくり身体を休めてちょうだい」

舞い手はもの言いたげな視線を向けてきたが、タータがもう用はないと言わんばかりに背を向けたのと、彼女の前でミミが鼻息も荒く仁王立ちになっているのを見て、ひとまず諦めたようだった。肩をすくめると、彼は男ノ間へと帰っていった。

ミミは初めのうち、この気障《きざ》ったらしい舞い手がおかしいのだと思っていた。でもそうではなかった。むしろ、他の水蜘蛛《みずぐも》族《ぞく》の民からしてみれば、おかしいのはタータの方らしい。

「カラ・マリヤが帰ってきたわよぅ！」

繭《まゆ》家《や》の最下階から知らせが届いた瞬間、ラセルタはがっくりとこうべを垂れた。恐れていた時が、とうとうやってきた。これから起きるだろう悶着を思うと、ただでさえ産後で気だるい身体がますます重くなっていくようである。

が、こうしてのんびりと赤子を抱いたままいるわけにもいかなかった。彼女は一応、一族のまとめ役なのだ。

どういった女が長《おさ》になるかに明確な基準があるわけではないが、彫りの腕前と術士としての力量、何より、子の数が多いほど、発言力が上がった。ラセルタは彫り手としてはさほどでもなかったが、術士としては超一流だったし、まだ若いのに七人も産んでいたから、女たちの間では一目置かれていた。が実際のところは、稀代の彫り手であり、比類なき術士であり、史上最悪の問題児であるタータを辛うじて扱える（こともある）という一点が、彼女を面倒な立場へと押し上げているように思う。

誰ぞが余計なことを告げ口する前に、カラ・マリヤに会わねばならない。ラセルタは急いで女ノ間を出て、船着き場へと降りかけた。

が、時すでに遅し。

「ダータ、出て来い！」

怒気も露《あら》わな大声が、繭家をびりびりと揺るがした。思わず足を止めたラセルタの横を女が一人、ものすごい速さで駆け上がっていく。きりりと結い上げた黒髪に、かんざし代わりに差した幾本もの鉄の長針。カラ・マリヤである。

慌てて後を追うも、首も据わらない赤子を抱えた身では間に合わなかった。ダータの小部屋まで走ったカラ・マリヤは、そのまま戸布を思い切り払い上げてしまった。

「この泥棒猿！」口汚い罵《ののし》りが始まる。「あの舞い手は私のものだぞ！　主人が留守の間に手を出すとは、このあばずれが！　恥を知れ！」

部屋の中から返ってきたのは、憎々しいほどに呑気な声であった。

「あら！　久しぶりね、マリヤ。〈北ノ海〉に行っていたのだったかしら？　長旅お疲れさま」

カラ・マリヤの手が鷲の爪のように歪んだかと思うと、戸布はびりびりに裂けていた。今にも摑みかからん勢いの彼女の前に、ラセルタは間一髪、身体を滑り込ませた。

「本当に良かったわ、貴女《あなた》が無事に帰って来てくれて！　お塩がもう切れそうだったの。この森ではほとんど採れないもの！」

にっこりと笑いかけつつ、頭を冷やせと暗に凄《すご》む。カラ・マリヤは、怒りと屈辱に顔を染めながらも、ラセルタの腕の中を見て、ぐっとその場にとどまった。彼女も水蜘蛛族の女、赤子と妊婦だけは傷つけることはない。

「疲れたでしょう。まずは足湯でもしていらっしゃいな！」とラセルタはなだめた。「それから、女ノ間で白湯《さゆ》でも飲みながら、落ち着いて話しましょうよ。ね？」

などと言い含め、ひとまず切り抜けたが、良策ではなかったかもしれない。時間が経つほど怒りが増していくのが女という生きものである。しばらくして女ノ間に現れたカラ・マリヤの瞳は、炎の如き激しさこそ消えていたが、氷河の如き憎悪に支配されていた。

ラセルタの隣にいるタータはなおさら性質《たち》が悪かった。おそらく無意識なのだろうが、しどけなく身体を投げ出すように座り、髪なんぞもてあそぶ姿は、嫉妬に狂う相手を挑発しているようにしか見えない。このろくでもない師匠の陰に隠れてこわごわとカラ・マリヤを見上げているミミが、不憫《ふびん》でならなかった。騒動を遠巻きにしつつ、どこか愉しんでいるふうの見物人たちにも腹が立った。

さてと居住まいを正したラセルタだったが、口火を切ったのはカラ・マリヤであった。

「それで？　言い訳があるのなら聞いてやるぞ。他人《ひと》のものを盗む、狡猾《こうかつ》な雌豹が」

いきなりの喧嘩腰。対して、タータはこともあろうか朗らかに笑ったのだった。

「貴女は何か勘違いしているわ。私はただ頼まれて秘文を入れた。それだけよ」

「ぬけぬけと」と吐き捨てたマリヤは怒りのあまり、ぶるぶると震えている。「あれの利き腕は私のものだ。皆が知っていることだぞ……！　それを……！」

「あら。その言い方はおかしいわ」タータは肩をすくめた。「彼の腕は彼だけのものよ。どうするか決めるのは貴女ではないでしょう」

火に油をそそぐが如き悪魔の所業。ラセルタは、ふっと意識が遠のいた。普段ならもう少し友の手綱を引けるだろうに、産褥《さんじょく》期の不調が憎い。

「それにね、マリヤ」タータはこのうえなく優美に微笑んだ。「彼のことを思うなら、もっと早く利き腕を彫ってあげるべきでしょう?」

「ちょっと、ターター」いよいよ話向きが危うくなり、ラセルタは無理やり意識を引き戻した。「今はそういう問題じゃ……」

「あら、そういう問題よ」親友はさらりと遮《さえぎ》った。「秘文を入れる前に、彼の全身を見せてもらって驚いたわ。朱《あか》の彫りの割合が、緑に比べてとても多かった。あれでは不要な丹を取り込むばかりで、なかなか発散できない。実際、彼は身に余る力を消費しようと、毎日ほとんど踊りづめだったそうよ。マリヤ、貴女ほどの彫り手なら、そうなると分かりきっていたでしょうに」

——いや、だから。彼女は分かってやっていたのよ。

言えるはずもない一言を、ラセルタはやっとの思いで呑み込んだ。

水蜘蛛族の刺青《いれずみ》には、大きな代償が伴う。水を自在に操る力を得る代わりに、力を使い続けないと身体が負担に耐え切れず、やがて死んでしまう。よって彫り手は舞い手の体力や力量を見極め、慎重に秘文を入れていくという重責を負う——

——と建前はそうだが、彫り手は女、舞い手は男である。秘文の一文字一文字に様々な情が絡むのが常である。

舞い手にとって彫り手とは、己の身と命と未来を委ねる、いわば運命の相手である。下手な女には捕まりたくないし、ぜひとも彫りのうまい女に選ばれたい。意中の彫り手を射止めるためならば媚態《びたい》の一つも作ってみせるが、秘文が完成するなり、あっさり気が変わることもありがちだ。

彫り手にとって舞い手とは、己の力と技と知を誇示する、いわば勲章である。また彫り手は、秘文を入れ終わるまでは、舞い手にとって絶対の存在だ。お気に入りの男を手中に留め置くために、だらだらと彫りの工程を引き延ばすのは、常套手段であった。

ところがタータには、そういった裏事情は一切通じない。その必要がないのだ。なにしろ、彼女の彫りの才と腕を欲する舞い手たちから四六時中言い寄られて、辟易《へきえき》しているほどである。ようするにカラ・マリヤは、御執心の若者が浮気する体力も気力もなくすよう、わざと不均衡な秘文を入れていたのに、それをあっさりとタータに看破されてしまったのだ。さらに彼が惹かれている相手は、誰の目にも明らかだった。実際カラ・マリヤが異変に気づいたのは、彼が出迎えに降りてこなかったからに他ならない。

彫り手としても女としても敗北し、これ以上ないほどに侮辱されたマリヤの怒りは、想像を絶する。もしも彼女が平凡な女であったなら二人の関係は違ったかもしれない。だが、彼女は不幸なことに、タータと己の力を比べてしまうほどには才があった。

そんな哀れな相手の気も知らず、タータは話し続ける。

「あとやっぱり、秘文を彫るときは舞い手を眠らせてあげるべきだと、私は思うの。貴女は全く薬草を使わないのですってね。確かに、刺青と薬湯《やくとう》の内服を同時に行うと肝の腑《ふ》に負荷がかかると言われているけれど、それなら短い時間で切り上げればいいことよ。貴女なら十分できるでしょうに、どうして……」

「……痛みに耐えずして、一人前の舞い手になれるものか」怨念のこもった声が言う。「そもそも彫りの痛みなど、たいしたものではない。女は子を産むとき、彼らの想像を絶する痛みに耐えるのだから……、あぁ、そうか」

カラ・マリヤの般若《はんにゃ》の形相が、不意に勝利の笑みへと変わった。

「そうだったな。お前はそうした痛みから逃げ続けているのだった」

看過しがたき暴言にラセルタが一喝するより早く、聴衆から非難の声が囂々《ごうごう》と沸き起こった。

「言うにこと欠いて!」「あたしだって初子を亡くしたわ。その気持ちが、貴女に分かる?」

「誰もが安産ってわけにはいかないのよ!」

この騒ぎにラセルタの子が泣き出した。ふにゃふにゃという幼い抗議が聞こえると、女たちは慌てて口を閉ざした。こういうとき、赤子を泣かせた者があやす決まりだ。腕を伸ばす彼女たちに、ラセルタは微笑んで我が子を託した。

一方、怒声を散々に浴びたカラ・マリヤは、不敵に笑っていた。

「死産や難産を責めてなぞいない。あれは時の運、子との相性だ。だが、私に偉そうに講釈を垂れたこの女は、初産以来、子を産もうともしていない。どうせ、腹を痛めて命を賭けるのは他の女どもがすればよいと思っているのに違いない」

友の味方をせんと意気込んでいたラセルタは、出鼻をくじかれた。タータはつい最近まさにそんなことを口走っていたような。どう取り繕ったものかと苦慮する彼女を尻目に、タータがまたも頓珍漢《とんちんかん》なことを言い出した。

「そうね。お産の痛みもとる方法はないかしら」

「痛みなくして母になれるものか」

この二人は未来永劫、話が嚙みあうことはないだろう。

「皆が言いにくいことを、私がはっきり言ってやろう。水蜘蛛族の女は子を産んでこそ一人前。どんなに彫りがうまかろうと、術が使えようと、お前は女として未熟者なのだ。だからこそ、お前はそうやって母親の真似ごとなぞしているのだろう？　見るからに訳ありな娘を森に連れ込むなど、なんという浅はかな——」

ばんっ、と大きな音が鳴り渡り、カラ・マリヤの罵倒が途切れた。彼女もタータも、ミミも聴衆も、音の鳴った方へと顔を向ける。

彼女たちの視線の中心にいるのは、ラセルタ自身だった。床を打ちつけた平手が少々痺《しび》れているが、怒りのためか痛みはあまり感じなかった。

「そこまでよ、カラ・マリヤ」ラセルタは唸った。「ミミが森に入ることを許したのは、このあたしよ。文句があるなら、あたしに言いなさい」

タータの背にしがみつく少女が、大きな瞳をいっそう見開いたのが分かった。

「我ら水蜘蛛族はよその女を受け入れない。そういう掟よ。けれど、水丹術士《すいたんじゅつし》なら話は別だわ。この子はまだ八歳なのに、いっぱしの大人並みに水丹術を扱える。それだけで十分、森に入る資格がある。そうでしょう？」

カラ・マリヤはなにやらもの言いたげだったが、ラセルタは口答えを許さなかった。

「ミミはこの森の水を飲み、果物を食べ、清流に棲む魚を口にした。秘文の修業もすでに始まっている。彼女はもう、水蜘蛛族の子よ！　貴女が私怨のために、あたしたちの娘を巻き込むような真似をするなら、見過ごすわけにはいかない！」

真正面から相手を見据えると、それで終わりだった。カラ・マリヤは視線を逸らすと、歯ぎしりまじりに吐き出した。

「……そうは言っていない」

「そう。なら、いいのよ」

にっこりと笑いかけたラセルタは、我が子がまた泣いていることに気づいた。今度は彼女があやす番だった。

「まぁ、貴女が怒る気持ちは分かるわよ」赤子を受け取りつつ、ラセルタは言った。「だけど、彼はもう二十五でしょう？　そろそろ体力も落ちてくる頃だし、遅かれ早かれ、彫りを入れることになったはずよ。〈総彫《そうぼ》り〉を終えた男ほど薄情なものはないわ。ねぇ、みんなだって、ほろ苦ぁい経験があるでしょう？」

明るい笑い声が沸き上がった。誰かが「女だって次々と相手を変えていくのだから、おあいこさね」と開き直っている。

「タータもね、舞い手に頼まれたからって安易に引き受けないの！　彫り手にも都合があるのだから、先に相談しなさいよ。それが面倒なら、もうすぐ〈初舞い〉があるから、そこで舞い手を選んだらどう？　貴女ったら、毎年すっぽかしてしまうけど」

　ここで再び減らず口を叩かれてはたまったものではなかったが、さしもの問題児も、殺気は感じ取ったらしい。珍しく黙って頷《うなず》いたのだった。


　話し合いが終わって女たちが去っても、ミミにはみんながいったい何を言い争っていたのか、さっぱり分からなかった。何より腑に落ちないのは、口汚く罵るだけのマリヤより、タータの方がよっぽど筋が通っているというのに、誰もろくすっぽ耳を傾けなかったことだ。

「そもそも、あの舞い手がうらぎったのは、マリヤがいじわるをしたからではないか」

　ミミは憤然として師匠に訴えた。

「それは、じごうじとくというものじゃ！　どうして、そなたが責められねばならぬのじゃ。なんと、りふじんな！」

　真剣に怒るミミとは裏腹に、タータは腹を抱えて笑うばかりだ。そんな師匠の能天気な態度が、これまた気に入らなかった。けれども何より悔しくてならないのは、この言葉をマリヤに直接ぶつけてやれなかったことだ。マリヤに気圧《けお》されて、すっかり発言し損ねてしまった。

　それから、今まで一番強いと思っていたタータの立場が、実はそれほど良いものではなかったと知って、ミミは大きな衝撃を受けていた。これほど素晴らしい術士かつ彫り手が、却って厄介がられているようにすら見え、どうしても納得いかなかった。

けれど、悪いことばかりではなかった。自分たちに味方してくれた人だって、ちゃんといたのだ。ミミは大きく息を吐いて気分を落ち着かせると、きちんと正座し、水蜘蛛族の長に向かって手をついた。

「かばってくださいまして、おんれい申し上げます」

知る限りの最高の感謝の言葉とともに、ぺこりとお辞儀をすると、ラセルタはじろりとタータを一睨みして「この子の方がよっぽど大人だわ」と毒づいた。

「ともかく、ミミちゃん。貴女が気に病むことはないのよ。この人とカラ・マリヤの仲が悪いのは、ずっと昔からのことだから」

そう言ってはもらえたけれども、この日、ラセルタがはっきりとタータ側についたのをきっかけに、女たちは二つに分かれてしまったように思える。

話し合いは表向き丸く収まっても、カラ・マリヤの恨みが消えたわけではなかったし、彼女が口にした不満は一部の人々の心を代弁するものだったようだ。特に、ミミに近い年頃の娘を持つ母親らがマリヤを中心に据え、徒党を組むようになった。その結果ミミと遊ぼうという女の子は一人もいなくなってしまった。

もっともミミに子供たちと過ごす暇はなかった。彫りの練習も含め、タータから学ぶことが山ほどあったのだ。

タータは自ら進んで講釈する性質ではなかったけれど、尋ねれば必ず答えてくれた。それはミミにとって、初めての体験だった。イシヌの城にいた頃も、次々湧き出る疑問を大人たちにぶつけてみたものの、相手にされたことはほとんどなかったのだ。何が分からないかさえ分かってもらえず、随分もどかしく思ったものだった。

やがて、ミミの興味は水以外にも向いていった。目に入った事象、葉の落ちざまから小石の形までを、式にできないかと考える。これぞと思うものが出来上がれば、師匠に必ず見せた。彼女の奇妙な取り組みをタータはたいそう面白がっているようで、ミミがうんうん唸るばかりでちっとも式を持って来ないと、自ら話を向けるほどだった。

「ミミちゃん、今度は何の式を書いているの？」

見事に式を解き明かし、師匠を驚かそうと思っていたミミは、先に尋ねられて少しだけむくれた。でも実は、作業はだいぶん前から暗礁に乗り上げていたのだった。

ミミは腕に抱え込んでいたものを、師匠に見えるように掲げた。

「まあ！」と珍しく大きな声が返った。「よくできているわ。自分で作ったの？」

竹を裂いた骨組みに布や革を張った、手作りのくまんばちのぬいぐるみだった。ミミはこれまで糸と針など持ったことはなかったし、出来上がってからは、投げたり落としたりと乱暴に扱っているので、あちこちがほつれ破れていたけれども。

「そうじゃ。これに式を書いて、本物のように飛ばしたいのじゃ」

薄い革で作った翅《はね》の上には、タータが練習用にと分けてくれた効用の薄れた顔料で比求式が書き込まれていた。ミミの計算ではこれで飛ぶはずだったのだ。

ミミは羽ばたき始めの式を唱えながら、ぬいぐるみを宙に放り投げた。詠唱に応えて、作りものの翅がぶぅーんと細かく震え出す。布仕立てのくまんばちは、空中でほんの一瞬、浮いたように見えた……が、すぐに落ちてきてしまった。

「駄目じゃ」ミミは悔しさに唇を噛んだ。「紙折り鳥の方が、まだよう飛ぶのに」

「どうして、駄目なのかしら」

タータは笑いながら尋ねた。疑問というより、試しているふうだった。

「くまんばちは、お尻はこれほど大きいのに、はねはこんなにも短いのじゃ。妙ではないか。これでは飛べるわけがなかろう？　くまんばちはまず、やせるべきじゃ」

「でも現に、本物の蜂はこの姿で飛んでいるのよ」タータは如何《いか》にも楽しそうに意地悪を言う。

「さぁ、どうしてかしら？」

ミミはむぅと頬を膨らました。完敗だった。

「分からぬ……。教えておくれ」

師匠の答えは思いもよらぬものだった。

「それでいいの。少なくとも、今は」

ミミがぽかんとしていると、さらに「だって、私も分からないもの」と続いた。

「そんな！」あまりの衝撃にミミは叫んだ。「タータにも分からぬことがあるのか？」

「もちろん！」タータは鈴を振るように笑った。「分からないということに気づくのが、最も難しく、最も偉大な瞬間よ。くまんばちの飛行もそう。今の丹導学《たんどうがく》では蜂の飛び方は説明できない——もしその謎が解けたなら、丹導学はまた一歩前進するわ」

つまりミミは知らぬうちに、丹導学上の難題の一つに挑んでいたというわけだ。

「ミミちゃん、私と競争しましょう」師匠は微笑んだ。「どちらが早く、解けるかしら」

ミミはすぐさま頷いた。師匠と対等になった気がして、誇らしかった。

「いざ勝負じゃ、タータ！」

くまんばちの謎に没頭する日々が始まった。けれど式はちっとも解けそうになく、やっぱりうんうん唸るだけだった。気づけば時は経ち〈初舞い〉の日となっていた。

タータの話によると、初舞いとは、まだ彫りを入れていない少年が初めて舞いを披露する、年に一度の特別な儀式だ。彫り手は彼らの踊りを見比べて、気に入った子がいれば、秘文を入れてあげようと申し出るのだ。

ミミはてっきり屋上の舞台で踊るのだろうと思っていたが、そうではなかった。神聖な儀式なので、森のずっと奥にある水蜘蛛族の聖地まで出向くという。

タータと一緒に繭家の外に出ると、きれいに着飾った男の子たちが緊張した面持ちで並んでいた。彼らは朝から晩まで踊りの稽古に明け暮れて過ごしていたから、水丹式どころか比求文字も知らない。水を全く使えない彼らを聖地へ連れて行くのは、女たちの役目だった。ちなみに大人の男は聖地に入れないので、彼らは留守番だ。

「さぁ、それぞれの班に分かれて出発しましょう」

ラセルタがぱんぱんと手を叩いて指令を飛ばした。今日は赤ん坊を抱いていない。乳飲み子の母親は儀式に行かなくてもいいのだが、考えるところがあったらしい。乳やりは他の母親に頼み、四人の父親に七人の子供全員を託していた。

班の船頭には、特に水丹術に長《た》けた女が選ばれた。ミミの班ではもちろんタータだ。荷馬車に式を書き込んで手直しした舟に、女五人少年五人で乗り込むと、上流を目指して出発する。

流れを遡《さかのぼ》っていくにつれて、雨脚はますます強くなっていく。大人の女たちに交ざって、ミミは一生懸命、水丹式を唱え続けた。この班の女たちはよそ者のミミにも優しくて、頑張って働くときちんと誉めてくれた。

流れがどんどん急になり、舟がちっとも進まなくなった時、篠突く雨の向こうに切り立った崖が現れた。ごうごうと唸りを上げる滝を何十何百と纏《まと》う姿は、まるで天の神さまの砦だった。ラセルタの号令が高らかに響き渡る。ここからは馬で行くと言う。

馬?

「お馬なんて、どこにおるのじゃ?」

「あら! ちゃんと連れてきたわよ。ほら!」

タータが指差した方を向いて、ミミはあっと驚いた。ミミたちの後ろに連なる舟から、数十頭の馬がぞくぞくと降りてくる。そういえば舟の数が妙に多いとは思ったのだ。

「見せたことはなかったかしら? 繭家の周りで放牧しているのよ」

「でも、でも、お馬の丸いひづめでは、岩場でつるんとすべってしまうではないか」

ミミの指摘に、タータはころころと笑った。

「さぁ、よぉくごらんなさいな」

タータがそう言った時には、ラセルタ率いる先頭の班が崖を登り始めていた。馬たちはつるんと滑り落ちるどころか、尖った岩の角に足を引っかけて、すいすいと駆け上がっていく。馬というより、かもしかのようだ。

あっけに取られて眺めているうちに、ミミは気づいた。

「ひづめが割れておる！」

「そう、正解！」

タータは高らかに言うと、栗毛を一頭引いてきて、前脚を裏返して見せてくれた。そこにくっついていたのは、ミミの知る丸いものではなく、二つのとんがりだ。促されるまま、そっと触ってみると、外側は石のように固く、内側は枕のように柔らかかった。

「山羊《やぎ》のようなひづめでしょう？　この子たちは西ノ森にしかいない特別な馬なの。外の馬と比べると走る速度は遅いけれど、どんな難所でも駆けていけるわ」

タータの言う『外の』馬になら、ミミも乗ったことがあった。その時は馬番に手綱を引いてもらいながら城のお庭をぱかぽこと回っただけだったが、それがもしもこの森の馬だったら、馬番の手を振り払って城壁をよじ登り、塔から塔、屋根から屋根と跳ねまわったことだろう。

いよいよミミたちの番が来た。タータは自分の前にミミを座らせて、しっかり支えてくれたけれど、かもしか馬は不意に飛んだり跳ねたりするし、足場は今にも崩れ落ちそうだった。それでも、崖肌から雨にけぶる広大な森林を眺めたり、荒れ狂う滝の裏の洞窟のような隠れ道を抜けたりと、わくわくの連続だった。

崖登りに夢中で、ミミは考えもしなかった。崖のてっぺんに何が待っているのかを。でも、はたして誰が予想できただろう？

天ノ門があるだなんて。

ミミは一瞬、ここがどこか分からなくなった。母さまが湖底で見せてくださった、あの四面の巨大な門。それとそっくりなものが目の前にあった。

ごろごろ転がる無骨な岩石の群れと、うっそうとした茂みが広がる中にそびえ立ち、東西南北に大きな口を開け放っている。苔《こけ》一つない滑らかな石壁には、比求文字が余すところなく刻まれている。

もちろん、湖の下のものとは明らかに違うところもあった。あちらの門からは清水がこんこんと湧き出していたが、こちらには何もないのだ。そう、辺りはこんなにも雨と風が激しく吹きつけているのに、門の中心だけがしぃんとして凪《な》いでいて、お陽さまの柔らかな光だけがさんさんと降りそそいでいる。

ミミは光を追って上を仰いだ。空には天駆ける竜のような雨雲がとぐろを巻いていたけれど、門の真上だけは目のようにぽっかりと開いていた。中央を照らす光は、そこから落ちているのだった。

「天ノ門が、雨を呼んでおる」

その独り言は本当に小さな呟きだったのに、周りにいた大人たちの目が一斉《いっせい》にミミへと向けられた。まるで、ミミがこの光景に何と言うかと、ずっと聞き耳を立てていたようだった。

「素敵でしょう？」と囁くタータの瞳だけが別のものを見ていた。「もちろん、これだけの広い壁に、何千何万もの比求式を書き込んで初めてなしうることだけれど。あぁ……、いつかこの式の全てを、人の身体に収められたら……！」

ミミは、まじまじと師匠を見つめた。この洪水のような式を、いったいどうするって？

「タータの夢は雨女になることなのよね」

ラセルタだ。友の言いように、タータが拗ねた子のように、ぷいと顔を背けた。

「……違うったら」

「雨を呼びたいのでしょう？　同じじゃない」と一族の長は身も蓋もない。「さあさあ、うっとり壁を撫でていないで、早く座ってちょうだい。すぐに初舞いが始まるから」

見れば、幼い舞い手たちが門の中心の乾いた地面でぴょんぴょん跳びはねて、身をほぐしているところだった。彼らを取り囲むように女たちが輪になって座り、久しぶりの陽の光をたっぷりと楽しんでいた。

ラセルタが手招きするままに、女たちの輪に入る。ラセルタとタータに挟まれ、ミミは腰を下ろした。どうも一等席のようだ。もじもじする彼女を微笑ましく見守る視線と、刺すように冷たい視線が、ない交ぜになって飛んできた。

「やあっ！」

声変わり前の元気のいい掛け声とともに、一番手が輪の中心に飛び出すと、手拍子が始まった。最初は緩やかだったそれも、男の子の力強い足踏みに合わせて、どんどん早くなっていく。

佳境に入ると、男の子は独楽《こま》のようにくるくる回り、ぽーんと驚くほど高く跳んだのだった。

わぁっと華やかなどよめき、割れんばかりの拍手が沸き起こった。真っ先に名乗りを上げるだけあって、見事な舞いだった。ラセルタが教えてくれたところによると、彼の師匠はカラ・マリヤの相手だった、あの若者だという。

少年が紅潮した頰に師匠譲りの晴れやかな笑みを浮かべ、初々しく一礼した。彫り手たちが早速、値踏みを始める。

「可愛い！」「あたし、この子にしようかな」「嫌だわ、この人。まだ始まったばっかりなのに！」「カラ・マリヤはどうするかしら」

皆が噂する当人は、舞い手でなくタータに暗い眼差しを向けていた。一方のタータは踊りを見ていたのかいなかったのか、天ノ門の式ばかり眺めて夢想に耽《ふけ》っていた。

小さな舞踏家たちは次々と踊りを披露していく。より速くより高く舞おうと力むがあまり、すってんと転んでしまう子もいたけど、それも御愛嬌。女たちにとって舞いの良し悪しよりも、身体の健やかさと心の素直さが大事なようだった。男の子たちも心得ており、弾けるような笑顔を忘れなかった。

けれど、最後に現れた一人は随分と変わっていた。まず、上背がうんと高く、手足はすらりとして大人並みに長いこと。育つにつれて曲がりがちな背骨は、珍しくまっすぐで美しかった。何より目を引いたのは、真一文字に結ばれた唇と、きりりとした眉だ。けれども、彼の立ち居からは、他の舞い手にある何かが、ごっそりと抜け落ちていた。

その正体をミミが思いつく前に、少年は、ゆらり、と長い腕を上げた。それが彼の舞いの始まりだった。あまりにも静かな出だしで、女たちは手拍子を始めるきっかけをすっかり捉え損ねた。

戸惑いのざわめきがだんだん大きくなっていく。少年は全く意に介さない。ただ淡々と柳のような手足をしならせていく。

じれったいほど、ゆっくりとした動き。案の定、彫り手たちは苛立ち始め、ぴりぴりとした空気が漂い始めた。誰かが「なあに、あの子？」と無遠慮に尋ねると、「アナン君よ。ほら、ウパの爺さまの」「あぁ、お孫さんね」という声があちこちから返った。

「あちゃあ、やっぱりかぁ」ラセルタが苦笑している。「彼、早くに御両親を亡くしているのよね。普通はお母さんが師匠を見繕うか、お父さんが教えるのだけど、あの子はお爺さんしか身寄りがいなくて。でも、ウパさまも随分といい年でしょう？　あたしが口利きしてあげるって何度も言ったのに、『要《い》らない』って言い張って、聞かないのよ」

彼女の言葉の半分もミミの頭に入ってこなかった。正直なところ、うるさいとしか感じられなかった。食い入るように目の前の異色の舞いに見入る。

自由自在に動く、長い手足。どれほど傾いても、ぐらりともしない重心。倒れるというぎりぎりまで行くと瞬時に身を閃《ひらめ》かせ、次の体勢に入る。ミミは彼の動くさまを見て初めて、人の身体はなんと素晴らしいのだろうと思った。

でも、ミミはどうしても分からなかった。少年の舞いの凄さがどうして女たちに伝わらないのか。これだけの妙技を次々見せつけられているというのに、どうしてあくびをしたり、ぶぅぶぅと野次を飛ばしたり、あまつさえ席を立ったりできるのか！

やがて、ミミは気づいた。アナンからごっそり抜け落ちているものを。

それは、媚びだった。

彼は全く女の目線を意識していない。一呼吸でより長く、より多く水を操ることのみ夢見ているようだ。この透明な水のような舞いは、練っては組み直し、組み直してはそぎ落とした末に、たどり着いたものに違いない。

ミミはやっと合点がいった。彼がやっていること——それは、彫り手への挑戦だった。

舞い手は、彫り手の施した秘文に合わせて踊るものだ。けれどもアナンは、舞いを自ら作り上げてしまった。わずかでも秘文を入れ損なえばたちまち崩れ去る、繊細《せんさい》な舞いを。この踊りを生かせるのは、彼の理想を具現化する才と腕を持つ、最高の彫り手だけだ。

ミミは、はっと隣を見た。そこには、打って変わって真剣に見入る師匠の姿があった。その瞳に宿る色が、みるみるうちに熱くなっていく。

初舞いの儀式が終わって来た道を下り、繭家に着くまで、タータは一切話をせず、ミミの顔を一度も見なかった。誰よりよく通る声で水丹術を唱えながら遠くを見つめている彼女が、いったい何を考えているか、ミミには手に取るように分かった。

だから、鞠部屋《まりべや》に帰った後、しばらく経ってタータがふっと出て行った時も、ミミはどこに行くのとは訊かなかった。かわりに、すぐに後を追いかけた。少し離れて歩く間、ミミは前を歩く師匠の手をじっと見つめ、そのしっとりとした感触を思い出していた。

タータは繭家を出て、点々と浮かぶ川の岩を渡っていく。ミミは必死に追いかけた。何度も滑りそうになったが、声は上げなかった。悲鳴が聞こえても、タータが振り向いてくれなかったら。そんなことばかり考えていた。

岩の足場をたどっていくと、かもしか馬が放されている苔むした大きな岩に着いた。そこに誰がいるのか、ミミはもう分かっていた。馬たちを守るため、ゆったり舞い続ける翁《おきな》と、彼の孫だ。

「アナン君」

涼やかな声が名を呼んだ。

少年はまず、心底驚いた顔をした。次に、期待と畏れ、憧れの色が、めまぐるしく入れ代わっていく。朱《しゅ》の差した頰が、彼を初めて年相応に見せていた。

そんな彼の百面相を、タータは優しい微笑みとともに受け止めた。たおやかな腕を誘うように伸ばし、そっと囁く。

「貴男《あなた》の全てを、私に任せて」

三　全ての力を統《す》べる者

「できた！」

騒々しい足音がしたかと思うと、ウルーシャが部屋に駆け込んできて怒鳴った。

「やっとだ！　やっと、式が完成した！　おい、聞いてンのかよ、ハマーヌ！　さっさと起きやがれ、この大飯喰いのぐうたら野郎！　だいたい何で昼間ッから寝てやがンだ。皆さんが二月あまり、ほとんど徹夜で取っ組んでくださっているってぇのに！」

興奮しているせいか、口数がいつもの比ではない。しかも、それを上回る数の拳《こぶし》で背を殴打されて、さしものハマーヌも覚醒せざるを得なかった。

そもそも彼が昼間から寝ていたのは、惰眠を貪《むさぼ》っていたわけではない。難問に没頭する学士《がくし》たちに付きあって夜更かしを続けるうちに、昼夜が逆転してしまったからなのだ。そう訴えるも「なに寝言ほざいてやがる！」と激怒されるに終わった。

「俺たちが、お前に付きあってやってンだよ、大馬鹿野郎！」

ほとんど引きずられるようにしてアニランの部屋に赴くと、丹導学士《たんどう》らはぐるりと机を取り囲み、完成したばかりの比求式《ひきゅうしき》の図に見入っていた。睡眠不足に血走った眼《まなこ》がぎらぎらと獣のように光って、一種異様な空気であった。

「とうとうやったよ、ハマーヌ君！　どうだい、見事な式図だろう？」

アニランはしきりに促すが、見ても無駄なことは分かりきっており、ハマーヌは一瞥もしなかった。

一方、ウルーシャは式図を目にするなり、「すげぇ……」と吐息を漏らした。

「信じられねぇ……あれだけの数の術が一連の比求式だったなんて……。しかも、この出だしの一手。こんなに短い式から、ここまで展開させていくのか……」

ウルーシャは尊敬に打ち震えた眼差しで、アニランを見上げた。

「こんな手法、今まで見たことがありやせん。どうやって、これを割り出したンで？」

学士は誇らしげな笑みを浮かべた。

「実は僕も、襲撃者が二人という説には半信半疑だったんだ。ハマーヌ君から聞いた術をそのまま比求式にしても、あまりに冗長で脈略がなく、戦闘では到底使えないからね。だが順番の通りに比求式を並べてみて、気がついた。前後の式に必ず、重複した文節があることを……！　それを極限まで省いていけば、全てが一つの式になりうると……！」

ハマーヌはただ一人、盛り上がりから取り残されていた。

「だから！」ウルーシャがもどかしそうに解説を始めた。「普通はな、幾つもの術を一度に使えねぇんだよ。式をそれぞれ一から唱え直さなきゃならねぇからな。だが、こいつらは比求式をばらばらに分解して、核となる一節に次々と文節を掛け合わせていくことで、連続技を繰り出していたんだ。ほら、算術と同じだよ！　分かるか？」

分かるわけがない。釣銭の勘定もろくにできぬハマーヌに、高等算術を説くなど無謀がすぎる。ウルーシャもそうと知っているはずだが、よほど高揚しているとみえる。

「ともかく、この技があれば、二人組どころか一人でも盗賊団を潰せるってわけだ」

ウルーシャの言葉に、学士たちが一斉《いっせい》に頷《うなず》いた。ハマーヌはそれだけで満足であった。対して、ウルーシャにとっては、それより先が重要であったようだ。

「にしても、こんなことができるなんて……いったい何モンだ、こいつら……」

「そこだ」

我が意を得たりと言わんばかりに応じたのは、アニランであった。

「式図を練るうち、思い出したんだ。これとよく似たものを見たことがあると……！」

彼はそう言いつつ、今にも崩れ落ちそうな虫食いだらけの巻物を、如何《いか》にも大切そうに取り出した。風ト光ノ都の書庫の片隅でほこりを被っていたのを、掘り出してきたと言う。思えば一月ほど前、アニランたちは「探しものがある」と急に言い出して町に戻ったが、目的はこの朽ちた書物であったらしい。

「見てくれ、この謎めいた式を。今までこれを読み解いた者は一人もいない。あまりの難解さゆえに、狂人の悪戯《いたずら》書きとされてきた。例えば……」

アニランの指先が古書の上をなぞり始めた。

「ここからここまでは、火丹式《かたんしき》の一節。加熱に作用する式だ。ところが、完成する前に冷却の作用式になっている。次に結合に作用する土丹式《どたんしき》が来たと思えば、今度は反発の式だ。風丹式《ふうたんしき》のあらゆる節もばらばらになっている。これは波動の式、こちらは振動の式。圧に関する様々な文節。屈折や反射の光丹式《こうたんしき》もある……」

「ちょっと待ってくだせぇ！」とウルーシャが口を挟んだ。「式を文節に分解するのは、今回のヤツと同じじゃねぇですか！」

「その通りだ。今回のものはさらに洗練されているが、〈式の分解と展開〉という独特な手法は一致する。この事実から、古書の術士と盗賊団の襲撃者は、同門の者と見て間違いない」

ここまでの解説を聞き流していたハマーヌであったが、アニランの最後の言葉には驚いた。比求式からそこまで読み解くとは、さすが学士の脳は造りが違う。口惜しいが、ウルーシャが信頼を寄せるのも当然と、認めざるを得なかった。

では、古書に記された術士とは何者なのか。

ハマーヌは初めて真剣に、学士の答えを待った。結果、己の耳を疑った。

「〈みずぐも〉族だ」

二度三度と聞き直しても、鼓膜を震わせるのは、同じ音の並びだ。ハマーヌは解説を求めて横の連れへと視線を向けたが、そこにはぽかんと口を開いた、呆けた面《つら》があるだけだった。

既視感が胸をよぎる。盗賊の残党から助け出した旅芸人の青年が、急に与太話を始めた時のものである。

水蜘蛛《みずぐも》なる言葉はハマーヌも知っている。砂ノ領で広く語られる伝説の一つである。西ノ森に棲むという蜘蛛の如き姿をした半人半獣の水の精霊で、彼らの住処《すみか》を侵すもの全てを水底に沈める、一種の妖怪変化だ。

「えっと、アニランさん?」とウルーシャが弱々しく尋ねた。「そのみずぐもぞくって、あの〈水蜘蛛伝説〉のことじゃねぇですよね……?」

「まさしく」

きっぱりと肯定されて、ウルーシャの目尻が困ったように垂れ下がった。

「変な冗談はやめてくだせぇよ。こっちは真剣に聞いてンですぜ」

「もちろん、僕も大真面目だよ」

言葉通り、アニランも他の学士も全く笑っていなかった。

「君たちが訝《いぶか》しがるのも無理はない。この話は〈見ゆる聞こゆる者〉の中でもほんの一握りの者にしか伝えられていないし、僕自身もこれまで妄言と思っていた。だが、今は確信している。はるか昔、我ら風ト光ノ民は本当に、水蜘蛛族の少年を捕らえたことがあるのだと……」

興味をそそられる話ではあるが、現在の問題とどう関係するのか、ハマーヌには皆目見当がつかなかった。ウルーシャも同感らしい。

「待って……待ってくだせぇ。この古書の比求式が、どうして水蜘蛛と繋《つな》がるンです? だって、そいつらが本当に実在するんなら、水丹術士《すいたんじゅつし》ってことでしょ? でも、そこには水丹式なんて一切ねぇじゃありやせんか！」

「そうだ……。それこそが、この比求式が忘れ去られた最大の理由だ」

アニランは慎重な手つきで、古書の冒頭を開いた。

「これは、捕らえた少年の身に刻まれていた刺青《いれずみ》を、僕の御先祖の学士が書き写したものでね。彼の言葉が今に伝わっている。その少年は式を唱えず、丹導器すらも持たず、ただ舞うだけで見事に水を操った。彼が疲弊して倒れるまで、幾つもの部隊が投じられ壊滅したという。ところが、そうまで苦労して捕らえたのに、少年の身に刻まれていた式には、一つとしてまともなものはなかったと……。ようするに我が御先祖は、これを読み解けずに失脚し、子孫に長きにわたって無能という汚名を負わせたというわけだ——我が一族の間では、彼の名は未だに禁忌だよ」

アニランはどこか自虐めいた皮肉を言いつつ、やおら水差しを手に取ると、湯呑みに中身をそそぎ始めた。透明な流体が綺麗な弧を描いて、さらさらと落ちていく。

「水はこの世で、最もありふれた液体だ。同時に、最も特殊な物体の一つなんだ。微弱な雷の力を帯びており、常に振動し波打っている。全ての物質を溶かす力があり、どのような形状も取りうるが、体積は常に変わらない。そもそも〈液体〉とは、凍らず蒸気にもならない、ごく限られた温度でしか存在しえないものだ」

なみなみと満たされた湯呑みが、ハマーヌに差し出された。促されるまま受け取って、中を覗き込む。波紋の上に揺れるぼんやりとした影が、見つめ返してきた。

「自然界は水で溢れている。我々の肉体も六割がた水でできているという。ところが、これを丹導術で操るのは容易ではない。雷、風、土、火、光——この世に存在する、ありとあらゆる力を使いこなせない限り、不可能なことなんだ」

ハマーヌの思考の焦点が、ようやく合った。

「水を使える者は、全ての丹導術を使える者……そういうことか」

アニランの唇に、肯定の笑みが浮かんだ。

「そう。水使いは、この世の力の全てを統べる者と言えるだろう」

「じゃ、じゃあ」と口走るウルーシャの目は、核心に迫っていく興奮で光り輝いていた。「今回の襲撃者は、水蜘蛛族の男二人組ってぇわけですね？」

「いや、違う」アニランはきっぱり否定した。「女二人組だ」

ウルーシャは再び、呆けた顔をした。

「え。なんで、そうと言い切れるんで？　アニランさんの御先祖が捕らえた水丹術士は、男だったんでしょ？　それなら、今回も……」

「何を言うんだ。君たちが告げたのじゃないか。旅芸人の青年の言では、女二人組だったと」

指摘の通りであるが、そう告げるや失笑を浴びたのも事実である。南端の田舎者とはいえ、音に聞こえた強者《つわもの》のサグが女如きに負けるはずがないと。

この世に女の丹導術士がいないわけではない。中には男顔負けの者もいる。例えば、見ゆる聞こゆる者の頭領カンタヴァの相棒かつ妻のリタは、光ノ民屈指の光丹術士である。また学問の世界では、女学士は珍しくもない。

しかし、こと戦士となると、女はやはり分が悪い。結局のところ、戦闘で最後にものを言うのは体力と筋力である。術を練り続けるのも、重い丹導器を振り回し続けるのも、相手の技を躱《かわ》すために走り続けるのも、男の方が断然有利である。

「いや、でも」ウルーシャが呟いた。「この式図の通りに仕掛けられたら、なまじの術士じゃ太刀打ちできねぇ。一瞬でカタがついちまう。体力だの力だの意味がねぇ」

「そう。だが、僕が言い切ったのは、そのためではない。知っての通り、水蜘蛛族は半人半獣の妖《あやかし》。顔は人だが、胴が蛇、四肢が樹、指が蜘蛛と形容されている。御先祖が捕らえた少年についても、それと同様の記載がある。今回の襲撃者が男だったなら、必ずそうした証言が出るはずだ。対して、女の水蜘蛛については、伝承のどこにも言及されていない。つまり――」

つまり、たとえ目撃されても、水蜘蛛伝説と結びつかない容姿なのではないか。

ハマーヌが思い出したのは、例の与太話であった。世が乱れると、どこからともなく美しい女に化けた妖が現れるという怪綺談。

もう一つ、ハマーヌの脳裏をよぎったものがあった。はるばる砂漠を渡って盗賊団を襲った女たちが金銀財宝に目もくれず、代わりに奪っていった品々のことだ。丹導器は別としても、布を好んだ理由はなんであろう。

「おい。西ノ森で反物《たんもの》は作れねぇのか?」

ハマーヌの唐突な問いに学士たちは目を白黒させたが、ウルーシャは即座に応じた。

「あぁ、そもそもあの辺りは、木綿どころか、農耕自体にまるっきり向かねぇらしいぜ。雨はよく降るし、森林があるぐらいだから豊かな土地のはずだがよ」

「いや逆だ」と言ったのは、アニランの部下だ。「何千年と生きる古木が地中の養分をほとんど吸い取ってしまうので、西の土は砂漠のように貧弱だ。木に実が山と生《な》るから獣や鳥には楽園だろうが、水害も多く、おおよそ人が住む土地じゃない」

なるほど、と独り納得するハマーヌの横で、ウルーシャが彼の思考を代弁した。

「なるほど、つまり西ノ森では食糧と飲み水にゃ事欠かねぇが、布は貴重ってことか。それで反物だけは盗っていったってぇわけだ。金目のモンがごっそり残っていたのは、奴らが正体を隠していて、足のつきやすい高価な盗品の転売なんざ、うかつにゃできねぇから。こりゃあ、もう間違いねぇ！」

大興奮のウルーシャと学士たちは、この大発見を報告すべく、すぐさま風卜光ノ都へと出立せんばかりの勢いであったが、本能に忠実なハマーヌは断固として睡眠と食事を要求した。何を悠長なと散々に非難を浴びたが、蓋を開けてみれば、二昼一夜寝続けたのは彼らの方であった。あのまま砂漠に飛び出していれば、揃って行き倒れていたに違いない。

二度目の真夜中に目覚めたウルーシャは、二日も無為に過ごしたと悔やんでいるようだった。道中、やれ誰かに先を越されるだの、やれ手柄がぱぁになるだのと嘆くあまり、「なんで起こさなかったんだよ！」とハマーヌをなじって、かんしゃくを起こしていた。

もっとも、それは杞憂《きゆう》に終わった。町に着いたハマーヌたちは折しも会合が開かれていると知って急ぎ会場に向かったが、戸を押すや陰々鬱々《いんいんうつうつ》とした会話が流れてきた。

「駄目だ、全く手掛かりなし。王女の居どころはおろか、噂すら聞こえて来ない」

「軍の動向はどうだ。イシヌの女王の様子は」

「それが妙なのです。軍は初め、領中で活動していたのに、近頃ぱたりと静かになりました。女王も未だに姫の失踪を公にしませんし、まるで探す気がないかのようです」

「もしや……、失踪という態で、実は死んでいる……という可能性は？」

「なるほど……。お家騒動の芽を摘むために、我が子を手にかけたか。ありうることだ」

今こそ成果を発表する時である。ハマーヌがそっと背を押してやると、ウルーシャはよしと大きく頷いて、皆の前に歩み出たのだった。

「――なんと。では、王女は水蜘蛛族とともにいる公算が高いと？」

前回に輪をかけて奇想天外な話にもかかわらず、選士たちは熱心に耳を傾け唸った。

「なるほど……」「これだけ探しても、見つからんわけだ」「西ノ森とは」

そう呟く彼らの視線は、アニランたちが壁に掲げた式図に釘付けだ。この比求式の説得力が如何ほどのものか、彼らの態度で初めてハマーヌは知った。

特に光丹士のリタなどは図を一目見るなり夫の傍《そば》を離れて、壁に張りつきっぱなしである。

一方、頭領カンタヴァはぎりぎりと歯ぎしりしっぱなしであった。

「標的は子連れの女だったか。これは容易に探し出せんぞ。たとえこの町に立ち寄っていても、旅の母子と思い、誰も覚えてはいまい。もっと早く気づいておれば」

悔やむ夫とは反対に、リタが晴れやかな顔で振り向いた。

「どうしたのサ、アンタ。これは喜ぶところじゃナイか！　長年、謎だった水蜘蛛族の正体をとうとう暴いたんだよ。これ以上ない大収穫だ！」

リタの言葉に、ウルーシャが密かに誇らしげな顔をした。

「しかし、我が妻よ。すでに西ノ森に逃げ込まれていたら、手出しはできないぞ」

「イイヤ、そんなことはないサ。連中は、アタシたちに追われているとも、正体を見破られたとも、まだ知りゃあしないんだから。また、のこのこと出てくるに違いないよ」

彼女の見解には、ハマーヌも同意である。女の妖の怪談が砂ノ領の各地に伝わっていることから察するに、水蜘蛛族の女は昔から頻繁に出没しており、行動域はかなり広いと考えられる。つまり、西ノ森では手に入らないものがそれだけ多いのだ。今後も必ず、森から出てくる者がいるはずだった。

「西から来た女、西へ行く女を片ッ端から捕らえるんだ」リタが朗々と言い放つ。「王女を連れていなくても、構いやしない。水蜘蛛族の女自体に価値がある！　連中の持てる技をあますところなく絞り上げ、水丹術の奥義を我が民のものとするんだ！」

リタの口上に会場は突如として熱気に包まれ、選士たちが雄叫びを上げる。

「水を、我が手に！」「天の恵みを、我が民に！」「傲慢《ごうまん》な女王から、同胞を解き放て！」

いよいよ場が大きく動く。ハマーヌがちらと隣に目を向けると、相棒は「やったな、オイ」と囁《ささや》きながら、肩を幾度か小突いてきたのだった。

第四章

一　総彫《そうぼ》りの誓い

「いやじゃ、わらわも行く！」

ミミが断固として言い張ると、タータは一瞬困った顔をしたけれど、すぐに笑ってみせたのだった。

「ほらほら、その言葉遣い。そんな調子で旅なんかしたら目立ってしまうわ」

それでごまかせると思っているのなら大間違いだ。

「いやだ、ミミも行く。これなら良いか。ともかく留守番など絶対にしない！　タータが出かけるというのなら、ミミも行く！」

頭のてっぺんに血を上らせながら、ミミはきっぱりと主張した。万が一置いていかれそうになったら、荷物に潜り込んででもついていくつもりだ。

タータが少し前に、アナンの彫りの材料を揃えに森の外に出かけると言った時から、この押し問答は続いているのだった。

「だいたい何故《なぜ》行くのじゃ。新しい針なら、今もいっぱい持っているではないか！」

「針じゃないの。顔料よ。藍の顔料の材料を北の白亜ノ砂漠まで採りに行くの。とても美しいけれど、とても厳しい場所だから、貴女《あなた》にはつらいだろうと思って」

「どうして、そんなに急ぐのじゃ。すぐには彫り始めぬと言っていたではないか！」

「そうね。でも、いずれ必ずたくさんの顔料が要るようになるから、今のうちにこつこつと集めておきたいの。分かるでしょう？」

理屈は分かるけれど、そういう問題ではなかった。アナンなどのために自分が置いていかれるなんて、どうしても我慢ならなかったのだ。

「彫りの材料を集めることも修業であろう？　タータはミミの師匠なのだから、ミミを連れて行くべきじゃ！」

その一言が効いたのか、それとも単に根負けしたのか、師匠はやっと首を縦に振った。ただし、外では絶対に傍《そば》を離れないこと、他人と口を利かないこと、頭巾でしっかり顔を隠すこと、決して水を操らないこと——その四つを固く固く誓わされた。

白亜ノ砂漠には村や町がない。聖樹《せいじゅ》に着くまで、食糧を持ち歩かなくてはいけない。そんな大荷物を抱えては行けないので、馬が必要だった。外の人間に怪しまれないよう、薬草売りの親子に扮したタータとミミは、かもしか馬を選びに滝壺の岩場へと下りた。

「これはこれは、タータさま。お出かけですかな」馬番のウパが好々爺《こうこうや》然《ぜん》と迎えた。「どんな馬を御所望で？」

「脚の強い子を。勇敢で落ち着いていて、少しのことでは驚かない子がいいわ」

「ほっほ……貴女さまは、馬にも高い理想をお持ちですなぁ」

そこに、アナンが馬を引いて現れた。青鹿毛《あおかげ》の牝馬だった。

「あの、この馬は、ど、どう……でしょうか」

途切れとぎれの声はたいへん小さく、どうどうと落ちる滝の音に掻き消されて、とても聞き取りにくい。初舞《はつま》いの時のふてぶてしいほどの落ち着きぶりはどこへやら、こんな大きいなりをして、案外引っ込み思案な性質《たち》なのかもしれなかった。

「おぉ、そいつがおったのぅ」ウパ爺が膝を打った。「十歳のおとな馬じゃが、脚の強さは太鼓判を押しますぞ。若い時分は力があり余って暴れてばかりでしたが、今は角が取れて良い塩《あん》梅《ばい》になりましたわい。見なされ、このどっしりとした面構えを」

青鹿毛はしぶきという意味の〈ヌイ〉という名だった。ウパは褒めちぎるが、ミミの目には胴ばかりがやたらと長く、全体にひょろりとして、なんだか不恰好に見えた。もっとも彼女が気に入らないのは、タータに手綱を渡すアナンの真っ赤になった顔の方かもしれない。二人の指先がかすかに触れたように思えたので、なおのこと許せなかった。

「早く行こう、タータ！」

ミミはほとんど怒鳴るようにして、師匠の手を力いっぱい引っ張った。

「えっ。おまえ、もう彫ってもらったの？」

アナンが食事ノ間に入ると、興奮した声が耳に飛び込んできた。見れば、彼と同年代の男児たちが輪になって、食事もそっちのけで話し込んでいた。

「ふふん。見せてやろうか」

そう自慢げに言って上着を脱いでみせたのは、初舞いで一番手を務めた男児だった。彼の腹の秘文《ひぶん》を見て、取り巻きたちは「すごいや」「いいなぁ」と感嘆と羨望《せんぼう》の声を上げる。男児はすっかり気を良くして、鼻高々といった様子だった。

「今日、舞台に上がるんだ。まぁ、これでおれも、一人前のおとこってわけだな」

盛り上がる輪の横を、アナンは静かに通り過ぎた。それが却って男の子たちの注目を集めてしまった。上着をはだけたままの男児がわざわざ追ってきて、アナンの前に立ちはだかった。

「おい、アナン！　おまえも、おれの舞台を見に来いよ」

「うん」

適当な返答に、本気でないのがばれたようだ。横を通り抜けようとすると、また阻まれた。

「なんなら、おれが舞いを教えてやろうか。あんな爺さんくさい踊りじゃ、いつまでたっても彫り手がつかないだろうからさ」

背後からは、くすくすという忍び笑いが聞こえる。また始まったとアナンは思った。爺さまには相手にしないよう言われているし、実際のところそれが一番だった。第一、今の彼はどれほどからかわれても平気だった。

（もし、タータさまと約束したって言ってやったら、こいつ、どんな顔をするかな）

そんなことを想像したら楽しくて仕方がなく、アナンはつい笑い出した。相手は鼻白むと「変な奴」と吐き捨て、上着を直しつつ去っていった。

やっと解放されたアナンは、自分と爺さま二人分の食事を籠に取り分け、さっさと場を後にした。余計な雑音ばかり入ってくる繭《まゆ》の中よりも、滝壺の方が落ち着ける。

「ほほう、もう秘文を入れた子がおったのか」

先ほどのできごとを話すと、ウパ爺さまは肩をゆすって穏やかな笑い声を立てた。

「せっかちじゃのう。まぁ、早く一人前になりたいという気持ちは分かるがな」

「早すぎでしょう？　だってあいつ、僕よりずっとちびなのに」

アナンは自分の胸の辺りで手のひらを立てて、これぐらいと示した。

「お父上は背の高いお方だから、あいつはこれからもっと伸びるはずです。そうしたら、せっかくの秘文がずれてしまうじゃないですか。どなたが彫り手かは聞かなかったけれど、随分と考えなしですね！」

「これ、これ」爺さまが優しくたしなめた。「舞い手は、彫り手ありき。敬いの心を忘れてはならんぞ」

アナンは恥じ入りうつむいた。先ほどは何も言わずに堪《こら》えたものの、いざ口を開くと、うっぷんを晴らしたくなるのだ。口を閉ざしていても、彼の反抗心は態度に出ているのに違いなく、彫り手たちの覚えがめでたくないのも致し方ないことだった。

もっとも、これは血のなせる業といえるだろう。

「まぁ、まぁ。建前はそうじゃがな」爺さまは声を潜める。「実はな、わしもそう思う。その彫り手は考えなしじゃ」

爺さまの悪戯《いたずら》っぽい微笑みにつられて、アナンの口からくすりと笑いが漏れた。この茶目っ気と温かさが、両親のいない寂しさからアナンを救っているのだった。

「しかし冗談でなく、その子はこれから相当苦労するかもしれんのう。もし術が使えなくなるほどに彫りがずれれば、命にも関わるからな。十五歳ともなれば大抵の女人は背が伸び切っておるから、彫り手の方々にはぴんとこないのかも知れんが……」

爺さまはしばらく、滝壺の淀みをじっと見つめ続けた。憂《うれ》いを湛《たた》えた横顔に、アナンはようやくことの重大さに気づいた。

心の奥底では、すでに舞い手の仲間入りを果たした者がいると知り、アナンはひどく焦っていた。それを愚かな勇み足と小馬鹿にすることで、どうにか自尊心を保っていたわけだ。だが、現実はもっとむごたらしいものだったのだ。

「アナン、おぬしは幸運じゃった」爺さまは呟いた。「タータさまは舞い手の身体を労わってくださるお方じゃ。御自分の都合で理不尽な仕打ちをなさることもなかろう。きっと、おぬしが何十年も舞い続けられるよう考えてくださる……真に優れた彫り手とはそういうお方なのじゃ……」

爺さまがタータのことを語りつつも、本当は誰について考えているのか、アナンにはよく分かっていた。

「おばばさまもそんなお方だったんですね」

ウパ爺さまは嬉しそうな、懐かしそうな、寂しそうな微笑みを浮かべた。

「そうじゃ。おばばさまは彫りの技術としては二流、三流と言われておったが、それはそれはお優しい方でな。新しく秘文を入れると、わしに必ず具合を確かめて、次はどのようにしようかと意見を求めてくださった。じっくり話し合ってから進めなさるので、〈亀の針〉などとからかわれるほど彫りが遅うてのう。秘文を入れられたのは生涯でたった一人じゃった」

だが、そんなおばばさまだからこそ、爺さまを今なお舞わせられるのだ。

食事を終えて、アナンは空の籠を返すため繭家へと向かった。物思いにふけっていたので、道の向こうからやって来た相手に、すぐに気づけなかった。

「カラ・マリヤさま……！」

アナンは慌《あわ》てて脇へ退き、こうべを垂れた。よりによって、いっとう気難しい彫り手に礼を欠くだなんて、なんという大失敗だろう。

案の定、カラ・マリヤはアナンの前で足を止めた。氷の刃のような視線をひしひしと感じ、アナンの手掌《たなごこ》に冷や汗が滲《にじ》み出るが、相手は無言のまま立ち去ろうとしない。

永遠にも思えた沈黙の後、カラ・マリヤは鋭く言い放った。

「ついて来い」

そのまま問答無用でらせん坂を下りていく。彫り手の命令は絶対だったし、そもそも自分が無礼を働いてのことなので、アナンは大人しく従った。

マリヤは繭家の外に出ると、滝壺を離れ森の奥へと進む。人の気配は遠のき、普段は気にも留めぬ鳥や虫の音が、妙に耳につき出した。アナンは漠然とした不安に駆られた。初彫り前の男子が、女盛りの彫り手と森で二人きり。慎み深いとは言い難い。

だがアナンは引き返さなかった。相手は腕利きの術士だ。一人前の舞い手ならいざ知らず、子供の足では逃げようもない。そもそも何故逃げる必要があるのだろうと思い直した。そんなふうに考えること自体、礼を失しているではないか。

そう自らに言い聞かせていると、カラ・マリヤがぴたりと止まった。

「タータから申し出はあったか？」

あまりに唐突で、アナンは一瞬、何の話か分からなかった。

「は、はい……。ありました」

「受けたのか」

「う、受けました……」

マリヤは深々と溜め息をついた。くるりとこちらを向いた顔は、苦り切った表情を浮かべていた。アナンは戸惑うしかなかったが、次に放たれた言葉はさらに予想外だった。

「その話、断れ」

「はぁ？」驚くあまり、ついぞんざいな返答になってしまった。

「お前のために、あえて言う」と、マリヤが詰め寄る。「断れ。あの女の口車に乗るな。都合よく使われて終わるぞ」

「タータさまはそんな人じゃありません！」アナンは後ずさりしつつも、叫んだ。「お優しい、立派な方です！　僕のためをよく考えてくださると、爺さまも……」

「はっ、お前のためを考えるだと？」

マリヤの唇が意地悪く歪んだ。

「では訊くぞ。タータはお前の子を産むと、はっきり誓ったか？」

アナンは自分の顔が、かっと熱くなるのを感じた。

「な、なんの、話ですか……」

「お前は十五歳。初舞いを務めたからにはもう大人だ。彫り手の申し出を受けるとはどういう意味か、知らんとは言わせんぞ」

アナンは何も言えなかった。

どんなに避けようとしても、そんな話はしょっちゅう耳に飛び込んでくる。特に若い舞い手たちの関心はそればかりに向いていて、食事のときと言わず就寝のときと言わず、そうした話題で持ち切りだ。知らずにいるのは、どだい無理なことだった。

正直なところアナンには、タータの彫りの腕前など分からなかった。申し出を受けて天にも昇る心地になったのは、ただひとえに彼女が憧れの女性《にょしょう》だったからにすぎない。だが、そんなやましい気持ちを認めるわけにもいかず、アナンは必死で首を横に振った。

「ち、誓いもなにも、それは掟ではないでしょう？　たまたま、そういう人たちが多いというだけで……。彫りと関係なく、そ、添われた方々もおられますし……」

まっとうな意見のつもりだったが、カラ・マリヤの関心はそこにはなかった。

「ふん。やはり何も告げていないのだな。あのろくでなしが……。はっきり言っておく。あいつは、婿《むこ》をとるつもりなど毛頭ない。あいつの興味は完璧な秘文を彫ることにしかないのだ。諦めて別の彫り手にしろ」

「ですから、違います！」アナンの声は悲鳴のようだった。「ぼ、僕は、タータさまにはあくまで、秘文を入れて欲しいと思っているだけです！　そんな……」

「建前はいい。私はお前の心に問いかけているのだ。お前が少しでもあいつに期待をしているのなら、それは不毛なことだ。玩《もてあそ》ばれてずたずたになる前に、引き返せ」

なおもアナンが首を振り続けるので、マリヤの声に苛立ちが滲み始めた。

「ない可能性に賭けると言うのか？　お前が何を失うのか、よく考えろ！」

肩を摑んできた指の力が思いのほか強く、アナンは呻き声を必死で抑えた。

「申し出は〈総彫り〉だったのだろう？　秘文を全て請け負うということは、他の女に『触れるな』と言ったも同然なのだ。だが、タータにそんな事情は通用せん。彫りと子づくりは別もの、好きにしたらいいと言うに決まっている！」

「それのどこが間違っているんですか！」

「正しいから性質が悪いのだ！」と怒鳴るカラ・マリヤは、もはや般若《はんにゃ》の形相だった。「そう言われたら、お前は『責任を取れ』とは迫れまい。だが、タータを敵に回す危険をわざわざ冒してまで、お前に近づこうという酔狂な女がいるものか！　お前は貴重な若い時期を、あのろくでなしに食いつぶされ、誰とも子を成すことなく終わるのだぞ！」

アナンの中で何かが爆発した。

「『ろくでなし』は貴女の方じゃないか！　無茶な秘文を施して、舞い手を痛めつけて！　貴女はただ、タータさまの才能に嫉妬しているだけなんだ！」

カラ・マリヤの口が動くのが見えたが、もう何も聞きたくなかった。

アナンは思い切り、相手を突き飛ばした。

きゃあ、という思いがけず女らしい悲鳴に、はっと我に返る。ごつごつした岩の上に倒れたカラ・マリヤ。その右手から、真っ赤な血がしたたり落ちている。

アナンの全身から、生気が抜けていった。

彫り手の利き手を傷つけるのは、万死に値する重罪だ。

ゆっくりと立ち上がるカラ・マリヤとは逆に、アナンはその場にくずおれた。はずみで籠が沢に落ち、くるくると無力に回りながら流されていった。

「手のつけようのない大馬鹿者が。これだけ言っても分からんか」

地を這うような声が言う。

「お前は幼すぎる。取り返しがつかなくなる前に、私が救ってやる。……感謝しろ」

血と土に汚れた右手が、崩れたまとめ髪から鉄の長針を引き抜く。それはごく普通の彫り針のはずだったが、今まで見たどれよりも長く太く、黒々と光って見え、アナンは歯が鳴るほど激しく震えていた。

二　満天の夢

まばゆいばかりの真っ白な地平線。

星屑をちりばめた真っ黒な宇宙《そら》。

ミミは瞬《まばた》きすらも忘れて、目の前の光景に見入っていた。いつもの黄金の砂漠もきれいだけれど、ここ白亜ノ砂漠は別格だ。風も音も全くなく、まるで時の流れそのものが白銀の宝石の中に閉じ込められたようだ。

彼女を前に抱くようにして、タータは手綱を取っていた。時折口ずさむ鼻歌のような旋律は、もちろん比求式《ひきゅうしき》だ。おかげでかんかんと照りつける太陽のもとでも、眩しくもなければ暑くもなかったし、陽が落ちて霜がおりた今はほんのりと暖かかった。青鹿毛《あおかげ》ヌィも始終ごきげんで、たまに黒いたてがみを振りふり、歩を進めている。

「ここに、その〈聖樹《せいじゅ》〉が生えておるのか？」

「もうすぐそこよ」

涼しい顔でそう言われたけれど、白亜ノ砂漠に入ってから生きものを見かけない。砂鼠《すなねずみ》すらいないのだ。こんな死に限りなく近い地に樹が生えるとは、ミミはとても信じられなかった。

けれど、ひときわ大きな砂丘を越えた時、それは現れた。

天を突くほどの大木が、白い大海原の中に堂々と立っている。大理石のような木の肌は月明かりに燦然《さんぜん》と輝き、幾万と分かれた枝には銀色の葉が生い茂り、金色の花房がたわわに揺れている。その姿は神々しく、聖なる樹という名にふさわしかった。

これは夢だろうか、幻だろうか。圧倒されて見入っていると。

「くしゅん！　くしゅん！」

たまらない臭いが突然、ミミの鼻を攻撃した。瓜が腐ったような悪臭は、どうやら聖樹から漂ってくるようだった。あの金色の花のものだろうか。くしゃみと咳が止まらず困っていると、タータがミミの背中を擦《さす》りながら、巾着袋《きんちやくぶくろ》から何かを取り出した。

「ごめんなさい。先にあげればよかったわ」

手渡されたのは、飴玉《あめだま》のような丸薬だった。おそるおそる口に含んでみると、薄荷《はつか》のように爽やかで、鼻の奥に纏《まと》わりついていた嫌な臭いがすうっと退いていった。ほんのり甘くてなかなか美味《おい》しい。飴をころころと舌で転がしながらミミは言った。

「聖樹の花はあんなに美しいのに、臭いがどうにも残念じゃな」

タータは平気なのか、曖昧《あいまい》な微笑みを浮かべた。

すぐ聖樹のもとに行き、皮を剝《は》ぐのかと思ったら、違った。タータは砂丘のてっぺんで馬を止め、ミミを抱え下ろすと、足もとに目を凝らすように言う。ミミは素直に従った。師の言葉には必ず意味があると信じていた。

「……あのしましまは、いったいなんじゃ？」

ミミが指し示したのは、白い坂に規則正しく波打つ縞模様だった。タータがよく気づいたというように、ミミの頭を撫でながら答えた。

「あれは〈風紋《ふうもん》〉よ。風の通り道が砂上に模様となって残るの。自然にできるものと見分けがつかないけれど、この樹の周りの風紋は〈月影族《つきかげぞく》〉が作り出したのよ」

「つきかげぞく？」

こうしたとき、タータはすぐには説明しない。しぃっと紅《あか》い唇に指を当てて、よく見ていなさいと仄《ほの》めかすと、そっと指を砂の中に差し入れた。

師匠が風紋を崩しながら描いたのは、ミミの知らない五つの難しい比求文字だった。書き終わるや、不思議なことが起こった。聖樹をぐるりと取り囲んでいた縞模様が、風もないのに、さらさらと動き始めたのだ。初めはあちらこちらで気まぐれに渦巻いているように見えたが、やがてミミたちが立つところを境目として左右にきれいに割れていき、聖樹に向かってまっすぐ延びる一本の道ができ上がった。

砂が止まったかと思うと、今度はしゃらりしゃらりという錫杖《しゃくじょう》を打ち鳴らすような音の粒が降ってきた。見上げれば聖樹の金の花房が独りでに揺れており、まるでミミたちの訪問を知らせるように、幽玄なる調べを奏でているのだった。

聖樹の根もとで、何かが動いた。それは初め、白い根っこにできた幾つものこぶのように見えた。けれどもこぶは次々と立ち上がり、一斉《いっせい》に合唱したのだった。

「我らの結界の鍵を知る者よ。名乗りたまえ」

ミミとともにしゃがんでいたタータが、立ち上がって答えた。

「水蜘蛛族《みずぐもぞく》のタータです。お久しぶり、月影族の皆さま」

彼女が親しげに手を振ると、こぶたちも同じ仕草をした。ミミはてっきり彼らは樹の精霊で白亜の身体を持っているのだと思ったけれども、期待はあっさり打ち砕かれた。真っ白な衣を頭から被っているだけで、ミミとなんら変わらない人間らしい。聖樹の根っこの中で暮らしていると聞かされた時は、ちょっぴり驚いたけれど。

それよりも。ミミは風紋の道を行くタータの裾を、ちょいちょいと引っ張った。顔を寄せてきた師匠に、ひそひそと訴える。

「飴玉をおくれ」

「あら。もう舐めてしまったの？」

「不覚にも呑み込んでしもうた」

聖樹に近づくにつれ臭いはますます強まっており、とても我慢できそうにない。早く渡してほしいのに、タータはしばらく腹を抱えて笑い転げていた。

「二年ぶりだな、〈早読《はやよ》み〉のタータ」月影族の民が迎えた。「おや、その子は？」

「弟子ですわ」と答えるタータはまだ笑っていた。「顔料集めを見たいと言うので、連れてきましたの。さあミミ、御挨拶を」

彼らとは口を利いてもいいらしい。ミミがきちんと居住まいを正して「よろしく」とお辞儀する横で、師匠は手土産の籠を差し出した。西ノ森で摘んだ薬草の詰め合わせだ。

「おぉ、これはありがたい！」月影族の民らがざわめく。「西ノ森の薬草は、大きくて効きも良いからな。もっとちょくちょく来てほしいものだ」

「あら、嬉しいこと！　他の者にもそう申し伝えます」

どうやら、水蜘蛛族は西ノ森の薬草を、月影族は聖樹の枝を互いに贈り合う仲らしかった。タータはその枝を持ち帰って、顔料に加工するつもりと言う。といっても聖樹に登ってわざと枝を折るのは御法度で、自然に落ちた枝を拾い集めるらしい。

「では、枝が落ちてくるまで、ずぅっと待つのか？」

夜空いっぱいに枝を伸ばす彫刻のような大樹を見上げながら、ミミは尋ねた。

「明け方に北風が吹いて、小枝をたくさん降らせるの」師匠は言う。「それまで休みましょう」

月影族はすぐに夜食を御馳走してくれた。聖樹の根の中で採れたものだというから、ものすごく臭いのではと警戒したけれど、要《い》らない心配だった。ふわふわした独特な食感のほうずいのようなものに、金色の飴のようなものがうっすらと塗ってある。聖樹の蜜らしい。子供には滋養が強すぎるからと、ほんの少ししかつけてくれなかったけれど、なるほど一口嚙むだけで口の中に香りが広がり、舌先が痺《しび》れるほど甘く、身体中に力がみなぎるのだった。ちなみに、馬のヌィは飼葉の代わりに、青苔《あおごけ》のようなものをたくさん貰っていた。わき目もふらず貪《むさぼ》っているところを見ると、意外と口にあったらしい。

夜食が終わると、月影族は根の中に帰っていった。聖樹に入るのを楽しみにしていたミミは、よそ者は入れないと告げられて、とてもがっかりした。入れないと知っているはずのタータも、同じく肩を落としていた。

「本当に残念だわ。私も一度でいいから、入りたくて仕方ないの」

「駄目、駄目！」月影族たちは腰を上げながら、おどけた調子で言った。「水蜘蛛族の女性は恐ろしいからな。特に、貴女《あなた》を招きいれる訳には断じていくまいて」

ミミは頬を膨らました。客に対して、なんという言い草か。

「タータは、そなたたちを襲いなどせぬ！」

大人たちは皆、どっと笑った。

「ほっほ、師匠思いの子だ。もちろん我らもそんなふうに思ってはおらぬよ。お前さんの師匠を恐ろしいと言ったのは、お師匠の〈早読み〉の力のことだ」

はやよみ。そういえば彼らは挨拶の時にも、タータをそう呼んでいた。

「水使いは何故《なぜ》、強いと思う？　水使いは周りの状況に合わせ、唱える式を次々と変えていくだろう？　それは即ち、目の前の現象を的確に読み解き、式にできるということだ。ならば、相手の術がどのように成り立っているのかも、瞬く間に見破れるというわけよ。ことに、お前さんのお師匠は、たとえ知らぬ技であっても、一目で比求式を割り出してしまう。だから我らは、彼女を〈早読み〉と呼んで畏れているのだ」

「まあ、お恥ずかしいわ」とタータは笑ったが、否定はしなかった。

つまり、月影族はタータを嫌っているのではない。むしろ、とっても歓迎しているのだ。けれど、うっかり彼女を聖樹に入れようものなら、月影族が代々守ってきた秘技が暴かれかねないというわけだ。ならば仕方がないと、ミミは納得した。誰にだって、秘密はあるものだ。

月影族が去っていったあと、ミミたちは根の間に天幕を張った。

いつもなら、もうとっくに寝ている時間だ。ところが、天幕に入ってタータと一緒に夜具に包《くる》まっても、ちっとも眠くならなかった。感覚が変に冴えわたって、天幕に降りそそぐ満月の光とか、梢《こずえ》でしゃらんと揺れる花の音とか、はては、聖樹の根の底で蠢《うごめ》く者たちの気配とかが、うっとうしいほどはっきりと感じ取れるのだった。

諦めて目を開くと、タータの顔が間近にあった。妙に夜目が利いているので、まつげの一本一本まで見分けられる。暗がりをいいことにじぃっと見つめ続けていると、眠っていたはずのタータが不意に笑った。

「どうしたの、ミミ? 何か考えごと?」

どうして分かったのだろうか。ミミは慌《あわ》てて寝具を掻き寄せて顔を隠したが、師匠は甘いとからかった。ミミには考えごとをするとき、必ず出る癖があるのだという。

「人差し指でとーん、とーんって叩くのよ。こんなふうに」

頬っぺたをつつかれる。ミミはきゃらきゃらと笑い転げながら、お返しとばかりにタータのへそ辺りをつつき返した。すると相手は卑怯にも、ミミの両脇腹を狙ってきたのだった。

はしゃいでいたら、二人揃って本当に目が覚めてしまった。仕方ないので、どちらかが眠くなるまで、星空のもとでおしゃべりをすることになった。

「それで、いったい何を考えていたの？」

ミミは渋ったが、怒らないと約束してもらえたので、正直に話すことにした。

「タータは子を産まぬのか？」

やっぱり訊かなければよかったと思った。タータの目の奥に暗い影が差したからだ。それでも「貴女には早いかもしれないけど」と前置きし、タータはゆっくりと話してくれた。

「十年、いいえ、もっと前に一度だけ、赤ちゃんができたことがあったの。でも、うまく育たなくて、しかもとても苦しいお産で。ずうっと朦朧《もうろう》としていたから、詳しく覚えていないのだけれど、もう助からないと思ったと後で皆に言われたわ」

タータは遠い目で、満月の光を反射する地平線を眺めていた。

「お産の間、私は自分が助かることだけを考えていたわ。まだ死ねない、死にたくない。やりたいことが、私にしかできないことが、たくさんあるって――」

「真実そうではないか。何かいけないのか？」

ミミは驚いて、つい口を挟んだ。タータは複雑な微笑みを浮かべた。

「ありがとう、そう言ってくれて。でもね、私は結局、お腹の子の父親をさして好きではなかったのよ。少なくとも、命に代えても子を授けてあげたいと思えるほどにはね。母親になる覚悟もなかった。ただただ、子供っぽい見栄と馬鹿げた強がりの果てに、宿した子だった……。

あの子には、本当に可哀そうなことをしてしまったわ……」

タータの憂《うれ》いがどこから来るのか、ミミにはよく分からなかったけれど、もう懲《こ》り懲《ご》りだと思っていることだけは分かったし、それで満足だった。

「なら、ミミがタータといても、よいのじゃな！」

アナンが現れてからというもの、ミミはいつ追い出されるかと、そんな心配ばかりしていた。だからつい本音が口をついて出たのだけれど、すぐに後悔した。タータの顔がさっと強張ったからだ。まるで、ミミが水を操ってみせた時の母さまのように。

知らない間に、ミミは衣の裾をちぎらんばかりに握りしめていた。タータが、そっとミミの手を取って指を解かせてくれなければ、本当に破いていたかもしれない。

「ミミ」タータが囁《ささや》く。「私は貴女と、ずっと一緒にいたい。いてくれる？」

自分の手を包み込むしっとりした温かさに、どういうわけか泣きたくなったけれど、ミミは頑張って笑いかけた。

「聞き入れた！」

タータの幸せそうな顔に、ミミも胸がいっぱいになった。

それから夜明け近くまで二人で話し続けた。いっとう強く印象に残った話は「タータのやりたいこととは何じゃ？」という問いへの答えだった。

「力とは何か解き明かしたいの」

「ちから？」ミミはきょとんとした。「ちからとは、この力のことか？」

ミミは繋《つな》ぎっぱなしの手を、ぎゅっと握りしめた。「痛い、痛い」とタータが笑う。

「そう、これも力。果実が地に落ちるのも、水が蒸気になるのも、風が流れるのもそう。くまんばちが飛ぶのだって、みんな力のおかげ。丹導学《たんどうがく》では古くから、力とは〈丹〉でできていて、丹とは〈この世のありようを変えるもの〉とされているわ。けれど、これは言葉を換えただけ。力の正体について何一つ答えてはいないの」

話の内容は難しすぎて、ミミにはさっぱり分からなかったけれど、タータの熱を帯びた瞳の輝きに強く引き込まれていった。

「考えてみて。力には、丹には、形があるのかしら、ないのかしら？　もし形があるのなら、やはり物体の一種なのかしら？　物体を変える物体っていったい何……？

私は、その答えが知りたいの。比求式の中に答えがあると信じている。式の奥深く、隠れて見えぬ字と字のはざま、この世に数多《あまた》ある力の、限界のその先……。それを私は見てみたい」

タータは急にミミの手を放し、真っ白な砂地をきれいにならした。ほっそりとした指を差し入れると、ものすごい勢いで比求文字を綴り始めた。

「水丹術は全ての力を統《す》べる技。ありとあらゆる丹を緻密に練り上げる技。けれど力の調和を保とうと考えるあまり、純粋な力を究めはしない。そこであえて、丹の流れが混ざり合わないよう、あらかじめ式を挿入しておけば……」

タータの指が止まった。現れたのは、四対の比求式。いいや、式とはとっても呼べないほど、滅茶苦茶で支離滅裂なものだった。なのにタータはあろうことか、この式をいずれ己が身に刻むつもりと言うのだ。

「……すると、どうなるのじゃ？」

「丹の摩擦が失くなる。つまり、力が混ざらなくなるの。力を効率よく、極限まで高められる」

「待っておくれ！」ミミは叫んだ。「それでは水が練れなくなってしまう！」

「そうなの」と答えるタータの声は珍しく自信無げだ。「それに、まだ何かが足りないような気がして……。そのかけらを埋める何かを、もうずっとずっと探しているの……」

タータが一年のほとんどを旅して暮らしているのは、さまざまな術士と闘うことで『かけら』の答えを見つけようとしていたためらしい。

「では、盗賊団のところに行ったのも、そのためだったのじゃな？」とミミは訊いた。

「あぁ、かまいたちのサグね」と如何《いか》にも興味なさそうに、タータは呟いた。「南端一の術士というから、もしかしてと思ったのだけれど、ただの力自慢だったわ」

ミミは首を傾げた。『ただの』とはどういう意味だろう。強き者と闘いたいのだろうと単純に考えていたが、どうもそうではないらしい。では、どういう者を探しているのかと尋ねると、タータは長々と黙り込んだあと、言葉を探すように呟いた。

「この世を巡りゆく力と、身の内の丹が、常に繋がっている者……。己の五感のように、森羅《しんら》万象《ばんしょう》を感じ取れる者……。力を操るのに、式の要らぬ者……」

「そのような者が、おるわけないではないか！」

思わず叫んでから、ミミは悔いた。師匠がとても寂しげに微笑んだのだ。

「私も、何度も諦めようと思ったわ。でも決心がつかなくて。かと言って、未完成の式を自分の身体に彫ることもできなくて……。気づいたら、時ばかりが過ぎてしまった……」

砂の上の比求式を見つめる師匠のやるせない表情から、ミミはぴんと察した。

この式を入れたら、タータは水使いではなくなる。水蜘蛛族でなくなるのだ。二度と西ノ森に入れないし、舞い手に秘文《ひぶん》を彫ることもない。夢を追う代償として、水を操る力ばかりか、故郷や仲間、彫りの才能までも捨てるわけだ。アナンという素晴らしい舞い手に出会った今、心が揺れるのも当然だろう。

「では、アナンの彫りが完成してから、森を出ればよいのではないか？」

ミミの言葉に、タータは一瞬びっくりしたような顔をしてから苦笑した。

「その頃には、私はいい年でしょうね」

そうか、年も問題なのか。ミミはもう一度じっくりと考え、はたと思いついた。

「では、ミミに彫ればよい！」

「ええ？」タータが素《す》っ頓狂《とんきょう》な声を上げた。

「だって、ミミはタータとずっと一緒なのじゃ。タータが森を出るなら、ミミも出る。我らは丹の謎を追う〈同志〉となるのじゃ。ならば、どちらに秘文を入れようと同じではないか！」

我ながら名案と、ミミは大興奮だった。気持ちが伝染したのだろうか、タータが突然ミミをきつく抱きしめてきた。

タータの肩越しに、満天の星が見える。あのきらきらの輝きをいつか、全て手に入れてやるのだ。そんなことを考えているうちに、ようやくミミに心地よい眠りが訪れた。

第五章

一　己がもの

何故《なぜ》こんなことになったのだ。

ラセルタはここ数日、心の中で同じ問いを繰り返していた。

いいや、元凶は分かっている。ろくでなしの親友と、彼女に妙に執着する一人の女だ。彼女たちのために何故、乳飲み子を抱えた自分が走り回らねばならぬのか！

事件が発覚したのは、ウパ爺が孫のアナンを連れてラセルタに訴え出たからだ。青ざめ生気のないアナンの顔を一目見て、これはただならぬことと彼女は直感した。よって、覚悟はしていたが、貝のように口をつぐんだ少年を説得し、ようようことを聞き出すと、ラセルタは胃に穴が開きそうなほどの強い腹痛に襲われた。

彼の訴えによれば、タータと総彫《そうぼ》りの約束をしたにもかかわらず、カラ・マリヤに無理矢理針を入れられてしまったという。

「待って。ちょっと、待って」ラセルタは腹を押さえながら確かめた。「タータが、貴男《あなた》に総彫りの申し出をしたって？　いつ？　どこで？　返事はしたの？」

うつむいた孫の代わりにウパが答えた。

「初舞《はつま》いから戻ってすぐ、滝壺でじゃ。お返事もその場で」

「一月以上も前じゃない！　あたしは何も聞いてないわ！」

思わず叫んだラセルタの甲高《かんだか》い声に、アナンの肩がびくりと揺れた。「すみません」と咄嗟に謝る少年が哀れでならなかった。

ラセルタが責めているのは無論、タータである。総彫りは舞い手の一生を左右する事柄ゆえ、通常と扱いが全く異なる。本来ならば、申し出への返事を聞いた時点で、彫り手はすみやかに長《おさ》に報告し、長は他の女たちに向けて手出し無用の触れを出す。族長が仲介役となることで、安易な口約束を避け、無益な争いを避けるのだ。

「タータさまは、あえてお伝えにならなかったのじゃと思います」とウパは言う。「孫はまだ十五歳。しっかり身体ができるまで、五、六年は初彫りを控えると仰《おつしや》いましてな。もしも途中で気が変われば、いつでも反故《ほご》にしてよいと、とても優しいお気遣いを……」

——だから、そういうのを口約束って言うのよ！

ラセルタは辛うじて言葉を呑み込んだ。この二人に言っても詮無きことである。

だが、カラ・マリヤは案の定そこを突いてきた。

「長たるお前に断りがなかったのだ、正式な申し出ではないのだろうよ。あの気まぐれな女のことだ。もう忘れているかもしれんぞ」

それは絶対にないと言い返せないラセルタであった。

「だけどね、マリヤ」と咳払いして、切り口を変える。「貴女《あなた》、ちょっと酷いのじゃない？　アナン君はタータを待っていたのよ。それを無理矢理だなんて」

相手は動じるどころか、悠々とせせら笑った。

「人聞きの悪いことを。私はただ、あの小僧の望み通りにしてやっただけだ」

なんという鉄面皮。ラセルタが啞然としている間に、カラ・マリヤは滔々《とうとう》と続ける。

「小僧は焦っていたぞ。周りのおのこが次々と初彫りを済ませていくのに、己の彫り手は森の外。いつ帰ってくるかも分からんとなれば、気持ちも揺らぐというもの。私についてきたのも、あわよくばと思ってのことよ。私は、彼の意を酌んでやったのだ」

「何があわよくばよ。貴女がついてこいと命じたのでしょう！　よくも――」

「実際、秘文《ひぶん》を入れている間、逃げなんだではないか」

ラセルタは言葉に詰まった。その点は確かに疑問に思っていた。何か事情があったのだろうが、どんなにアナンを問い詰めても、「すみません」とこうべを垂れるだけで、埒《らち》が明かなかったのだ。

「こういう見方もできるぞ、ラセルタ」冷淡な声が言う。「小僧は焦るがあまり、私に初彫りを願ったものの、思いのほか痛みが強く尻込みした。ゆえに、眠り草を使うタータに心がなびいた……そういうことだ。そんな軟弱者の泣き言に付きあう暇なんぞ、お前にはあるまいよ」

「お生憎《あいにく》さま」ラセルタも冷ややかに答えた。「それが、あたしの役目なの」

「そうか、御苦労なことだ」と皮肉が返った。「ならば私の愚痴《ぐち》も聞いてもらおうか。実はな、小僧の初彫りはまだ完成していないのだ。早く続きをしなければならんのに、あの頑固なウパ爺さまが小僧を渡してくれなくてなぁ。自分の身のためにさっさと出向けと、お前から伝えてくれ」

そう言い放つ女の右手には、包帯が巻かれていた。「それ、どうしたの」と尋ねても、答えは「転んだだけだ」と素っ気ない。だが、彫り手の命である利き手を、マリヤが不注意に扱うはずもなく、ラセルタは全てを悟った——あれはアナンがつけたのだと。

ラセルタの胃は再びきりきり痛み出した。未完成の彫りがある以上、アナンの身体はカラ・マリヤのものである。引き離すには相応の根拠が要《い》るが、そのためにアナンの罪を暴いても、彼を罰するのはマリヤであり、行き着くところは同じである。

こうなれば最後の手段だ。のらりくらりと時を稼いで、タータの帰りを待ち、彼女に彫りを完成させるよう命じればいいのだ。カラ・マリヤが「やった者勝ちだ」と言うなら、こちらもそうするまでである。

ところが、マリヤの狡猾《こうかつ》ぶりは、ラセルタの予想をはるかに上回っていた。

ラセルタは初め、アナンの体調が芳《かんば》しくないのは心労のためと思った。次に、刺青《いれずみ》が膿《う》んでいる可能性を考えた。そこで、手当てをするだけだからと、嫌がるアナンを彼の祖父と一緒になだめながら、背に彫られたという秘文を見た。

そして愕然とした。

少年に刻まれていたのは、最も危険な顔料、朱一色《あか》だったのだ。

熟練の舞い手の彫りですら、まず朱の顔料から始めることはない。朱色を差した瞬間、丹が身体にそそぎ込まれ始めるからだ。ましてや初彫りで朱から入れるなど言語道断。出口のない力が身の内側で暴れ回り、肉体を蝕《むしば》んでいく。一刻も早く藍と緑を足して秘文を完成させなければ、アナンの命はなかった。

「アナン君、ウパのお爺さま。……どうか、気を確かに持って聞いてちょうだい」

ラセルタは身を引き裂かれるような思いで、己の診立《みた》てを告げた。

二人の反応は正反対だった。ウパは普段の穏やかさは見る影もなく、無念と怨嗟《えんさ》に顔を歪めながら嗚咽《おえつ》を漏らし続けていた。一方のアナンは、これまでのおどおどした態度と打って変わり、不気味なほどに落ち着き払って、無言のまま耳を傾けていた。

「せめて、せめて」ウパが唸るように懇願した。「貴女さま、いや、他のどなたでも結構じゃ。あの女以外のお方に、孫をお任せできませぬのか」

「ごめんなさい」ラセルタは悔しさに歯ぎしりしつつ答えた。「あたしの力量では、この先どのように式をまとめるのか皆目見当がつかない。色も型破りだけど、こんな式の始め方、見たことがない……。きっと他の誰にも分からないと思うわ……」

——タータさえいれば。

口に出せばまことになるなら、ラセルタは幾万回でも唱えただろう。だが彼女は認めざるを得なかった。カラ・マリヤの勝利を。

その時、アナンが手をつき、静かに述べた。

「ラセルタさま。どうか僕を、このままでいさせてください。お願いいたします」

深々と額《ぬか》ずいた少年が、いったい何を言わんとしているのか、ラセルタはしばらく分からなかった。次に、彼は状況を理解していないのだと考えた。

「アナン君、つらいだろうけど、それはできないのよ。早く秘文を入れないと――」

「死ぬ。分かっています」

アナンはきっぱりと告げると、決然と顔を上げた。

「それで結構です。カラ・マリヤさまのもとには参れません。僕の罪は命をもって償いますと、どうかお伝えください」

ラセルタは唖然として、少年を見つめた。彼女の視線をまっすぐ受け止める双眸《そうぼう》はまるで、己の運命は己だけのものと言っているようだった。

二　狩り

「葉っぱもお花も、むしってしまうのか」

少し残念だと思いながらミミは尋ねた。銀色の葉と金色の花房は、聖樹《せいじゅ》の枝の一番きれいなところだ。残しておいた方が顔料もきれいにできるのではないだろうか。

「藍は枝の皮から採れるの。葉や花は要《い》らないし、かさばるから。さあ続けて」

ミミは頷《うなず》き、拾い集めた枝を一つ手に取った。ミミが葉と花を除いたものを、タータが長さの揃うように折って整えていく。

黙々と作業していると、タータが手を止め飴玉《あめだま》を差し出してきた。同時に漂い始めた腐臭と、現れた白い影たち。ミミは初め臭いのもとは花と思っていたが、実は月影族《つきかげぞく》らしい。タータの話では、月影族は年をとると術の力が増す代わり、肉体が溶けていくとか——月影族の秘術に関わることだし、当人たちは臭いとは思っていないので、無視するよう告げられた。臭いさえ除けば気立ての良い、付きあい易い人々で、今もこうして彼らが普段寝ているはずの昼間に、ミミたちの食事をわざわざ持って来てくれていた。

「えっ。明日にも発たれると？　いつもはもっと長くいなさるのに」

タータに予定を聞いた月影族は、白い布で顔を覆い隠していて目すら見えないのにもかかわらず、明らかにがっかりしていた。辺鄙《へんぴ》なところなので客に飢えているのかもしれない。

「ありがとう」タータが笑いかけた。「この子がまだ長旅に慣れていないので……。またすぐにお邪魔いたしますわ」

「では仕方がない。道中くれぐれもお気をつけなされよ。ここ最近、きな臭い連中がうろうろしておるからな」

「盗賊が出るのか？　こんな何もないところに？」

うっかり開いたミミの口を、タータの手が慌《あわ》てて塞いだ。月影族は肩をゆすって笑っている。

「ほれ、お前さんが今むしっている花。外では、それがたいそう高く売れるらしいのだ」

ミミが小枝を振ると、金の花房がしゃんしゃんと鳴った。

「しかし、その者たちはどうも妙でな。聖樹に近寄るわけでもなく、ただ遠巻きに眺めて去っていく──おぉ、噂をすれば。ほれ、あそこに」

白い布が持ち上がり、真東を差し示した。ミミは顔を向けたものの、すぐ首を傾げた。

「何も、おらぬが……」

そこには、延々と白い砂が広がっているだけだった。灼熱の太陽に大気がゆらゆらと揺れて、蜃気楼《しんきろう》を生み出している。純白という以外、どこの砂漠でもある光景だった。

困惑しながらタータを窺《うかが》い見たミミは、ごくり、と生唾を呑み込んだ。蜃気楼を睨みつける師匠の眼差しは、今までにないほど険しいものだった。

「なんて巧妙な光丹術《こうたんじゅつ》……。いったい何者かしら」

「さてな。最初に気づいたのは一月ほど前だったか。貴女《あなた》がたより前に来なすった水蜘蛛族《みずぐもぞく》の娘さんがたの御滞在中でな。彼女たちにも気を付けるように忠告したが、無事に森に着きなさったかね？」

タータは答えなかった。ぞわりと冷たいものが背筋を走ってゆき、ミミは知らぬ間に師匠の腕にしがみついていた。

「大丈夫よ、ミミ」タータは微笑んだ。「森を出る女はみんな一流の術士ですもの。きっと入れ違いになっただけよ」

「ならばよいのだが」と月影族が呟いた。「ともかく、お気をつけなされ。こちらはどれほどいてもらっても構わんのでな」

それでもタータは翌朝、予定通り発った。ただし、夜明けに北から吹きつける風が起こす砂嵐に紛れるようにして。

ウパ爺が褒めちぎっていた通り、ヌイはとっても勇敢だった。タータが必ず守ってくれると分かっているミミですら、真っ白な嵐に突っ込むのは恐ろしくてたまらなかったのに、ヌイはいななき一つ立てず、白濁の世界を力強く駆け抜けていく。

凄まじい風と巻き上がる白い砂から抜け出した時、ミミはほっと胸をなでおろした。これでもう大丈夫。蜃気楼を纏《まと》う得体のしれない者たちは、ミミたちをすっかり見失ったことだろう。あとはまっすぐ森に帰るだけ。そう思った。

けれども白亜ノ砂漠の終わり、純白と黄金の砂が混じり合う境界で、タータは馬を止めた。吹き荒れる白い嵐を振り返り、師匠は呟く。

「……風使いもいたのね」

彼女の声に応えるように、砂けむりの中に、ぼぅっと人影が浮かび上がった。

最初は二つ三つ。それが五つになり八つになり、十を越え二十を越え……。みるみる増えていく影法師は、地の底から這いだしてきた亡霊のようだった。

ところが、タータはぐるりと馬首を巡らせたかと思うと、亡霊たちにまっすぐ向かっていくではないか！

「いやじゃ、タータ！　戻っておくれ！」

恐ろしさのあまり暴れて馬から転げ落ちそうになったミミの身体を、しなやかな腕がぐっと支えた。思いがけない力の強さに我に返って、ミミはやっと気がついた。

タータが歌っている。

逆巻く白い砂嵐が、ぱぁん、と竹を割るように真っ二つに分かれた。空が晴れ渡り、光が降りそそぐ。白濁の中で蠢《うごめ》いていた無数の影は、一瞬のうちに掻き消えた。亡霊は、砂塵の上に描かれた幻だったのだ。

「くそっ！」「見破られたか！」「追え！　何としても、取り囲め！」

荒々しい怒鳴り声。ミミは振り向き、驚いた。さきほどまでいた白と黄金の砂の境目。そのすぐ先の砂丘の陰から、ぞくぞくと男たちが飛び出してくるではないか。

ミミは悟った。彼らは砂嵐の中、ミミたちを見失うどころか悠々と先回りして、待ち伏せていたのだと。なんという速さ、なんという執念深さ！

二人は再び白い嵐に飛び込んだ。けれど、そんなことで振りきれる相手ではなかった。どろどろという銅鑼《どら》のような低音、絹を引き裂くような高音があちらこちらで鳴り、砂漠にこだまする。やがて謎の男らは、音を聞き闇を飛ぶ蝙蝠《こうもり》のように、ミミたちの居場所をぴたりと探り当てた。

「かかったぞ、やれ！」

号令とともに突風が吹いた。ミミたちを守っていた純白の砂塵が一瞬で払われる。晴れる視界。ミミは絶望した。襲衣《おすい》を着た男たちが四方を取り囲んでいる。

タータが今までになく、大きな声で歌い始めた。

突如、火花が散った。白光に撃ち抜かれた男たちが数人、激しく痙攣《けいれん》して砂に倒れた。一瞬のすきを突いて、ヌィが輪の外に走り抜ける。

「っ、速い！」敵が息を呑む。「〈式詠《しきよ》み〉は駄目だ、援護に回れ！　〈丹導器《たんどうき》使い〉、前へ！」

陣形が変わった。式を唱える者たちがさっと引き下がり、武器を構える者たちが躍り出る。一糸乱れぬ動きは、まるで軍隊のようだった。

それを皮切りに、敵の攻撃は段違いに速くなった。次々襲いくる閃光《せんこう》、爆発、かまいたち。

タータは絶え間なく歌い続けた。闇を生み、砂壁を作り出して身を守り、雷を呼び、焰《ほのお》をおこして反撃した。ヌィはたてがみをさっそうと奮い立たせ、時に敵兵を蹴り飛ばし、走り続けた。タータの戦いぶりは鬼神のようだった。でも、数には適わなかった。狩りの輪はじわじわと狭まってゆく。

——もう、だめ。そう思った時、タータの腕がミミをきつく抱きしめた。

「ミミ。しっかりと歯を噛みしめて」

低い囁《ささや》きが聞こえたと思った瞬間、タータは高らかに最後の一節を歌い上げた。

鳴り渡る轟音《ごうおん》。

ぐぅっ、と身体が浮き上がる感覚。

次の瞬間、ミミが見たのは紺碧《こんぺき》色の空だった。太陽が近すぎて、光が目に痛い。下から暖かい風が吹きあげて、まるで羽が生えたように身体がふわふわとしている。

ミミは視線を落とし、小さく悲鳴を上げた。ミミたちはヌィに跨《また》がったまま、文字通り空高く飛んでいたのだ。

何が起こったのか全く分からない。ミミはもう恐怖のどん底にいたのに、さらに奈落の底へ突き落とされた。ほんの一瞬、空中で止まったように思った自分たちの身体が、ゆっくり下降し始めたのだ。

タータがさっきの旋律を繰り返す。再び鳴り渡る轟音。ミミたちの落ちる先で、砂が激しく暴れ出したかと思うと、大津波のように立ち上がった。

ヌィの柔らかいひづめが、波の頂きをしっかと踏みしめる。賢いかもしか馬は何をすべきか分かっているようだ。躊躇《ちゆうちよ》なく砂の坂を駆け下り、中ほどで力強く跳びはねる。新たな大波がヌィを迎えに現れた。

砂の波から波へと渡り、地上に降り立って初めて、ミミは敵の様子を窺った。

そこにはもう、さっきまでの整然とした陣形はなかった。断末魔の叫びと喧騒が風に乗って聞こえてくる。蟻のような黒い人影が右往左往している辺りが、さっきまで戦っていたところだろうか。そこだけ、ごっそりと削られたように落ちくぼんでいる。白い砂が大きな渦を巻き、影を次々と呑み込んでいく。

蟻地獄。そんな言葉がミミの頭の中をよぎった。もっとよく見ようと身を乗り出したその時、タータが馬首をくるんと返してしまった。

「さあ、帰りましょうか」

タータは何事もなかったように涼しい声でそう告げて、ぱんっと手綱を鳴らした。ヌィもやれやれと言うように鼻を鳴らすと、平然と歩き出したのだった。

三　弔《とむら》い

「おい、ハマーヌ」

常に明るく振る舞うウルーシャが、早駆けの使者から受け取った文に目を通すや、緊迫した面持ちで耳打ちをした。

「今すぐ、北区に行くぞ。白亜ノ砂漠で動きがあった」

ハマーヌたちは今、砂ノ領の最西端の集落にいる。水蜘蛛《みずぐも》族《ぞく》の女を誰よりも早く多く捕獲せんと、西ノ森に最も近いこの地をウルーシャが拠点に選んだのだ。主な戦力は他の選士たちに取られたが、ウルーシャは巧みな話術と並はずれた広い顔を駆使して、地方部隊の若手から腕の立つ者たちを集めて回った。

その努力虚《むな》しく、ここ一月たいした成果は上げられていない。

出立の支度を整える間、ウルーシャは眉間にしわを寄せたまま、一言も発しなかった。その苦々しい横顔からハマーヌは事態を察した。手柄を他の者に上げられてしまったのだ。こんなとき、慰めや鼓舞激励は無意味である。ただ黙して相棒に付き従う。

馬を何頭も替え、二人は一路、〈北境ノ町《きたざかいまち》〉を目指した。

町に着くやウルーシャの足取りはのろくなり、目的の宿の、選士たちが集まっている部屋の前でとうとう止まってしまった。そんな彼を引きずるように部屋に入ったハマーヌは、相棒に輪をかけて苦い表情の男たちが通夜の如く押し黙っている光景に、驚いた。

「あのぅ、どうかされたんで……？　姫が見つかったと聞いて、急いで来たんですが……」

この状況はウルーシャにも意外であったらしい。肌を刺すような沈黙が流れる。やがて頭領カンタヴァが弓形の丹導器《たんどうき》〈風ノ弓〉で手慰みをしつつ、口を開いた。

「……取り逃がしたのだ」

頭領の前には、ほぼ直角に身を折って立礼したまま、石の如く固まっている者がいた。いつぞやハマーヌに絡んできた光の何某《なにがし》であった。以前話した時は、人を喰ったような微笑を浮かべていたものだが、今やその唇は情けなく歪み、乾ききって土気色である。

「あと、あと一歩だったんだ」震える声で何某が言った。「私は、最善の陣を敷いた。確実に、王女を捕らえられるはずだった。本当に、あと一歩のところまで……」

「結果が全てだ」頭領は切って捨てた。「王女が自ら森の外に出てくることなど、もう二度とあるまい。あれだけの人数を動員しながら千載一遇の好機を捉え損なうとは。ルシよ、お前はもう少しできる男と思っていたのだがな……」

カンタヴァは深々と溜め息をついた後、弓を弄《いじ》る手を止め、ぽつりと呟いた。

「残念だ」

次の瞬間。大気が弾け飛び、ルシが消えた。

ぐぅ、と肺の潰れたような呻き。ハマーヌが瞬時に顔を上げると、部屋の対角の石造りの天井にルシの姿があった。やもりの如く張りついた身体が、糸の断たれた操り人形さながらに、ゆっくりと落ちてくる。

抱きとめんと動いたのはハマーヌだけであった。間一髪で滑り込むと、受け身をとる様子もないルシの全体重がもろに伸《の》しかかってくる。

ぐらぐらと無防備に揺れる頭を支えてやる。ルシの目は虚《うつ》ろで、口角からは血の泡を吹いていた。どんな酷い傷を負ったかと思えば、一見して損傷はない。しかし、あたかも砂地に手を差し入れたように、ハマーヌの指先がルシの肉体にずぶりと沈み込んだ。

一拍置いて、ハマーヌは悟った。ルシの骨という骨が粉々になっている。

頭領の攻撃はあまりに速かった。ハマーヌの目には、頭領が弓の弦を軽く弾いた瞬間のみが辛うじて捉えられただけであった。ただ、ルシの亡骸《なきがら》に纏《まと》わりつく丹の異様な震えようが、骨を粉砕するほどの凄まじい衝撃波を如実にもの語っていた。

「お、おい。ハマーヌ……」

相棒の弱々しい声が遠くで聞こえる。

気づけば、自分の額をぴたりと狙うものがあった。目線を上げれば、カンタヴァの筋張った手が、風ノ弓を軽く引き絞っていた。矢ではなく、金属製の細長い円筒を番《つが》えている。筒先に見えるのは針ほどの穴。ここから、不幸な男ルシの命を一瞬にして奪い去った波動、いわゆる〈風《かぜ》ノ一矢《いっし》〉が放たれたのだ。

「……ここまでやることはねぇだろう」

ハマーヌが言うと周囲は息を呑み、頭領は口角を上げた。

「存外に情が深いではないか、式要《い》らずのハマーヌ。だが、こいつはむしろ幸運だった。一息であの世に行けたのだからな。こいつの犯した罪を思えば、ぬるすぎるほどだ」

まずもって罪ですらないと、ハマーヌは思った。

「子供を一人、取り逃がした。それだけだろう」

「ただの子供ではない！　イシヌ王家の姫だ！」

冷たい筒先が、ハマーヌの眉間に押し当てられる。

「空っぽの頭を振り絞って思い出せ。我らの同胞は何故《なぜ》、安息の地を持たぬ流浪の民となったのか。かつて西域の主であった我ら〈風ト光ノ民〉が、何ゆえ〈失われし民〉となったのか！」

カンタヴァの憤怒の顔を、ハマーヌはまっすぐ見据え続けた。大昔の話など興味はなかった。ただ、激昂《げっこう》しながら歴史を語る男の姿に、妙な既視感を覚えた。

記憶を探るハマーヌの沈黙をどう解釈したのか、頭領は満足げに頷いた。

「そうだ。イシヌ家の祖が、我らの故国〈風ト光ノ国〉を滅ぼしたのだ。我らから天と大地の恵みを奪い、民を蹂躙《じゅうりん》し続けてきたのは、イシヌの女どもだ。イシヌへの復讐と祖国の復興は、我ら失われし民の悲願であった。その絶好の機会を、己の失策で無に帰した——これを大罪と呼ばずして、何と呼ぶ！」

頭領の表情は、千年の怨念が乗り移ったかのようだ。そう思った瞬間、ハマーヌは気づいた。

この男は父に似ていると。

ことあるごとに一族の歴史と誇りを振りかざし、あたかも己の手柄の如く話す父。ひとたび頭に血が上ると、止まらず、また止める者もいない、強権的な家長。

何故こんなにも腸《はらわた》が煮えくり返るのか。ハマーヌは理解しておらず、また理解しようとも思わなかった。ゆっくりと膝を立て、頭領に迫る。押し当てられた風ノ弓の筒先がぎちぎちと眉間に喰い込み、頭蓋骨をきしませた。ここで攻撃されれば、丹が読めたところで避けようもないが、ハマーヌは気に留めなかった。

「逃したなら、捕らえなおせばいい」相手の目を覗き込み、ハマーヌは吐き捨てた。「それだけのことだろうが」

「ほざいたな、青二才め」頭領は唸る。「この脳天、吹き飛ばしてやろうか」

睨み合う二人の間に、ふわりと漂ってきたのは、粉白粉《こなおしろい》と香水の匂いであった。たまらずむせ返ったハマーヌの脇で、白い手がはんなりと頭領の肩に触れる。

「やめなよ、アンタ。そんな近くで撃っちゃあ、大事な弓が汚れるじゃあナイか」

光丹士《こうたんし》リタである。夫の筋骨隆々とした背にしなだれかかり、豊かな胸を押しつける姿に、ハマーヌは思わず嫌悪感を抱いた。

「……ヤダねぇ。ナニじろじろ見てるのサ」光の妻リタがハマーヌを嗤《わら》う。「頭領に盾突こうなんて百年早いんだよ。そんな大口叩くなら、自分で王女を捕まえてきな」

「名案だ！」カンタヴァが大笑した。「ハマーヌよ、一月の猶予をやろう。もしも王女を見事捕らえたなら、今日の非礼は忘れてやる。捕らえられなかったときは、お前が今抱いている男と同じ運命をたどるものと思え――お前の相棒もな」

カンタヴァはたっぷりと凄《すご》んでから、ハマーヌの額から筒先を外した。妻を抱き上げた彼のために、部下たちがこうべを垂れて道を開ける。悠々と遠ざかっていく男の背中を、ハマーヌだけが睨みつけていた。

頭領の足音が消えてしばらく経った時、一人の男がハマーヌの横に膝をついた。口を何度も開くが、声はいっこうに出なかった。震える手でルシの瞼《まぶた》を閉じ、髪を丁寧《ていねい》に撫でつけるさまに、ルシの相棒であろうとハマーヌは察した。亡骸を渡してやると、男は頼りなく揺れるルシの頭を抱え込み、引き絞るような嗚咽《おえつ》を漏らし始めた。

ルシの遺体は翌日、北境ノ町のはずれで、ひっそりと荼毘《だび》に付された。葬式はなく、家族へ連絡することも許されず、立ち会いは彼の相棒一人のみと定められた。それでも、彼の死を目撃した者の多くは悼んでいた。彼らは頭領に知られないよう早朝のうちに砂漠に出て、紺碧《こんぺき》の空に吸い込まれていく煙を遠くから見送った。

ハマーヌも彼らに交ざり、立ち昇る黒い筋を眺めていた。耳の奥では、ルシの相棒の悲痛な声が今なお鳴り響いていた。胸が張り裂けるような痛ましい音色にもかかわらず、ハマーヌが抱いた感情は憐れみでなく、羨《うらや》みであった。自分の死をあれほどまでに嘆いてくれる者が、はたしているだろうかと。

隣を見れば、ウルーシャが常になく暗い目で天を仰いでいた。昨日からずっと口を利かない。何故かと考え、はたと気づく。己には何よりもまず告げねばならぬことがあったのだ。

「……すまん」

王女を一月の間に捕らえられなければ、処刑。そんな窮地に、ウルーシャを巻きこんでしまった。ハマーヌは懸命に言葉を探したが、どんな謝罪の弁も虚しく感じられて、結局月並みな一言で終わった。

当然、反応はない。ハマーヌは悄然《しょうぜん》として、口をつぐむほかなかった。

煙が完全に絶え、一人、二人と町に戻っていく中、ウルーシャは空を眺め続けている。その横で、ハマーヌは為《な》す術《すべ》もなく立ち尽くしていた。

陽が高くなり、砂漠に誰もいなくなった頃、ようやくウルーシャがぽつりと呟いた。

「……お前、すげぇな」

予期せぬ言葉に、ハマーヌは相棒の横顔を見つめた。

「あんな場面で、まっすぐ突っ込んでいけるなんてな。武器を突きつけられても一歩も引かねぇどころか、真っ向からぶつかっていきやがるし」

相棒が何を言っているのか、ハマーヌには分からなかった。これは、ウルーシャなりの恨み節だろうか。なにしろあの愚行の果てに得たものは、頭領の怒りと敵意、理不尽な命令と死刑宣告。家族のために身を粉にして働いてきたウルーシャの足を引っ張るどころか、今まで積み上げてきたもの全てが水泡に帰しかねない。

「すまん」

ハマーヌが繰り返すと、ウルーシャはいつもの勝気な笑みを浮かべた。

「こうなったら、なんとしても王女を捕まえて、頭領をぎゃふんと言わせてやろうぜ」

ぱんっとハマーヌの肩を小気味よく叩き、相棒は踵《きびす》を返した。風にはためく硫黄《いおう》色の襲衣《おすい》に誘われ、後を追う。どこに行くのかと思いきや昨夜の宿であったが、ウルーシャは自分たちの個室ではなく、団体用の大部屋に入っていく。訝《いぶか》しく思いながらも戸をくぐったハマーヌは、衝撃に足が止まった。

彼を出迎えたのは、さきほど砂漠で死者を見送った選士たちだった。

頭領に気取られないよう三々五々集まるようにしていたのだと、ウルーシャが言う。呆然とするハマーヌに、男が一人歩み寄ってきた。光のルシの相棒である。

「式要らずのハマーヌ、礼を言う」泣き腫らした両目がハマーヌを見つめる。「君が止めてくれなかったら、私も殺されていただろう。あの戦闘に加わった者らも、どこまで無事でいられたか。水蜘蛛族と戦うのなら、ぜひ私も加えてくれ。これは、あいつの弔い合戦でもあるのだから」

ハマーヌは当惑しきっていた。カンタヴァを止めたのはリタである。自分ではない。自分は頭領の怒りを煽《あお》っただけ、無茶な要求を突き付けられたのも自業自得と言える。リタが割って入らなければ、ハマーヌは今頃頭を失っていたであろう。

そんな自分がどういうわけか、選士らの視線を一身に集めている。どうにも気まずくてならず、ハマーヌは首だけでおざなりに会釈して、ウルーシャに場を譲った。苦笑まじりの相棒が部屋の中央に歩み出て、はきはきと仕切り始める。

「えっと、じゃあですね。お手数ですが、先日の戦闘で何があったのか、もう一度話していただけやせんか。俺たち遅れてやってきたンで、詳しく聞けてねぇんです」

手を挙げたのは、風丹学士《ふうたんがくし》アニランと部下たちであった。

「では、これを。戦闘の分析図だ。昨日は提示する機会がなかったから、皆さんにも御説明しておこう」

窓のない壁に、大判の紙を何連も繋《つな》げて描かれた、長大な式図が掲げられた。戦闘時に使用された術全てを、味方と敵の二色に色分けし、時間軸や方向に至るまで、正確に再現したものらしい。一目見るなり眩暈《めまい》が生じたハマーヌには、アニランの解説だけが頼りであったが。

「今回、水蜘蛛族との戦いにおいては、戦闘の観察と記録に徹する要員を必ず配置してもらっている。それが功を奏して、先日の戦闘のあらましがかなり正確に把握できた。負傷者は大勢出たものの、幸い死者はなかったしね。

さて、一から説明すると長くなるので、結論から先に言おう。この女の力は、これまで捕えた女たちとは別次元だ。次に彼女と遭遇したら、ただちに退くのが賢明だろう」

どよめきが起こった。

「待ってくだせぇ」ウルーシャが口を挟む。「あと一歩ってところまで、追い詰めたんでしよ？　なら、次は勝てそうじゃねぇですか」

「追い詰めたというのは錯覚だ」アニランはいともあっさり言い放った。「聞いた話によると、この女は最後の最後に起死回生の大技を繰り出して、辛くも逃れたとのことだが、その見解は間違いだ。彼女はこちらを巧みに誘導し、最少の手数で一掃している」

アニランはもの言いたげな聴衆に背を向け、『別次元の女』の式の文節を次々指し示した。

「これらは全て同じ場所目掛けて放たれた式でね。前後の文節との掛け合わせとは別の意図が隠されている。全て抜き取って最後の一節と合わせたものが、この式図だ」

部下たちがするすると巻物を広げて見せた。精鋭たちが一斉《いっせい》に息を呑む。

「まさか、水丹式《すいたんしき》……？」ウルーシャが呟いた。

「そう。二重三重に意味が重なっていて非常に難解だが、地下水脈の水を圧し、または熱して噴出させることで地下の岩盤を崩し、表層の砂の決壊を招いたと――」

ハマーヌは限界であった。これ以上聞いても、自分には無意味である。話が終わるまで心を無にして耐えていると、不意に己の名が耳に飛び込んできた。

「ハマーヌ君。この女の相手はおそらく君にしかできまいよ」

顔を上げると、アニランと目が合った。

「君は丹が読めるのだろう？　それがどんな感覚なのか、僕らには見当もつかないが。彼女と戦うには、まさに目で見るように意図を瞬時に見破れなければ、話にならない。式に書き起こしてやっと理解しているようでは、駄目なんだ。あるいは頭領の風ノ弓のように、一撃必殺の技をどのような距離からでも——それこそ相手の間合いのはるか外からでも——放てるのなら別だが」

なるほど、とハマーヌは合点した。自分がこの場にいるのは、つまるところ、ウルーシャが今回も自分をうまく使ったからというわけだ。自ら蒔いた種である以上、矢面に立つのに異存はなかった。せめてもの償いになるのなら、むしろ幸いである。

しかし、その前に確認すべきことがある。そもそも、その水蜘蛛族の女が連れていたという少女は、本当に王女なのか。

「人違いなら戦う意味はねぇが」

いつもながら、ハマーヌの飛躍する思考について来たのは、ウルーシャだけであった。

「あぁ、そりゃ大丈夫だ。去年の式典で王女の顔を見た光丹士が確認したらしいからな。西ノ森にいることは間違いねぇ。後はどうやって森に攻め入るかだな」

ハマーヌは首を横に振った。

「森に入る必要はねぇ」

聴衆全員が呆けた顔をした。彼らはハマーヌよりはるかに頭が切れるというのに、おかしなものだ。謎の女の比求式にばかり気を取られ、すっかり失念したのか。こうした時のために、今までこつこつと布石を打ってきたのではなかったのか。

ハマーヌは尋ねた。

「捕らえた水蜘蛛族の女たちは、どこだ」

第六章

一　告白

かもしか馬ヌィは繭家《まゆや》を目指して、清流の岩場をぴょんぴょんと跳ねていく。ミミは振り落とされないように必死の思いでしがみつきながら、跳躍と跳躍の合間を縫って言葉を紡いだ。

「皆、無事に、帰っ、てきて、おろうか」

「ええ、きっと」タータが笑いながら答えた。

「ラセ、ルタに、言うのか。何が、あったか」

「言うつもりよ。一応ね。あの男たちの狙いは……、よく分からないけれど、水蜘蛛族《みずぐもぞく》の女ばかりを襲っているのなら、一族全員に関わることだから」

わずかな言葉の切れ目にどんな言葉があったのか、ミミは知っていた。

「止まって、おくれ、タータ」

師匠が黙って手綱を引くと、ヌィは大岩の上で止まり、岩肌の青草を美味《うま》そうにはみ始めた。ミミは胸を押さえた。まるで全速力で駆けた後のように心臓が痛いほど鳴っていたけれど、話さなければならないと分かっていた。意を決して頭を上げ、自分を覗き込む師匠の目をまっすぐに見つめ返し、大きく息を吸った。

「わらわは、イシヌ家の双子の姉ラクスミィじゃ」ときっぱり名乗る。「あの者たちの狙いは、わらわじゃ。きっと、わらわを捕らえてイシヌ王家にあだなすつもりなのじゃ。わらわは双子の王女の片割れ。家を絶やし、国を滅ぼす……不吉な姫ゆえ」

母さまはいつも仰《おつしや》っていた。そのような戯《ざ》れ言《ごと》に心惑わされてはならぬと。そなたは未来の当主アリアと、同じ魂と身体を持つ者。知恵をつけ力をつけ、妹の良き理解者、強き守護者となれ——ミイアが物心ついた時から毎日のように聞かされた言葉だ。

母さまの期待に応えようと、ミイアは懸命に学び励んだ。その結果、アリアが毒に倒れたのだった。あの恐ろしい顚末から妹を守る知恵や力が、ミイアにはなかった。

「わらわが水を使えると分かってから、イシヌの城は割れた。妹とわらわの跡目争いが起こったのじゃ。わらわは臣の前で技を披露してはならなんだ。少なくとも、アリアができるようになるまで待つべきじゃった……わらわは阿呆で、それが分からなんだ」

もっとも、当のアリアはあまり気にしていないようだった。何があってものほほんと構えている妹に、ミイアは初め、罪悪感を覚えると同時に苛立ったものだが、今では、あれでよいのだと思っている。アリアは君主——何とかするのは周りの者なのだ。

「どうすべきかわらわは考えた。水の才をなかったことにはできぬ。さりとてわらわが死ねば誰かが罪を負い、別の争いが起こってしまう。

だから、わらわは城を出た。それしか思いつかなかったのじゃ――死にとうもなかったし。旅芸人に交ざって砂漠を彷徨《さまよ》ううち、ターダ、そなたに出会うた。かように強き者の傍《そば》におれば、きっと生き延びられよう――そう思うて馬車に忍び込み、身分を偽って水蜘蛛族の里までついて参ったのじゃ」

そこまで一気に言い終えると、ミイアは急いで下を向いた。両の目尻から熱いものが次から次へと零《こぼ》れていく。詰まった咽喉《のど》を懸命にこじ開け、「だまして、巻き込んで、すまなんだ」とだけ絞り出した。

ところが、ターダはなんと、ころころと笑い出したのだった。

ミイアは涙を拭くのも忘れ、ターダに見入った。師匠があんまりにも楽しそうに笑い続けるので、ふつふつと怒りがこみ上げてきた。

「何がおかしいのじゃ！」

「ごめんなさい」と口では謝りつつも、ターダの声はまだ弾んでいる。「だって貴女《あなた》が騙したなんて言うのだもの」

師匠は紺碧《こんぺき》の被衣《かつぎ》の裾でミイアの顔をきれいに拭くと、こともなげに告げた。

「知っていたわ、もうずっと前から。私もラセルタも、きっと他の女たちもね」

ミイアは、ぽかんと口を開けた。また笑われてしまった。

「ど、どうして、分かったのじゃ」

「あら！　じゃあ、よく考えてみて。水が使えて治水を学んでいて、天ノ門を目にしたことがある。イシヌのお姫さまでないのなら、いったいどこのどなたかしら？」

タータの言う通りだと、認めるしかなかった。むぅとふくれた頰っぺたを、つんつんと突かれる。その指先をはねつけてやると、今度はぎゅっと抱きしめられた。

「ミミ、よく聞いて」タータが囁《ささや》いた。「貴女はもう水蜘蛛族の娘よ。家のことも国のことも、この森には何の意味もない。不吉な姫なんて、自分に呪いをかけないで」

「でも、でも！」ミイアはあふれ出た嗚咽《おえつ》とともに叫んだ。「また、災いを呼んでしもうた。女たちが襲われておるのは、きっとわらわのせいじゃ！」

「貴女のせいではないわ」とタータは言い切った。「水蜘蛛族を狙う人は、昔から大勢いるの。遅かれ早かれ、こうなる運命だったのよ。これまで正体がばれなかったのが、むしろ不思議だわ。あちらこちらで随分と派手に暴れてきたのにね」

師匠に促されて、ミイアはしゃくり上げながら、南端の砂漠や白亜ノ砂漠でのタータの闘いぶりを思い返した。代々の女たちがあんなことを繰り返していたなら、いつか誰かにばれても全然不思議ではない……ような気がしてきた。

「では、このまま帰ってもよいのか」ミイアは小さな声で尋ねた。

「もちろんよ」タータはいっそうきつく抱きしめてきた。「さあ、行きましょう」

安心したせいだろうか、身体がだるくて仕方なかったけれど、ミイアは頑張ってヌィに捕まり続けた。繭家が見えてくると、ミイアは心の底からほっとした。早く部屋に戻ってごろんと寝そべり、手足をいっぱいに伸ばしたい。

ところが滝壺に着くと、様子が明らかにおかしかった。

いつもはひとところにいる馬たちが、あちらこちらの岩場に気まぐれに散っている。彼らを集めるはずのウパ爺は、今にも崩れ落ちそうな岩の上にぽつんと座り込み、ぼんやりと滝の水の落ち行くさまを眺めていた。

アナンの姿はどこにもない。

タータも変だと思ったようだ。ヌィから降りて、翁《おきな》の隣の岩場まで移っていった。それでもウパが気づかないので、そぉっと、けれども何度も呼びかけた。

「ウパのお爺さま」

辛抱強く呼び続けると、力なく背を丸めた翁が、やっと視線をタータに向けた。死んだ魚のように虚《うつ》ろな目は、「タータです」と師匠が名乗るや、みるみる見開いていった。

「タータさま！」

ウパ爺は叫んで、ほとんど飛びつくようにタータの足にすがった。

「一生のお願いじゃ。どうか、どうか、我が孫をお救いくだされ！」

「アナン君。お願いだから考え直してちょうだい」

ラセルタは、もう何百回と告げた言葉をまた口にした。

半月前カラ・マリヤの申し出を断ったアナンは、その足で〈終《つい》ノ間《ま》〉という鞠部屋《まりべや》に籠ってしまった。怪我や病気で踊れなくなった舞い手が穏やかに最期を迎えられるよう造られた一人部屋で、外からは中の様子が分からない。

無言の抵抗にもめげず、ラセルタは食い下がる。

「貴男《あなた》はまだ、たったの十五歳。自ら命を絶とうだなんて、どう考えても間違っている。残されるお爺さまの身になって御覧なさい。だいたい……」

「まだ意地を張っているのか、馬鹿な奴め」

割り込んできた冷徹な声に、終ノ間のアナンがたじろぐ気配がした。カラ・マリヤだった。彼女はつかつかと鞠部屋の戸布に歩み寄ると、よく通る声で言い放った。

「無駄なことは止めて、さっさと出て来い。無理やり引きずり出しても良いのだぞ」

「では舌を噛み切ります」弱々しい声でアナンが答える。

「ふん。そんな簡単に、人は死ねん」マリヤは切って捨てた。「いい加減に覚悟を決めろ。引きこもって駄々をこねても何も変わらん。諦めて運命を受け入れろ!」

ラセルタは腸《はらわた》の煮えくり返る思いだったが、カラ・マリヤを止めはしなかった。こうなれば無理にでも秘文《ひぶん》を彫って、アナンの命を救うべきなのだ。

その時である。

「タータよ! タータが帰ってきたわ!」

天啓の如く、触れが鳴り響いた。なんという僥倖《ぎょうこう》か。さしものマリヤも目を見開いている。

ラセルタは転がるように、らせん坂を駆け下りた。

アナンの事件は皆の知るところだ。船着き場では彫り手たちがタータを囲み、たいそうな騒ぎとなっていた。ラセルタは人垣を強引に掻き分け、友の前にやっとの思いでたどり着いた。

「ただいま、ラセルタ」と、呑気な声が言う。「あら、どうしたの。怖い顔で……」

ぱんっ、と乾いた音が一つ鳴り渡った。水を打ったように船着き場が静まり返る。視線が、ラセルタの右手とタータの左頬に集中した。

「これはアナン君の分よ」と、ラセルタは啖呵《たんか》を切った。「あたしの分は後でたっぷりお見舞いするわ。彫り道具を持って、今すぐ終ノ間に行きなさい！　一刻を争うのよ！」

タータは動こうとしないばかりか、信じ難い台詞《せりふ》を吐いた。

「どうして私が？　マリヤが彫り始めているのでしょう？　私は確かに、アナン君に総彫《そうぼ》りを申し出たけれど、そういうことならもういいのよ」

ろくでもない女と知ってはいたが、今回ばかりは許し難い。ラセルタは怒髪天《どはつてん》を突く思いで悪友の腕を摑み、強引に引きずり出した。殺気じみた気迫に慄《おのの》いたか、見物人はついてこなかった。ただ一人、泣き出しそうな顔のミミを除いて。

「ラセルタ、怒らないでおくれ。手を放しておくれ。タータは決して逃げぬゆえ」

必死に訴える幼い声に、少々毒気を抜かれた。だが、ラセルタが足を止めたのは、そのためではなかった。坂の真ん中に立ちはだかる人影に気づいたからだ。

「そこをどきなさい、マリヤ」

ラセルタは本気で凄《すご》むも、マリヤの目にはタータしか映っていないようだった。

「もう帰ってくるとはな」平坦な声が言う。「いつもはふらりと出て行ったが最後、ゆうに半年は戻ってこんのに。つくづく気まぐれな奴だ」

「ただいま、カラ・マリヤ」タータは親しげに笑いかけた。「貴女が出迎えてくれるなんて、本当に久しぶりね。嬉しいわ」

無自覚な挑発を受けて、マリヤの瞳に暗い炎が燃え上がった。

「ぬけぬけと。帰りを待つ者を想ったことなど、露ほどもあるまいに。そもそも、お前は何故《なぜ》いつも、この森に帰ってくるのだ。一族のことなど何とも思っておらんのに」

「あら、そんな」タータは微笑む。「私は、森もみんなも大好きよ」

「そうだろうな」カラ・マリヤが嗤《わら》う。「だが、お前の『好き』は花を愛でるそれと変わらん。気の赴くままに摘み、いっときを愉しんで、そのまま忘れてしまう。花には花の一生が、咲く意味があるにもかかわらず——」

アナンについて話しているのかと思えば、マリヤの視線はミミへとそそがれていた。

「その娘も同じよ。お前のことだ、『可愛らしい』から『水が使える』からというだけで、森に連れてきたのだろう。なんと浅はかで残酷な女だ」

憎しみすら感じさせる瞳が、ふっと閉じられた。長々と息を吐いて氷の如く無表情になったマリヤが、するりとラセルタたちの横を通り抜けていく。

遠ざかろうとする肩を引き留めたのは、意外にもタータであった。

「マリヤ」と囁く唇には、いつもの悪戯《いたずら》っぽい微笑はなかった。「教えてちょうだい。貴女ほどの人が何故、自分の才をこんなふうに使ってしまうの」

「私が何をやったか分からんのなら、あの少年が何を守っているのかも、お前には分かるまい。そんな半端な女に総彫りはできん……それだけだ」

淡々と告げ、マリヤは去った。遠のいていく背中をタータはじっと見つめていた。

彫り道具をしっかりと両手で抱えて、ミイアはらせん坂を走った。アナンが籠っている終ノ間は、男ノ間の奥にある。早くタータに針を届けなければ。

カラ・マリヤと話した後、タータはなんだか遠い目をして動かなくなった。ミイアはそんな師匠の代わりに、彫り道具を揃えてこようと決めた。修業が始まってからというもの、道具の準備と後始末は毎日のようにやっていたから、一人でできる自信があった。ラセルタに先に行くよう頼むと、ミイアは一心不乱に駆け出したのだった。

マリヤが何を怒っているのか、ミイアはちっとも分からなかった。タータほど、アナンを大事に思っている者はいない。タータでなければ、アナンの秘文は絶対に彫れないのだ。あんなふうに師匠を罵《ののし》られて、ミイアは悔しくてたまらなかった。言われっぱなしの師匠の姿も、悲しくてならなかった。けれど、ミイアは信じていた。針を握りさえすれば、あの自信たっぷりのタータが戻ってくるに違いないと。

男ノ間に飛び込んだ時だった。

「どうして?」ラセルタの絶叫が響き渡る。「どうして出てこないの? アナン君!」

舞い手や男の子たちが遠巻きに騒動を窺《うかが》っている。ただならぬ気配に、ミイアは切れ切れの

息を必死に抑えながら終ノ間へと向かった。

終ノ間の戸布は重く垂れ下がったままだった。タータが「アナン君」と呼びかけても、しんとして気配すらない。あまりの静けさに、ラセルタがまさか、とでも言うように目を見開いた時、ようやくアナンが応えた。

「タータさま……」と呼ぶ声は、今にも消え入りそうだ。「申し訳ございません……」

それきりだった。もちろん、タータはすぐに「貴男は何も悪くない」と言ったけれど、その言葉は虚《むな》しく戸布に当たって、跳ね返った。アナンは終ノ間を出るつもりはないらしい。

ラセルタは額に両手を当て、やりきれない溜め息をついた。再び顔を上げた彼女は恐ろしく冷たい目をしていた。無理に引き出すつもりと察して、ミイアの背筋を正体不明の嫌なものが、ぞわりと走っていった。

ずいっと足を踏み出すラセルタ。そんな彼女を押しとどめる者がいた。タータだ。ラセルタが信じられないと言わんばかりの眼差しを向ける。

「貴女、自分が何をしているか分かっているの？」

「そのつもりよ」とだけタータは答えた。

「つまりアナン君を見捨てるわけ。ふざけないで！　どこまで、ろくでなしなのよ！」

ターターは譲らない。ラセルタの瞳が、かっと燃え上がる。二人の間に繕いようのない亀裂《きれつ》が生まれようとした、その瞬間。ミイアは心を決めた。

終ノ間へ突進し、戸布の向こうに、するりと滑り込む。

「ミミさま?」という、アナンの小さな叫び声。

いきなり誰かが転がり込んでくるとは思ってもいなかっただろう。少年が驚きに息を詰めている間に、ミイアは身体を起こし、きちんと座り直した。光を通す壁のおかげで、部屋の中はそれなりに明るかったが、空気はどんよりと淀み、汗のにおいで満ちている。狭い部屋の片隅で、アナンは手負いの獣さながらにうずくまっていた。熱があるのか、髪が額に張りつき、目尻は潤《うる》み、唇はかさかさで、頬は少しこけたようだ。

「ここは、貴女が来るところではありません」かすれた声が言う。「出て行ってください。お願いです……」

「あい分かった」と、ミイアは頷いた。「では、一つだけ教えてたもれ」

アナンはわずかに目を見開いた。少し迷ったようだが、ミイアが頑として動かないのを見てとると、やがて「……どうぞ」と促した。

「そなた、タータの何がふふくじゃ?」

今度は大きく目が見開かれた。声はなかったけれど、乾いた唇が「どういう意味」と動いたように思えて、ミイアは首を傾げた。

「だって、ふふくだから拒んでおるのだろう? なに、苦しゅうない。思うところを申せ。わらわがきちんと伝えてやるゆえ」

満面の笑みを投げかけてみたけれども、返ってきたのは抜け殻のような目だった。

「ありがとうございます。だけど、ミミさま。総彫りをお断りするのは、貴女のお師匠さまのせいではありません。僕が勝手に、総彫りの資格を失った、だけなんです……」

ミイアは目をぱちぱちと瞬《またた》かせた。純粋な気持ちで、「しかくとは、何じゃ?」と尋ねると、アナンは苦しそうに顔をゆがめた。

「……まっさらな肌のことです」

やっと絞り出された言葉の意味を、一生懸命に考える。「傷でも負うたか?」と訊くと、少年の頬に、はらはらっと涙が伝った。どうやら当たったようだ。

「そなた、我が師をぶじょくするか!」と呆れて怒鳴る。「傷がなんじゃ。それでタータの針が止まると思うてか! 難しいこと厄介なことに怯《ひる》むような、肝の小さいおなごではないわ! わらわを弟子にとるほどの大器ぞ!」

ミイアは堂々と胸を反らせてみせた。

「だいたいタータは、外の世界の方がうんと好きなのじゃ。この森ではできぬことがたくさんできるから。それでもいつも帰って来るのは、待っておったからじゃ!」

ここまで一気にまくし立てたので、ミイアの息はぷっつり途切れた。不意の静けさに居心地が悪くなったのか、アナンが「……何をですか」と促してきた。

ミイアはきっぱりと、「そなたじゃ」と告げた。

アナンがぽかんと、だらしなく口を開けた。

「そなたじゃ、アナン」とミイアは繰り返した。「タータはな、ずっとずうっと昔から、そなたのような者に会いたいと思い続けておったのじゃ。タータが力を出し尽くせる、まことの舞い手が現れるのを、ずっとずうっと待っておったのじゃ」

ずいと身を乗り出し、アナンの目を覗き込む。

「アナンよ、もう一度訊く。タータではふふくか。そなたの力を引き出す、まことの彫り手はタータではないのか。はっきりと申せ。そなたがうんと言わねば、タータにとって何の意味もないのじゃ」

少年は黙りこくっている。じいっとミイアが見つめ続けると、やがてアナンの唇にかすかな微笑みが宿った。

「変わった方ですね、ミミさまは……」

「そなたもな」と、ミイアは切り返した。「あんなふうに舞うのは、そなただけじゃ」

「ひどいなぁ」と笑って、アナンは低い天井を仰いだ。「あぁ……。どうしてこんなにも踊りたいんだろう……」

ミイアへと向き直った瞳は、疲れてはいたけれど、光がしっかりと戻っていた。

「ミミさま、お願いします。どうか、貴女のお師匠さまを呼んでください……」

二　炎と氷

「どう、なんとかなりそう？」

ラセルタは焦《じ》れていた。薬湯《やくとう》を飲み干したアナンが眠りについた後、彼の衣装を解いたタータが、彫りかけの秘文《ひぶん》を見るなり押し黙ったのだ。まさか彼女の力をもってしても、マリヤの暗号は解けないのか。

タータの横に控えるミミも息を殺して、師匠の一挙一動に見入っている。

「ねぇったら。どうなのよ？」

再度急《せ》かすと、タータはぽつりと呟いた。

「……やっぱり分からないわ」

ラセルタは絶望にも似た落胆を覚えた。だがタータの表情に苦渋の色は一切なく、朱《あか》一色の秘文を撫でる指先には悦《よろこ》びすら感じられる。そんな師匠に矢立てを差し出すミミの目には、信じる者だけが持つ清らかな力強さがあった。

薄墨を含んだ筆先が、少年の浅黒い肌の上をさらさらと淀みなく流れていく。数拍もしないうちに筆は止まり、「ほら、見て」とタータが囁《ささや》いた。

「なんて、素敵な式」

書き足されて、全てが明らかになったにもかかわらず、その比求式《ひきゆうしき》は未だラセルタの理解の範疇《はんちゆう》を超えていた。

「何よ、これ？」ラセルタは独り言のように訊いた。「これで術が成り立つの？」

「成り立つわ」恍惚《こうこつ》とした答えが返った。「一見すると無駄が多いようだけれど、背が伸びて秘文がずれても、展開できるようになっているわ……マリヤがこんな彫りを入れるなんて知らなかった……」

それを聞いてようやく、ラセルタの頭脳の焦点がぴたりと合った。

アナンにばかり気を取られていたが、繭家《まゆや》では最近、別の騒動も勃発していた。経験の浅い彫り手が、十分に成長していない少年に初針《はつばり》を入れてしまったのだ。命にも関わる勇み足だが、こちらはアナンの件と違い、然《さ》したる問題にならなかった。マリヤが針を加えて修正したからだ。彼女はたびたびこうして、若い舞い手を救っているのだった。

カラ・マリヤの厳格な性格と容赦ない口調を、気難し屋と揶揄《やゆ》して嫌厭する者は多い。ラセルタ自身マリヤは苦手であったが、得難い人材であることもまた事実であった。秘文がずれてどうしようもなくなった舞い手たちを救ううちに、子供の身体に適した式を編み出すとは、彼女もまた鬼才と言えよう。

もう一人の鬼才は、そんなマリヤの心中など知りもしないだろうが——

「今のアナン君には最上の一手よ。……朱色から始めさえしなければ、舞い手の負担はとても軽い……」

長針を藍の顔料に浸していたタータの手が、ふっと止まった。

「……これほどのことができるのに、どうして、こんなふうにしてしまうのかしら。私には、やっぱり分からない」

その横顔は静かだったが、激しく怒っているように見えた。己の意志を捻じ曲げられた少年のためか、己の才を冒瀆する女にか。それとも、自身の不甲斐《ふがい》なさゆえか。あるいは至極単純に、不可解なことが不快なだけかもしれなかった。

心中は定かでなかったが、タータの針は常と変わらず確かだった。信じ難い速さ、恐ろしいほどの集中力で秘文が刻まれていく。通常はある程度のところで手を止め、日を改めて続きを彫るのだが、彼女は針を下ろさない。一月近くも適切な処置を施されなかったアナンの身体は、もはや一刻の猶予も許されないほど弱っていたのだ。

夜もとっぷり更けた頃、ミミの頭がかくんと落ちた。旅の疲れもあろうに、よくぞここまでついてきたものだ。彫りに没頭している師匠の代わりに、ラセルタが床に入るよう促すと、ミミは重い瞼《まぶた》を懸命にこすりながら「もう少し見る」と愚図った。

「少し経ったら、起こしてあげるから」ラセルタはあやすように言った。「眠いときに無理して見ても、なんにも頭に入ってこないわよ。ちょっと寝てきなさい、ね？」

納得したのか、限界だったのか、ミミはこくんと素直に頷《うなず》いた。ふらふらと立った足取りは覚束《おぼつか》なく、歩きながら眠って、らせん坂を転がり落ちかねなかった。ラセルタは終ノ間を一時出て、ミミを女ノ間まで抱いていくことにした。

「タータの鞠部屋《まりべや》が良い」ミミがこれまた愚図った。「皆と一緒では落ち着かぬ」

眠い子供の駄々は寝る瞬間まで延々と続く。ラセルタは背中をさすってやりながら、ミミの望み通り鞠部屋へと連れて行ってやった。いつも包《くる》まるらしいタータの夜着を掛けてやると、すぅすぅという寝息が聞こえ、微笑みを禁じ得なかった。

「今日は大活躍だったわね、ミミちゃん。アナン君を助けてくれて本当にありがとう。ゆっくりお休み」

すもものような頬を撫でると、ラセルタは静かに部屋を出た。もちろん、起こしにくる気は毛頭なかった。アナンほど危険な状態ではないにしろ、ミミが疲れ切っていることは明白だ。タータは残念ながら子を育てた経験がない。それなりに気遣っているようだが、己の無尽蔵な体力に任せて幼いミミを振り回しっぱなしだ。ことが落ち着いたら、七人の子を持つ母親として、たっぷりと説教してやらねば。

夜番の舞い手以外は、とうに寝入った時刻である。足音を立てぬよう気を配りながら、らせん坂を下っていく。

ところが、ふっと不穏な気配がして、ラセルタは足を止めた。辺りを見回して探るが、人の姿は見えない。気のせいだろうと歩み始めた時、違和感が再び胸をよぎった。

藺家の東側の天井辺りがやたら眩しい。いや、天井自体が光っているのではない。向こうにある何かが透けて見えているのだ。ラセルタはさっと踵《きびす》を返すと、坂を一気に駆け上がり屋上へと飛び出した。

やはり、東側の空が明るい。

今宵は新月だ。夜明けにも早すぎる。月でも太陽でもなければ、あの星が霞《かす》むほど強い光はどこから来るのか。夜番の舞い手たちも、つい先ほど気づいたばかりと言う。

まさか。ある考えが脳裏をよぎった時、ふっと流れて来た風が光の正体を告げた。

「火だわ」ラセルタは舌打ちした。「それも、かなりの勢い」

舞い手たちがどよめいた。この水の森で山火事など起き得ない。落雷などで炎が立つことは稀《まれ》にあるが、草木は湿りきっており、川や滝に阻まれ、雨に打たれてすぐ消える。何者かが、今夜のような雨のない瞬間を狙って、火を広めて回らぬ限り――

「皆を起こして！」と指令を飛ばす。「ここまで燃え広がらないとは思うけど、雨がなかなか降らなかったらどうなるか分からない。万が一に備えて移動の準備を！」

ふと、別の喧騒が聞こえた。階下からだ。自分を呼ぶ声に坂を覗き見れば、娘が一人、髪を振り乱して登ってくるところだった。森の外に出ていたはずの者だった。

「どうしたの？」と迎えつつ、嫌な予感がよぎる。「お母さまは？　お姉さんは？」

娘はぐにゃりと顔を歪めるや、ほとんど飛びつくようにラセルタにすがった。

「ラセルタさん、助けて！　白亜ノ砂漠から帰ろうとしたら、いきなり男たちに襲われて！

母さんも姉さんも捕らえられてしまったの！」

頭が真っ白になる。ラセルタは辛うじて、「いったい誰に」と尋ねた。

「分からない」娘は泣きながら頭《かぶり》を振った。「でも、私たちが水蜘蛛族《みずぐもぞく》だと知っていた。森に伝えに走れって、私だけ解放されたの。『残りは王女と交換だ』って」

ラセルタは今一度、東の空へと振り返った。禍々《まがまが》しい煙と炎の向こうに、得体のしれぬ敵の影を見た。


「出てくると思うか」

逆巻く紅蓮《ぐれん》の炎を眺めていると、ウルーシャが独り言のように訊いてきた。ハマーヌは「伝説の通りならな」とだけ答えると、きしみを上げて倒れゆく齢《よわい》幾百年の大樹に目を戻した。

ハマーヌたちは雨が止んだ瞬間を狙って、攻撃を仕掛けた。捕虜の女一人にこちらの要求を伝えて解き放つと、〈燃ゆる土〉を森に撒き火を放った。

水蜘蛛伝説によれば、水蜘蛛族は森を荒らす者を決して許さぬという。一方かつて失われし民が水蜘蛛族の少年を捕らえた折には、目に見えた報復はなされなかった。即ち、水蜘蛛族は住処《すみか》を脅《おびや》かされない限り、打って出てはこない。女数人を人質にとっても無視される可能性があった。よって森の一角を焼き、揺さぶりをかける必要があるとハマーヌは考えた。

あの日、彼は『捕らえた水蜘蛛族の女はどこだ』と確かめた後、『水に消えない火はあるか』と尋ね、沈黙した。彼の思考は感覚に近い。辛うじて言葉となったのは、その二つのみであったのだ。

彼の不弁ぶりに選士たちは明らかに戸惑っていたが、相棒の不足を補って余りある弁舌の主ウルーシャが真意を察して、即座に綿密な計画を立て始めた。アニランが〈燃ゆる土〉と呼ばれる泥炭土を使おうと応ずると、選士たちは粛《しゅく》々《しゅく》と行動に移り、十日も経たぬうちに攻撃の準備が整った。ハマーヌは常の如く相棒の後ろに立っていただけであったが。

「それじゃ、何か動きがあるまで、下がって待ちゃしょうか」とウルーシャが仕切る。「こうして並んで突っ立ッてちゃあ、敵さんに一掃されちまいますしね」

炎を眺め続けていたハマーヌは大声で呼びかけられて初めて、自分もその中に含まれていると知り、驚いた。

「俺はいい。下がっていろ。他の連中を連れて」

このたびのごたごたはハマーヌが招いたことである。ウルーシャが矢面に立つ必要はない。当然のことを告げたまでだが、何故《なぜ》だか相棒はむっとしたように見えた。しかし何も言わずに去っていくさまに、単なる光の加減かと思い直す。

周囲から人の気配が消えると、ハマーヌの神経は鋭く研ぎ澄まされていった。目に映るものは遠のいていき、代わりに丹の存在が大きく迫りくる。

激しい炎が大気を熱し、天に上る風を巻き起こすさまが、あたかも肌の上のできごとの如く、ありありと感じられた。凄まじい力の奔流《ほんりゅう》に半ば身を投げるように、丹を読み取り続ける――そうするうち、ハマーヌの意識は白亜ノ砂漠へと飛んでいった。

先日の戦闘について、アニランの式列では全く想像がつかなかったハマーヌは、痕跡を確かめた方が早いと、白亜ノ砂漠の境界へと向かった。現場に着くなり、彼は衝撃に打ちのめされ立ち尽くした。まだ日が経っていなかったため、盗賊団の根城とは比べようもないほどの生々しい丹の震えが、そこにはあった。

それは、この森が燃えるさまに似ていた。土から火へ、火から風へ。目まぐるしくも滑らかに、一切の迷いなく淀みなく力が移り変わっていく。水を操る者は全ての力を統《す》べる者と聞いたが、それはなるほどこういうことかと悟り、芯から身が震えた。

この者と闘いたい。その術を我が目で見たい。ハマーヌは生まれて初めて闘争心を知った。あれ以来、猛々しい欲求が胸の奥底でくすぶり続けている。

——結局のところ、自分は望んでここにいるのか。そう考えた時である。

凛乎《りんこ》とした声が新月の闇夜に響き渡った。

あの女だ、紺碧《こんぺき》の衣を纏《まと》った水使いが来たと、仲間の浮足立つ気配がする。

刹那《せつな》、大蛇の如き濁流が現れて、燃えさかる炎を樹々もろとも一刀両断した。複雑な抑揚の調べに従って、みるみるうちに氷結していく。やがて紅蓮の業火の中に清冽なる氷の道が誕生した。

思わず息をのむ見事な術であった。しかし、ハマーヌはかすかな落胆を覚えていた。この丹の震えかたは、白亜ノ砂漠に残されていたものとは明らかに異なっていた。

「ふん、燃ゆる土など撒きおって」氷柱《つらら》の如き声が凛々《りんりん》と鳴り渡る。「神聖なる森を穢《けが》した罪は重いぞ、愚かな侵略者ども」

炎を浴びて乱反射する冷たき道の上に立つは、一人の女であった。きつく結い上げた黒髪に、かんざしにしては長すぎる鉄の串が幾本も差し込まれていた。

「どうしたの、ラセルタ。何かあったの？」

さしものタータも、藺家全体を覆うただならぬ雰囲気に気づいたらしい。長針を持ったまま女ノ間を覗きに来た親友に、ラセルタは慌《あわ》てて飛びついた。

「ううん、たいしたことではないの。森の東の端で、ちょっと火が立ったみたいなのよ。大丈夫、雨が降ったらすぐ消えるわ。ささ、戻って戻って」

矢継ぎ早に告げて、くるりとタータの身体をひっくり返すが、強引すぎたか。タータは怪訝《けげん》そうに眉を顰《ひそ》め、尋ねた。

「……ミミは？」

「貴女の部屋よ。眠そうだったから、さっき寝かしつけたのよ。さあ、アナン君が待っているのでしょう。早く行ってちょうだい」

タータは明らかに納得していないふうながら、足早に立ち去っていった。刺青《いれずみ》の作業は、そろそろ追い込みのはずだ。アナンの命が確実に救われるまで、タータの気を散らすことは避けたかった。

「で、どうするつもり？」と、女たちがせっついてくる。

ラセルタは唇を噛んだが、心は定まっていた。どの道を選択しても身が引き裂かれるような思いだ。ならばせめて、己の信念に基づいて動くしかない。

「ミミを渡すわけにはいかない」

女たちの反応は真っ二つに割れた。

「ひどい！」「仲間を見捨てる気なの？」「よその子供を庇《かば》って？」「そんな馬鹿な！」

即座にラセルタの意志を擁護する声が上がった。

「子供を生贄《いけにえ》にしろと？」「外に出るとき、己の身は己で守る覚悟のはずだ！」

偽善だと猛反発が起こる。

「捕らわれているのは子を持つ母親たちなのよ！」

ただ一人解放された娘がくずおれ、母と姉の名を呼びながら泣き叫んだ。

異様な雰囲気に子供たちが怯えて泣きだしても、誰一人として顧《かえり》みない。だが、罵倒《ばとう》の応酬の中心に歩み出たラセルタは、自分でも不思議なほど落ち着いていた。

「水蜘蛛は実在する。人質を取れば、簡単に要求を呑む。そう思わせたが最後、あたしたちは未来永劫、外の人間に狩られる身よ。それでもいいの？……これしか道はないのよ」

その場が水を打ったように静まり返った。誰しも本当は分かっているのだ。はるか昔、外の人間に攫《さら》われた少年を救い切れず、結果として見殺しにしたのも、同じ理由だったのだから。

すすり泣きが広がる。皆が悔し涙を浮かべていたが、異論の声はもう上がらなかった。

ラセルタはふと違和感を覚えた。ことが簡単に収まりすぎてはいまいか。彼女をことなかれ主義と批判し、真っ向から対立するにちがいない者が、どうして声を上げないのか。

「カラ・マリヤは？」

ラセルタが尋ねて初めて、マリヤの姿がないと、女たちも気づいたらしい。騒ぎが起こって以来、誰も彼女を見かけていないと聞き、ラセルタの顔からさあっと血の気が引いていった。

――まさか。

そう思った瞬間、ラセルタは駆け出していた。らせん坂を全速力で登り、タータの鞠部屋の垂れ布をはね上げて、中へと飛び込む。「ミミちゃん！」と半ば怒鳴るように名を呼びながら、つい先ほど掛けてやった夜着を引き剝《は》がした。

少女は忽然と消えていた。


白亜ノ砂漠の水使いではないと判断するや、ハマーヌは早々に鉄のかんざしの女への興味を失った。代わりに女の腕の中へと意識を移す。

女が氷の道の上に無造作に放り出したのは、草の縄で縛られ布を嚙まされながらも、必死に立ち上がらんともがく少女であった。初めて出会った娘の名をハマーヌはすでに知っていた。

鉄かんざしの女は言う。

「お前たちの望み、イシヌの姫だ。渡してほしくば、女たちを返してもらおうか」

望みどおりの展開に色めき立つ同胞らとは逆に、ハマーヌはこの状況を不審に思った。業火を分断するほどの並外れた技量を有し、敵前に堂々と姿を見せ、愚か者と罵《のの》る胆力を持つ豪傑が、敵の要求を唯々諾々とのもうとしている。何か魂胆があるのか、そうせざるを得ない背景でもあるのか。

「早くしろ」と、女は急かす。

ハマーヌは思考を巡らせた後、おもむろに口を開いた。

「……その話、一族の総意か？」

返答はない。

「白亜ノ砂漠で王女を守っていた水使いは、どうした」ハマーヌは続けて問うた。「あの女が族長か。王女を引き渡すと知っているのか」

女の唇の微笑が一瞬歪みかけたが、それはすぐさま冷たく整った。

「あれが長《おさ》であってたまるものか。だが大筋は、お前の読み通りだ。一族は今、二つに割れている。族長は子供に甘くてな。どちらに転ぶかは分からんところだ。私は、こんな小娘一人を庇って一族を危険にさらす気など、さらさらないがな」

女に足先で小突かれて、王女がびくりと身を震わせた。

「さぁ、時間がないぞ、侵略者ども。我が一族が気づく前に、捕虜を解き放つことだな。機を逸すれば王女は手に入らんぞ」

再び急かされても、ハマーヌはのむ気にならなかった。

これは裏を返せば、水蜘蛛族は同郷の女たちより王女をとるかもしれぬということである。人質を交換して話が終わるとは限らず、族長の決断次第では一族の主勢力を率いて王女を奪還しにくるかもしれなかった。

「まずは王女を渡せ」ハマーヌは告げた。「俺たちが十分離れて、お前たちが追ってこないと確信したら、人質を解放する」

「駄目だ」女が鋭く噛みついた。「全員今すぐ解放しろ」

「無理だ。ここには連れてきてねぇ」

女の唇が歪んだ。「姑息な真似を」と吐き捨てられたが、ハマーヌは駆け引きをしているのではなかった。単純に事実を述べていたのだ。

ハマーヌは当初、捕虜を全員連れてくるつもりでいた。取引の道具にする以外に、彼女たちの使い道などないと思ったからだ。ところが頭領カンタヴァと妻リタは何故か、捕虜の解放を渋った。そんな彼らをウルーシャが苦労して説得し、最も年若で術士として未熟そうな娘をやっと引き出したというのが、現状であったのだ。

ただ、そうした内情を敵に暴露するわけにはいかない。ハマーヌは余計な口を利くのを止め、相棒が練った策に添って言葉を並べた。

「王女を置いて森に戻り、一族の者たちに手を引くよう諭《さと》せ。それまで人質は預かる」

当然、鉄かんざしの女は怒りと苛立ちを露《あら》わにした。

「女を攫い、森を焼き、王女を差し出せと脅したあげく、人質を返す保証もしないだと。水蜘蛛族を愚弄《ぐろう》しおって。いっそ、この場で全員始末してくれようか」

あたかも女の怒りに呼応するように、森の炎が天高くはじけた。身を隠す仲間たちに緊張が走る。女の力量は未知数だが、先ほどの術を見る限りでは、白亜ノ砂漠の水使いに比肩する。戦闘が勃発すれば即時撤退と、アニランの助言が頭をよぎる。

しかし、ハマーヌは動かなかった。剣の切っ先を首に当てられるような、殺気に満ちた視線を真正面から受け止め、淡々と告げる。

「俺たちを殺したところで、別の連中がよこされるだけだが」

途端、女の顔色が変わった。

「『よこされる』だと？　お前が長なのではないのか」

ハマーヌが首を振ると、女は再び信じ難いような顔をしてから熟考に入った。沈黙が下り、炎の咆哮《ほうこう》のみが場を満たした。

「……ふん。外の男にしては気骨があると思ったが、捨て駒が捨て鉢になっただけか」

鉄かんざしの女は薄く嗤うと、道に転がした少女を拾い上げた。

「ではこうしよう。お前たちの卑怯な大将のところへ、私を連れてゆけ。そこで、捕虜全員と王女を交換といこう。妙な真似をしたら、その場で王女の命は消えるものと思え」

幼い姫を摑む女の腕には、一切の容赦がなかった。必要とあらば、か弱い首を躊躇《ちゆうちよ》なくへし折るだろう。しかも、この女はただ冷血なだけではない。王女の命が盾になると状況を的確に見抜くだけの頭がある。安易に乗っていいものか。

ハマーヌは黙考した後、ゆっくりと片手をあげた。それを合図に、ウルーシャが彼のもとにやって来た。

「どう思う」と、ハマーヌは相棒に尋ねた。

「妥当じゃねぇか」と囁きが返った。「あの女が刺客ってこともありうるがな。頭領が殺られるとは思わねぇけど、風ト光ノ都へは連れて行かねぇ方がいい。町から離れた人気《ひとけ》のねぇ場所を見繕うから、そこで人質を交換しようぜ」

ハマーヌは首肯《しゅこう》して、鉄かんざしの女にその旨を伝えた。女は「用心深いことだな」と皮肉りはしたが、異は唱えなかった。

鉄かんざしの女が悠々とこちらにやってくる。その腕が引きずる少女は高貴の出に似合わぬ粘り強さで、懸命に足をばたつかせ、暴れ続けていた。さすがに草縄《くさなわ》をほどくまでには至らなかったが、嚙まされていた布がするりと外れた。

「ターター!」王女は呼んだ。「ターター! ターター! ターター!」

口を塞がれるまで、王女は叫び続けた。母を求めるひなの如き声は、ハマーヌの脳裏にまだ見ぬ光景を呼び起こした。

風にはためく天の色の衣。紺碧の水使い。

思わず身構えたが、森には火柱が立ち昇るばかりで、青の予兆すら見えなかった。気づけば星は隠れ、どろどろと雷鳴がこだましている。大きな雨粒がぽつり、ぽつりと肩を叩き始めた。もう小半刻もすれば森に豪雨が戻り、火は消えるだろう。

潮時である。ハマーヌが踵を返すと、それを合図に選士らが一斉《いっせい》に退き始めた。

カラ・マリヤの裏切りを知ったラセルタは、口惜しさと怒りで腸《はらわた》の煮えくり返るような思いだった。だが今はまず、哀れなミミを救い出さねばならない。ラセルタはすぐさまタータを呼び戻し、腕利きの術士や舞い手たちを集めて繭家を飛び出したのだった。

馬に鞭を振るい、水を操り、東へと急ぐ。だが森の端に到着した時には、火の勢いはすでに弱まっており、少女の姿どころか人の影は一つも見当たらなかった。

ミミを救わんとともに駆けてきた舞い手や彫り手が、累々《るいるい》と転がる古木の骸《むくろ》を目にするや、怒りと屈辱の咆哮を上げる。ラセルタもまた、敵も裏切り者も取り逃がした無念に、血が滲《にじ》むほど拳《こぶし》を握りしめた。

ただ一人、タータだけは、常と変わらず涼やかだった。凪なき日の湖畔のような佇《たたず》まいで、焼け落ちた森の先に広がる砂の大海原を眺めている。

静かな眼差しは、戦場に赴く武者のものだった。

第七章

一　浮雲《うきぐも》の子

「よくやった。素直に誉めてやろう、式要《い》らずのハマーヌよ」

頭領が机に足を投げ出して言えば、妻リタが「頭が吹き飛ばずに済んだねェ」と継ぐ。そのどちらにもハマーヌは答えなかった。彼の脳内は別のことで占められていた。

ハマーヌは確信していた。紺碧《こんぺき》の水使い、タータなる女は、必ず王女を追ってくると。期待していたと言ってもいいだろう。しかし、かの水使いはいっこうに姿を見せない。それがどうにも腑《ふ》に落ちず、不気味ですらあった。

思考に浸っていると、脇を小突かれた。ウルーシャである。敬礼しろ、しろとしきりに促されて初めて、襲衣《おすい》の下で腕を組んでいることに気づく。

緩慢《かんまん》に腕を外し額に手の甲を当てると、カンタヴァが満足そうに顎を擦《さす》った。

「構わん、手を下ろせ。俺は寛大な男だ。どんなに不遜な部下だろうと手柄には褒美をもって応える。さぁ、式要らずのハマーヌ。望みは何だ。何でも願うがいい」

頭領は鷹揚《おうよう》に腕を広げるも、ハマーヌは黙したままであった。望みなどこれといってない。そう言いかけた時、やきもきしているウルーシャの姿が目の端に映った。

「それなら」と相棒を前に押し出す。「こいつの身内をこの町に入れてくれ」

反応はまちまちであった。ウルーシャは目を見開き「おい」とかすれた声を出した。リタはけたたましく笑い出し、頭領の口もとからは笑みが消えた。

「風ト光ノ都に親戚一同を、だと？　この町に住まうのは、代々〈見ゆる聞こゆる者〉を輩出してきた名門ばかり。新たに土地を与えられるのは精鋭中の精鋭だけだ」

だからどうしたと言うのか。「何でも願えと聞こえたが」と念を押すも、カンタヴァは「お前の一族を呼ぶがいい」などと気のない様子である。

「とうに勘当された身だ」ハマーヌは恥を省みずに告げた。「父には先祖代々守ってきた土地と暮らしがある。呼んだところで来はしない」

頭領は鼻で嗤《わら》うと、卓上の筆と紙を取り上げた。空いた土地を確認するよう、妻に顎で指図すると、ぐしゃぐしゃと字を書きなぐっていく。番所を最後に書き足し乱暴に判を押しつけると、まだ墨の乾かぬ証書を、ひらりと投げて寄越した。

床に落ちた紙切れを、ウルーシャがじっと見つめている。

「おめでとう、ウルーシャよ。一等地をやろう」カンタヴァは唇を曲げた。「さすがは苦労人、世渡りがうまい。取り入る相手をよく選んでいる。要領のよさだけでここまで上ってきた奴は、そうそうおるまいよ」

ウルーシャは動かない。いつもそつなく振る舞う彼には珍しい反応であった。そんな相棒の代わりに、ハマーヌは腰をかがめ紙を拾い上げようとした。

その時である。ウルーシャは突如身を翻《ひるがえ》し、部屋の外に飛び出していった。ハマーヌは引き留めるどころか、呼びかけることもできなかった。

「おや、マァ」と、リタがおどける。「感極まっちまったかねェ」

「無理もない」と、夫が調子を合わせた。「さぁ、式要らず。腰巾着《こしぎんちゃく》は消えた。もう気兼ねする必要もあるまい。本当の望みを言え」

ハマーヌの苛立ちは頂点に達した。思わず「その目は節穴か！」と咆《ほ》える。

「王女を捕らえられたのは、あいつの働きがあってこそだ。仮にも頭領なら、部下を正当に扱え！」

頭領は眉間に深いしわを刻み、妻が癇に障る哄笑を上げた。もはや相手をする気も失せて、夫婦に背を向け、戸を押し開ける。相棒の姿はすでになかった。足早に玄関に向かう途中、選士の幾人かとすれ違ったが、皆ハマーヌと目が合うや素早く道を譲った。

ウルーシャは案外すぐに見つかった。頭領の屋敷の前、屋台が立ち並ぶ広場の一角で、ぼんやりと壁に背を預けていたのだ。声をかける雰囲気ではなく、ハマーヌは少し離れたところで同じく壁にもたれかかった。

広場に漂う香ばしい香りに空腹を思い出すが、ウルーシャを放って食べ歩くのも気が引けた。手持ち無沙汰になり、掌中《しょうちゅう》のものを玩《もてあそ》んで、証書を持ったままと気づく。しわのよった端を伸ばし、軽くはためかせて墨を乾かした。

それにしてもなんという悪筆か。自分のことは棚に上げて、ハマーヌは呆れ返った。ありがたみは微塵《みじん》もないが、これでも公文書。折ってもよいものか、巻く方がよいのか。延々と思案していると、見るに見かねたかウルーシャがやってきて手を差し出した。

「さっきは悪かった」と言う声はかすれている。「貰ってもいいか」

否やのあろうはずもない。証書を渡すと、相棒はしばらく粗い字を見つめていた。なんとも言えぬ表情であったが、やがて丁寧《ていねい》に四つ折りにして懐《ふところ》に仕舞うと、彼はいつもの陽気さを取り戻していた。

「腹ァ減ったろ、ハマーヌ！　このウルーシャさまが美味《うま》いモン奢《おご》ってやるぜ！」

景気のいい声に、こちらも気分が上がってくる。では手始めにどの屋台にしようかと悩んでいると、心底呆れた顔をされた。

「あのな。立ち食いで祝杯上げる奴がいるか。だいたいそれじゃあ、いつもと変わんねぇだろうが。食えりゃあ何でもいいのかよ。奢りがいのねぇ野郎だな！」

散々悪態をつきつつウルーシャが誘った店には、重厚な木彫りの看板がかかっていた。塗り跡のない白壁に、吉祥紋様の躍る厚布が惜しげなく掛けられている。小洒落《こじゃれ》た外観に面食らうハマーヌをよそに、ウルーシャはさっさと門をくぐっていった。仕方なく後を追う。

夕暮れ前ながら、中は思いがけず賑わっていた。物腰柔らかな給仕に、遠回しに満席と告げられ、ウルーシャが憮然とした顔を見せている。そこに助け舟が出された。

「やぁ、二人とも」と手を振る人物はアニランであった。取り巻き連中も一緒だ。「奇遇だね。僕たちはもう出るから、ここに座るといい。せっかくだから一杯御馳走するよ」

申し出にウルーシャが愛嬌たっぷりに微笑んだ。ハマーヌは店の洗練された内装が落ち着かなかったが、飯と酒さえ美味ければ良いと思い直し、大人しく席に着いた。

「前から来たかったンですよ、この店！」ウルーシャが早速しゃべり始めた。「選士の皆さんの行きつけだって聞いてやしたから。まさかこんなに人気だなんて」

「今日は特別さ。砂ノ領中の見ゆる聞こゆる者たちが集まって、街に繰り出しているよ。なにしろ今日は、失われし民にとって記念すべき日だからね」

王女とはいえ、世継ぎでもない少女一人捕らえて、何がそんなに喜ばしいのか。ハマーヌは今更ながら疑問に思った。ウルーシャの良き手足たらんと、そのことだけに意識がいき、目的がごっそり抜け落ちているようであった。もっとも改めて訊く気も起きなかった。深慮遠謀の類《たぐ》いは自分の領域ではないのだ。

しかし、聞き捨てならない話が耳に飛び込んできた。

「僕らも頭領に呼ばれてね」と、風丹学士《ふうたんがくし》が朗らかに話す。「例の囚人から聞き出した式を解き明かせ、と命じられたよ。水蜘蛛族《みずぐもぞく》の技術にはおおいに興味を惹かれるが、こうしたやりかたはあまり気分が……」

「——例の囚人？」

ハマーヌが口を挟むと、同席者は全員はっと顔色を変えた。隣に座るウルーシャが、素早く目線を逸らす。明らかに何か知っている様子である。

黙って見つめ続けていると、圧力に堪《た》えかねたのか、ウルーシャはついに口を割った。「だって、教えたらお前、カンタヴァさんに喰ってかかるだろ」という弁明つきではあったが。

『例の囚人』とは、鉄かんざしの女であった。現在この町の地下牢に繋《つな》がれていると言う。

「どういうことだ。捕虜を渡して森に帰したんじゃねぇのか」

ハマーヌは西ノ森を発ってすぐ、ウルーシャとともに風ト光ノ都まで馬を飛ばした。水蜘蛛族との交渉の経緯を説明し、捕虜を引き渡すようにと頭領夫婦を説得するためであった。意外にも夫妻は即座に同意し、自ら引き渡しの場に赴くと言った。

ハマーヌは異を唱えもせず彼らに指揮を譲った。そもそも彼が水蜘蛛族と交渉していたのは率先してのことではなく、成り行きだ。王女に然《さ》したる関心もなかったため、自らの手で引き渡しを成功させたいとも思っていなかった。よって夫婦の意向を知り、むしろ喜んで後を任せたのだった。今から思うと、相棒の表情が妙に苦々しかったような気もするが。

ともかくハマーヌは己の役目は果たし終えたとばかりに、この件への興味をすっかり失っていたのだった。捕虜の引き渡しの首尾について誰に尋ねるでもなく、手筈通り行われたものと思い込んでいた。何より、予想外の顚末となればウルーシャが言ってくるだろうと、まったくもって信じきっていた。それが、実は鉄かんざしの女を捕らえてあったとはどういうことか。

珍しく口ごもっているウルーシャを庇《かば》うように、アニランが口を開いた。

「実は、僕たちも後から知ったんだよ。あの時、君たちが捕虜を連れてくるのを待っていたら、いきなり頭領夫妻が団を率いて現れて、場を仕切り始めてね。嫌な予感はしたんだが、捕虜を連れていたし、君たちが彼らに花を持たせたのだろうと思って、黙って退いたんだ」

ハマーヌは首を傾げた。事態がまだ摑めない。カンタヴァは交渉に失敗したのか。

「いや、頭領と細君はどうしても、水蜘蛛族の女が欲しかったようでね。捕虜を返すと言って油断させて……。まぁ、要するに騙し討ちだ」

ハマーヌは驚くより先に呆れた。自分も無鉄砲な自覚はあるが、カンタヴァも随分と無謀なことをしたものだ。

何分、相手が相手である。ハマーヌが鉄かんざしの女の術筋を見たのは一度きりだが、それだけで十分、彼女の底知れぬ力を感じた。水蜘蛛族を愚弄《ぐろう》すれば皆殺しにするぞと言い放ったのは誇張でも虚勢でもなかっただろう。約束を反故《ほご》にして攻撃など仕掛ければ、一団丸ごと失いかねない――そんな危険性を頭領は顧《かえり》みなかったのか。

「頭領には絶対の自信があったんだろうね」学士は言う。「実際、彼は自他ともに認める最強の男だ。颪ノ弓の威力と飛距離には誰も敵わないからね。彼も若い時分は撃ち損じることがままあったらしいが、リタどのと組んでからはそれすらなくなった。彼は今、術士として絶頂期にあると言えるだろう」

何故《なぜ》ここで、リタの名が上がるのか。ハマーヌの不案内を察してか、アニランはさりげなく解説を付け加えた。曰く、颪ノ弓を使いこなすためには、颪丹術士だけでなく、光丹術士《こうたんじゅつし》の力が不可欠らしい。

「普通の弓もそうだが、弓闘士には弓を引く剛腕だけでなく、遠くの標的を見定める目も欠かせないだろう？　そう、つまりリタどのは頭領の目というわけだ。彼女は当代随一の〈遠見《とおみ》ノ術《じゅつ》〉の使い手だからね」

傑出した力を持つ風使いと光使い。その二人が揃って初めて、風ノ弓は古代の遺物から無双の武器へと甦《よみがえ》る――風卜光ノ民千年の歴史で、ほんの数人しか使い手が現れなかった理由を、ハマーヌはようやく知った。

しかし、如何《いか》に自信があろうと、鉄かんざしの女相手に無傷で済んだとは思えぬが。

「そうだね。激しい抵抗を受けたようだよ」アニランは頷《うなず》いた。「こちらは多数の死者を出したうえ、もともとの捕虜たちには逃げられてしまったとか。だが結果として一番の術の使い手を捕らえたわけだから、収穫は十分にあったと言えるだろうね」

理解しがたいほどの執念である。ハマーヌが溜め息を吐くと、学士は苦笑した。

「今回のことはリタどのの意向が強かったらしいが、僕には彼女の気持ちが分かるような気がするよ。この砂ノ領において、水は富と権力そのものだ。風卜光ノ民がイシヌ王家の統治から抜け出せないのは、渇きへの恐れゆえ。水を統べる技さえあれば、かつて風卜光ノ国があった地に、失われし緑を甦らせられる……その絶好の機会を逃したくないと思うのは、自然なことだろう」

その『機会』とやらのために、同胞を危険にさらすのが正義か。甚《はなは》だ疑問だったが、給仕がやってきたので、話はそこで終わった。杯を受けつつ、ハマーヌは考えに耽《ふけ》った。水蜘蛛族において、カンタヴァ側と自分の認識にはかなりの齟齬があるようだと。

どうやら頭領夫妻にとって、水蜘蛛族は単なる獲物のようだ。捕獲に手間はかかるが、それだけ価値の高い、人形の獣。よって罠にかけることに躊躇《ちゅうちょ》はなく、逃がす気も毛頭ない。皮を剝《は》ぎ肉を削ぐようにして、技と知識を奪い取るつもりなのだろう。

一方のハマーヌは、彼《か》の部族をおおいなる脅威と捉えていた。見ゆる聞こゆる者たちがこれまで辛うじて勝てたのは、若い女数人に対してのみ。紺碧の水使いには全く歯が立たなかった。西ノ森の中にあれほどの術士があと何人控えているのか、把握する術《すべ》はない。しかも水蜘蛛族の男たちについては、ほぼ白紙状態。騙し討ちなどして怒りを煽《あお》るには危険すぎる相手だ。

加えて、どうしても解せないことが一つ。鉄かんざしの女である。如何に不意打ちで多勢に無勢、風ノ弓相手とはいえ、大人しく生け捕りにされるような気性では断じてないように思うが、ハマーヌの見込み違いか。あるいは罠に落ちたと見せかけて――

「なぁ、食わねぇの?」

ウルーシャの言葉に、ふと気づけば、目の前に料理が幾つも並んでいた。握ったままの杯も、口をつけるのを忘れている。

「……悪かったよ、隠してて」相棒が力なく言った。「言っちゃあマズいって思ったんだ。お前のことだから、まっすぐカンタヴァさんにぶつかっていくだろうし。でも、この際だから言うぜ、ハマーヌ。……あんまり目立ちすぎンなよ」

目を瞬《またた》かせると、ウルーシャは身を乗り出してきて、ほとんど聞き取れないほど小さな声で耳打ちした。曰く、先だってカンタヴァに処刑されたルシは、光ノ民の中ではリタに次ぐ実力の持ち主で、若くして人望も厚く、次期頭領と目されていたと。

「そんで、頭領に目ぇつけられて殺されたんだって、もっぱらの噂でよ。だってどう考えてもおかしいだろ。白亜ノ砂漠じゃ死人は出てねぇんだ。あの人が指揮を執ってなけりゃ、もっとひどかっただろうって話だぜ。なのに処刑なんて。遺骨すら北境の無名墓地に放り込まれて、家族のもとに帰ってねぇし」

それも初耳であった。先に知っていたら、カンタヴァに願い出る手もあったが。そう言うと、ウルーシャは「俺の話、聞いてなかったのかよ」と頭を抱えた。

「だから、あんまり頭領を挑発すんなって。欲がねぇってのが一番警戒されるんだよ。野心を隠した人気取り。そう勘ぐられたらどうすんだよ」

ハマーヌは苦笑した。頭領はどこまで猜疑心が強いのか。

「要らん心配だな」

同意が得られるものと思って相棒を見やると、何かをぐっと呑み込んだような顔があった。「そうかよ」という苦々しい台詞《せりふ》に、一抹の引っ掛かりを覚える。しかしウルーシャは明後日《あさって》の方を向いており、問いかけるきっかけを失った。ハマーヌはそっと相棒の杯に酒を注ぎ足した。

ウルーシャはしばらく無言であったが、美味い料理に上質な酒、入れ代わり立ち代わりやってくる選士たちとの会話で、機嫌が持ち直したようである。店が閉まる頃には、彼はすっかりでき上がっていた。鼻歌まじりに千鳥足で歩く相棒の背中を見守りつつ、ハマーヌはゆっくりと夜道を下った。

「あぁ、美味かったなぁ。俺さぁ、ずぅっと行きたかったんだよ。あの店」

これを言うのは、幾度目であろう。ハマーヌは初めと同じように頷いて耳を傾けた。

「まさか本当に行ける日が来るとはなぁ。初めて館に行った時……あぁ、頭領のな。同じことを思ったよ。まさか俺が、カンタヴァさんとリタさんに会えるなんてさぁ」

これは初の展開である。「あいつらが、どうしたって」とハマーヌは尋ねた。

「馬鹿野郎！　なんてぇ呼び方しやがんだ。頭領はなぁ、俺の憧れだったんだよ。お前さては知らねえな？　カンタヴァさんはなぁ、俺とおんなじ土地を持たない〈浮雲〉の家の子なんだ。そんな人が名だたる術士たちのテッペンに君臨してンだぜ。カッコいいだろ」

ウルーシャは星屑瞬く夜空に向かって、両手を突きだしてみせた。

「それからリタさん。光ノ民で、あのヒトに憧れねぇヤツなんかいねぇよ。光丹術は超一級品。遠見ノ術なんか鳥肌モンだ。まるで、そう、千里眼よ！　さっきも話に出たろ。頭領がどんな遠くのモンでも撃ち抜けるのは、リタさんが術で狙いを合わせてッからだ。そんで、あの色香！　みんなこっそり〈月の申し子〉って呼んでンだ」

ハマーヌは頭上の弓張り月を眺めた。千里眼はともかく、月の如きたおやかさなどリタには微塵《みじん》もないように思える。しかし、「夫婦ってイイよな」と独り言《ご》ちる相棒に、あえて口は挟まなかった。

「俺、あの店、行きたかったんだ」再び話が戻った。「選士になって、そこそこ手柄立てて。土地まで貰ってさ。なんかもう十分だよな。そろそろ落ち着きどきかなぁ」

酔っ払いの戯《ざ》れ言《ごと》ながら、思わず足が止まった。ウルーシャは気づかない。

「親父たちを呼んでさ。できれば嫁サン貰って。なんか商売でも、始めてみっかな」

硫黄《いおう》色の襲衣がふらりふらりと揺れながら遠ざかっていく。ハマーヌの足は固まったまま、腹の底がしんと冷えていった。

思えば、ウルーシャの思い描く未来を、ハマーヌは知らない。家族をこの町に呼びたいとは言っていたが、その先について聞いたのはこれが初めてであった。今まで勝手に、見ゆる聞こゆる者として走り続け、いずれは頂点に登りつめるものと思い込んでいたが、それは彼の望むところではなかったということか。

それも良かろうとハマーヌは思った。命と精神を削る戦場より、安らぎと笑い声にあふれた日常の方が、この男には合っている。

いつか必ず終わりはくるものと覚悟していた。こんな形とは思わなかったが、ウルーシャがそう望むのならば異存などない。風のまにまに砂漠を渡る、一人気ままな旅暮らしに戻るだけのことである。これまでの日々のおかげで、昔よりは幾らかましな人間になったはずだ。今度はもう少しまっとうな生き方ができるだろう。

「どう思う?」と、ウルーシャが問うた。

「いいんじゃねぇか」と、ハマーヌは答えた。

ややあって、「そっか」と震える声で呟きが返った。そんな彼が眺めているのは、星か月か、あるいは、光の間に横たわる漆黒《しっこく》の闇か。ハマーヌはふと、店を出てから彼の顔を見ていないことに気づいたが、見せろと乞うのも妙に思えて、同じように天を仰ぎ続けた。

二　天ノ門

「どうしても行くの？」と、ラセルタは訊いた。

「ええ」と頷《うなず》く仕草も涼やかに、友は告げた。「皆によろしく」

タータに引かれ、青鹿毛《あおかげ》ヌィが勇ましくたてがみを振る。馬の背に積まれた荷から彫り道具が覗いているのを見て、ラセルタは溜め息をついた。タータはもはや森に帰る気はないようだ。

イシヌの姫など拾ってくるから一族に災いが降りかかった。そう言ってタータを責める者は多い。陰口に傷つく繊細《せんさい》な性質《たち》ではないが、ほとほと嫌気が差していることは明らかだった。むしろ、アナンの彫りがひと段落するまでよく耐えたと言うべきか。

友は一片の未練もなく、さらりと踵《きびす》を返した。ラセルタはもろもろの文句を呑み込み、「ちょっと待ちなさい！」と呼び止めた。

「あたしも付きあうから」

そこでようやく、青鹿毛ヌィに跨《また》がろうとしていた友が止まった。こちらを振り向いた彼女のぽかんとした表情に、胸のすく思いである。

「だって」と、ラセルタは先回りして答えた。「貴女《あなた》も聞いたでしょ。マリヤったら、このあたしを差し置いて人質を取り返しに行ったのに、自分が捕まっちゃったのよ。『馬鹿ねぇ』って言ってやらなきゃ、気が収まらないもの」

ラセルタの冗談めかした物言いに、友は戸惑った顔のまま、くすりとも笑わなかった。

「でも、貴女までいなくなったら、皆が困るわ」タータが珍しく一族の心配をした。「新しい繭《まゆ》家もまだでき上がってないのに。引っ越しはどうするの?」

火事の晩、不運にも繭家を特大の鉄砲水が襲った。普段なら問題にならないのだが、舞い手の四割以上が森に出ており、留守居の者では手が足りず、家の一部が直撃を受け大破してしまったのだ。怪我人がなかったことは不幸中の幸いだが、繭を紡ぐのは大変な手間だ。移り先の滝壺では今、彫り手が清水から練り出した白糸を、舞い手が一本一本丹念に織っているところである。

「大丈夫よ。カラ・マリヤを取り戻したら、あたしはすぐ戻るわ。あんまり長く子供を預けておけないから。鉄砲水はよくあることだし、前の家ももう古くなっていて、そろそろ引っ越す時期だったもの。みんな落ち着いたものよ」

ラセルタは本心では、今すぐ一族を率いて敵を根絶やしにし、故郷の森を焼かれた屈辱を晴らしたかった。だがそれは、水蜘蛛族《みずぐもぞく》の存在を世に暴露するも同然の行いだ。今すべきは敵を知ること、今後を見極めることである。

「タータ。貴女はあの男たちの正体、どう読んでいるの？」とラセルタは確かめた。

「風ト光ノ民の末裔《まつえい》」タータは言い切った。「白亜ノ砂漠で戦った時、とても見事な風丹術《ふうたんじゅつ》と光丹術《こうたんじゅつ》を使っていたわ。とうに廃《すた》れた術式が幾つも聞こえた。記憶を語り継いできた者だけが知る、古い古い比求式《ひきゅうしき》よ」

やはり、とラセルタは頷いた。そうとすれば全てつじつまが合う。その昔、舞い手の少年を攫《さら》っていったという相手は、風ト光ノ民と聞いている。彼らがとうとう水蜘蛛族の女の存在に気づいたというわけだ。

「となると問題は彼らの拠点ね。囚われた女たちは目隠しされていたと言うし……」と、ここまで呟いて、はたと思い立った。「タータ、貴女まさか、それもあてがあるの？」

「ないわ」

がくりと身体の力が抜けた。そして頭を深々と抱える。このろくでなしは、ミイアが見つかるまで手あたり次第に暴れ回るつもりだったに違いない。これではますます一人で行かせるわけにはいかない。

旅支度を整え、馬に跨ったラセルタとタータの前に、一人の少年が現れた。アナンだった。タータを見つめる瞳は、深い憂《うれ》いを帯びている。

再び舞えるようになった喜びも束の間、総彫《そうぼ》りを約束した相手が森を去るというのだ。恨んで当然、とラセルタが思った時、彼はたおやかに膝を折ると、折り目正しく指を合わせた。

「お願いいたします。ミミさまは僕の恩人です。どうか助けて差し上げてください。僕は何もできませんが、お二人の御武運を心よりお祈りいたします」

清しく口上を述べ深々とこうべを垂れる少年の姿に、ラセルタは強く胸を打たれた。一方、馬上から彼を見下ろすタータの涼しげな横顔を憎々しく思う。

「ありがとう、必ず」

その二言だけを残し、タータは馬を進ませた。彼女を黙って見送るアナンの、全てを悟ったような瞳が痛ましい。

ラセルタは思った。この少年のために、タータを必ず連れて帰らなければならない。可能な限りの布石を打つべきだ。

ラセルタは一つ懸念を抱いていた。囚われていた女たちが、敵の中に信じ難い人物を見たという。若者は仲間から〈式要《い》らず〉と呼ばれていて、異名の通り、式無くして風を身に纏《まと》い、自在に風を読んだという。驚くべきは、彼は長《おさ》どころか捨て駒のような扱いだったとか。単純に考えれば、その男以上に力のある戦士が大勢いるのだろう。

如何《いか》にタータが無敵でも、能力も数も未知の相手に、たった一人で向かわせるわけにはいかない。こちらにも手勢が欲しい。せめて共通の敵を持った第三の勢力が……。

「タータ！」

前をゆく友に呼びかける。

「ちょっと寄りたいところがあるのだけれど、いいかしら」

「陛下。女王陛下」「如何《いかが》なされましたか」

幾度も呼びかける声。母なる湖の、岸辺に寄せる波を眺めていたイシヌの当主は、ふと夢想から引き戻された。

足もとを見れば、気遣わしげな顔二つ。北の将軍、南の将軍である。

「御心中お察しいたしまする」南将《なんしょう》が涙ぐむ。「ミイア姫さまの行方が分からぬまま、早や半年。母上として、お苦しみは如何ばかりか」

「口を慎め」北将《ほくしょう》が低く一喝する。「城外なるぞ。ラクスミィ殿下については公言を差し控えよと、再三申しておろう。誰ぞに聞かれたらなんとする」

「小官が浮薄なら貴官は酷薄よ。鉄面皮の下で密かにほくそ笑むさまが、よう見えるわ」

女王は溜め息を押し殺し、いがみ合う家臣たちから目を逸らした。湖に視線を戻せば、悠久の時を思わせる水面が見渡す限り広がっていた。

紡ぎ慣れた式を奏で、清らかな水につま先を差し入れる。朝日にきらめく水ノ繭が、彼女を柔らかく包み込んだ。湖底の白砂を一歩また一歩と踏みしめるに合わせ、女王は常の如く思念の海へと沈んでいった。

二年半前、ミイアが無邪気に、しかし見事に水を操ってみせてから、全てが変わった。家臣らは二つに割れ、領民らは根も葉もない噂に興ずる。いたずらにミイアを持ち上げてみたり、アリアを立ててみたり。怪しげな陰謀に耽《ふけ》っては告発劇を繰り返す。はては毒殺未遂まで勃発し、イシヌの宮中はすさみきってしまった。

己はいったい何を誤ったのであろう。

あの日ミイアに水丹術《すいたんじゅつ》を見せたことか。姉妹に等しく教えを施したことか。それとも娘二人を産み落とした時、どちらにも生を許したこと自体が罪であったというのか。

母として、統治者として、そのいずれも認めるわけにはゆかぬ。そう思いつつ、女王は悩み続けた。ミイアを如何にすべきかと。母として、統治者として。

そうした迷いが利発な娘に伝わったに違いない。城を出たのも、それが母のため妹のためと思ってのことだろう。娘の賢さが不憫《ふびん》でならず、己の不甲斐《ふがい》なさが恨めしくてならぬ。

天ノ門より湧き出ずる、滔々《とうとう》たる流れの中で、イシヌの当主は歩みを止めた。巨大な門の足もとで、柿《かき》色の何かが揺れているのが見えたからだった。

一人の女であった。女王と同様に水ノ繭を紡ぎ、砂上の貝たちと戯《たわむ》れている。ふと、こちらに気づいた柿色の衣の女は、あたかも旧知の友を見たかのように天真爛漫《てんしんらんまん》な笑みを浮かべた。容《かたち》の好い唇が短く何か唱えるや、たちまち湖が揺れ、渦が巻き起こる。二人を隔てていた厚い水の壁は退いていき、湖底に屋敷ほどの空間が生まれた。

白い砂地を女が軽やかに歩み寄る。女王は淡々と出迎えた。見知らぬ水使いの正体を、彼女はすでに悟っていた。

「水蜘蛛族の遣いか」と女王は問いかけた。「以前に来た、初老のおなごは如何した」

「あたしはラセルタ」と来訪者は名乗った。「一応、一族のまとめ役をしているわ。以前お邪魔したのは先代よ。あたしが子供を産んで間もなかったから、代わりに来てもらったの。初めまして。ミイアちゃんのお母さん」

親しげに微笑む水蜘蛛族の長を、女王は不思議な心地で見つめた。砂ノ領でただ一つ、雨の降る地。そこに人知れず住まう伝説の民のことはイシヌ家の秘録に記されており、知識として持ってはいた。しかし、はるかなる記憶として伝わっていた存在が目の前に立っているというのは、幾たび経験しても奇妙なものだった。

「かつて、イシヌに水の技を授け、ともに天ノ門を建立せし我が盟友よ。歓迎しよう」女王は礼節をもって答えた。「そなたらと我が娘ラクスミィが出会ったのも天の采配であろう。改めて礼を言うぞ」

「ほんと、母娘ね。その口調、もうそっくり」ラセルタはひとしきり笑ってみせた。「東西の天ノ門を守護する者同士、貴女がたの子はあたしたちの子も同然。能《あた》う限り手を差し伸べるわ」

西の天ノ門が雲を呼び、東の天ノ門が湧き水を呼ぶ。火ノ国のみならず、この島にある全ての命が、一対の門の織り成す流れの上に生きていた。

秘録は記す。かつてはるか東方にそびえる火ノ山が裁きの炎を噴いた時、人々は死に瀕した母なる島を救わんと知力を尽くした。ことに、如何にして天の恵みを保つかが、島の生死を分かつ要《かなめ》であった。

東西の天ノ門を造り上げ、大地と民を守ったイシヌ家と水蜘蛛族は、古き縁《えにし》で結ばれた仲である。しかれども、こうして現当主同士が相対するのは、初代以来のことであった。

「族長自ら、何用じゃ」女王は眉根を上げた。「ミイアに何かあったか」

胸さわぎを覚えて、女王は両の手を握りしめた。しかし、告げられた言葉は、彼女の予想だにせぬものであった。

「単刀直入に言うわ。……あの子は攫われた。一族の女数人が、その巻き添えに」

数拍、言葉を失う。

「……馬鹿な……」

女王は動揺を抑え切れなかった。

ミイアが水蜘蛛族のもとにいると知らされた折、女王は深い安堵を覚えたものである。娘にとってこれ以上の地はないと。不吉な子と後ろ指差され、水の才を封じる必要も、毒を盛られる心配も、陰謀に巻き込まれる危険もない。いっそこのままイシヌの王女の名を捨て去り、森の娘として生きた方が、あの子にとって幸せであろうと。

ゆえに女王はミイアの捜索を打ち切り、娘の消息について沈黙を貫くと決めた。

しかし、あの安堵はまことに母としての情であったろうか。面倒事が綺麗に片づくという、冷酷な執政者の判断ではなかったか。実際、今こうしてミイアの危機を聞かされ、女王が真っ先に案じたのは、我が子の安否ではなかった。

イシヌの姫をかどわかしたのは、いったい何者か——その一点であった。

「風ト光ノ民の末裔」

あたかも心を読んだが如く、ラセルタは告げた。

「どういうつもりかは、あたしたちは知らない。貴女はどう？」

女王は黙していたが、水蜘蛛族の長には十分だったらしい。朗らかな微笑みはそのままに、眼差しだけが鋭く変わる。

「知っているのね」

否、察したのだ。砂漠に巣食う亡国の怨霊が甦《よみがえ》り、イシヌを脅《おびや》かしていると。

この地に古代より栄えた風ト光ノ国は、火ノ山の噴火からほどなくして干魃《かんばつ》に遭い、滅亡の憂《う》き目をみた。乾きと飢えに苦しむ民を憐れんだイシヌの祖は、天ノ門を使って彼らを救った。それに感謝した民は新たな君主に忠誠を誓い、火ノ国の民となったのだ。

ところが、風ト光ノ民の中に『イシヌこそが災いの元凶』と唱え出した者たちがいた。彼らはイシヌを恨み、火ノ国に下ることを厭《いと》い、法と統治のもとに生きることを拒んだ。彼らの子孫は今もなお、祖国が滅び去ったのはイシヌが天と地と民を盗んだためだと、固く信じているという。

とはいえ彼らはこれまで、不毛な恨みを後生大事に抱き続ける哀れな亡魂にすぎなかった。風と雨が悠久の時をかけて岩に穴を穿《うが》つが如く、遺恨は少しずつ薄れて、多くの者が火ノ民と交わりつつあった。イシヌの女王たちは彼らを討つことなく、南境の地に失われし民だけが住まう町ができても気づかぬふりをして許し、時の流れに任せていた。

とうに色あせたはずの怨念。それが近頃にわかに実体を得て、この世に舞い戻った。彼らの願いはただ一つ、祖国の復興であろう。しかし女王が見つめるは、浅はかな夢に酔う亡霊たちではなかった。彼らの陰に見え隠れする真の敵の姿である。

──彼《か》の者の手中に、イシヌの姫を渡してはならぬ。

凍てついた考えに支配されかけた時であった。

「ミイアちゃんのお母さん」

ラセルタの温かな声が、女王の心を引き戻した。

「水蜘蛛族には、あの子を救い出すために全てを賭ける者がいるわ。貴女も同じだと、我々は信じている」

母として、君主として、決断の時が迫っていた。

第八章

一　水を統《す》べる者

「……わらわをどうする気じゃ」

ミイアは先ほどから何度も尋ねているのに、食卓に皿を並べている女はなんにも答えない。やっとこちらを振り向いたと思えば、匙《さじ》で粥《かゆ》をすくって、ミイアの口もとに突きだしてきた。

「はぁい、アーン」

ミイアはかっとなって、匙を思いっきり弾き飛ばした。小馬鹿にしたような言い方も、真っ赤な紅《べに》を引いた唇も、きつい香水や粉白粉《こなおしろい》の匂いも、何もかもが気に入らなかった。けれども、リタという女はすっかり勘違いしているようだ。

「毒なんか入っちゃあいませんよ、お姫サマ。ほぉら!」と自ら食べてみせる。「さぁ、お召し上がりなさいナ。お城の御馳走にはとても敵わないけどサ」

「わらわの問いに答えよ!」ミイアは腹の底から怒鳴った。「そなたたちは何者じゃ。何故《なぜ》このような真似をする!」

返ってきたのは、わざとらしい猫なで声だった。

「さぁさ、そんなにピリピリしないで。アタシらはお姫サマの味方ですよォ」

なんと厚かましい。あっけに取られたミイアの耳に、ねっとりとした声が入り込んでくる。

「お可哀そうにネェ。まだこんなに小さいのに、お城を追い出されて、見も知らぬ土地に身を寄せて。なのに、アァ、ひどい母親！　自分の子を探し出す気もないなんて！」

不意に出た母さまの話に、すぅっと世界が遠のくような心地をミイアは覚えた。

「母さまを、母さまを悪う申すな！」と、息も切れ切れに叫んだ。「わらわは自分で、自分で勝手にお城を出たのじゃ。探さなくても、とうぜんであろう！」

「なんて、けなげなんだろ」女は目頭を押さえるや、いきなりミイアを抱きしめた。「こんなに追い詰められちまって。でもね、可愛いお姫サマ。よぉく考えてごらんよ。せっかくの才能を封じられて、毒を盛られて殺されかけて。罪人のように城から逃げるしかなくなって。まったく、おかしな話じゃあナイか」

「おかしゅうない！　イシヌに双子は要《い》らぬのじゃ。わらわは、わらわは――」

要らない子。

その一言を、ミイアはどうしても口にできなかった。代わりに涙の粒がぽろぽろとこぼれ落ち、自分を抱く女の肩を濡らしていく。ミイアは必死にもがいて、リタの腕から逃れようとしたけれども、暴れれば暴れるほど、長い爪がぎちぎちと身体に食い込むのだった。

「泣かなくッてもいいんだよ」女は囁《ささや》く。「言っただろう？　アタシらは、お姫サマの味方サ。

きちんと守ってあげるし、いつか必ずイシヌのお城に帰してあげる」

思いがけない言葉に、これまで蓋をしてきた想いが堰《せき》を切ってあふれ出た。

懐かしい母さま、大好きな妹アリア。二人の姿を思い浮かべると胸が弾けそうに熱くなる。昔のように母子三人揃って心安く暮らせるなら、ミイアは何でもするだろう!

赤々と燃え上がった夢は次の瞬間、玻璃《はり》に描いた絵のように砕け散った。

「アンタは将来、イシヌの玉座につくのサ」

甘ったるい声がミイアの鼓膜に纏《まと》わりつき、じっとりと染みこんでいく。

「思ったことぐらいはあるだろう? どうして自分は女王になれないんだろうってね。跡継ぎのアラーニャよりも水の神さまに愛されているのに。たった小半刻早く生まれただけで邪魔者扱いなんて。だけどお姫サマ。おかしいって思っている人間はアンタだけじゃない。みんなで力を合わせて、砂ノ領を取り返そうじゃあナイか」

動かなくなったミイアの背を、リタは赤子をあやすように撫でさする。されるがままになりながら、ミイアは尋ねた。

「……みんな……?」

「アタシたち風ト光ノ民と、カラマーハ家だ」リタはひそひそと告げた。「カラマーハの名は、もちろん聞いたことがあるだろ?」

カラマーハ家と聞いてミイアがまっさきに思い浮かべたのは、初めて水を使った日、彼女の足もとに跪《ひざまず》いた〈東ノ大使〉だった。

火ノ国はたいへん広い。一つの王家ではとても統べられない。だから青河《せいが》の上流・砂ノ領をイシヌ家の当主、下流の草ノ領をカラマーハ家の当主が治めることとなった。砂ノ領が西に、草ノ領が東にあるので、それぞれ西の女王、東の帝王と呼ばれている。

東ノ大使は、東の帝家がイシヌに寄越した使者だった。

「行ったことはないだろうね。草ノ領はそりゃあ豊かだよ。見渡す限りの田んぼに畑！　カラマーハ家の財力や軍力は、イシヌ家なぞ足もとにも及ばない。とても心強い味方だ。だから、安心しておいで。アタシたちがアンタを必ず、女王にしてあげる。砂ノ領全体に水を引いて、東に負けないぐらい豊かな土地を作ろうじゃナイか！」

リタの語りはどんどん熱を帯びていく。それを聞くミイアの心は冷たく、静かに、冴え冴えと澄みわたっていった。跡目争いを煽《あお》る臣、水を欲する怪しげな民、その背後に見え隠れする帝家の影。強欲という名の一本の線が、全てを繋《つな》いでいた。

「――手を離せ、愚か者よ」

突然の朗々たる声に、リタの腕がぴくりと強張った。

「聞こえなんだか。この手をどけよと申したのだ。そなたは今、触れてはならぬものに触れておる」

ミイアがはたくと、ぱんっと小気味よい音が鳴り、腕が離れていった。彼女を見下ろす顔には余裕の微笑みがあったが、目には驚きと戸惑いが浮かんでいた。

そんなリタをまっすぐに見据えて、ミイアは告げた。

「そなたのような者に、天ノ門は決して渡せぬ」

リタの陶器のような澄ました顔が、ぐにゃりと歪む。

「……なんだって」

「天ノ門は渡せぬ」ミイアは繰り返した。「そなたは治水のなんたるかを知らぬ。己しか見えぬ者には、水を統べられぬ」

とても不思議な感覚を、ミミは覚えた。考えることなく、言葉が泉のようにさらさらと湧き出てくるのだ。声こそ幼いものだったけれど、その響きの後ろに、湖のほとりに凜《りん》とたたずむ母さまの気配を感じた。

リタがほんのわずか退きながら唸り声を上げる。

「己しか見えぬ、だって？　何言ってンのさ。アタシはねぇ、誰よりも砂ノ領のためを考えているんだ！　だからこそ――」

「同じことぞ。そなたは己の周りしか見えておらぬ。青河が支える命はこの地の人々だけではない。草ノ領の田畑、その先の海、そこに住まう全ての生きものが、天ノ門よりいずる水の上にある。だからこそ、天ノ門の守り主は己の豊かさを求めてはならぬのじゃ。富と力を持つカラマーハ家が水を統べる力を持たぬは、それがゆえぞ」

ミイアが滔々《とうとう》と説く間、リタはこの世ならざるものを見る目をしていたけれど、整った顔はやがて憎しみと蔑《さげす》みの色に染まっていった。

「よくもまあ、つらつらと小理屈をこねる娘だコト。教えてやろうか。そういうのをね、偽善、って言うのサ。その御大層な教えの裏でどれだけの人間が苦しんでいるか、見たことも考えたこともないヤツだけが吐ける台詞《せりふ》だよ」

リタは再びミイアに歩み寄ると、ぐいと顎を摑んで上げさせた。

「だいたい、アンタ。自分の置かれた立場を分かってナイねぇ。アタシたちはアンタをどうとでもできるんだ。あんまり怒らせない方が身のためだよ」

ぎらぎらと目を光らせて凄《すご》んだ後、にんまりと紅の濃い唇を曲げた。

「そうだ。アタシらに逆らったヤツがどうなるか、見せてやろうか」

悦に入ったように呟き、リタはミイアの首根っこを引きずって屋敷を出た。町を少し歩いて向かった先は、門番が何人も立つ物々しい建物だった。入ってすぐに、鉄格子が嵌《はま》った部屋がずらりと並んでいるのが見えた。牢獄のようだ。

連れていかれたのは、地下牢だった。暗く湿った獄の中、幾重もの鎖に繫がれた人影を見た瞬間、ミイアはたまらず目を瞑《つぶ》った。ちらりと目にしただけで分かるほどの、ひどいありさまだったのに、リタはミイアの顔を押さえこみ、しっかり見ろと迫る。こみ上げる吐き気を懸命に抑えながら、ミイアは瞼《まぶた》を上げた。

それは半裸の女だった。ざんばらの黒髪に隠れて、顔は良く見えない。猿ぐつわから漏れる息がまだ生きていると伝えているけれど、それこそが最も残酷な仕打ちだった。全身に散った焼きごての痕、無残に折られた指、剝《は》ぎ取られた爪。太ももに突き刺さる細いものがいったい何か悟るのに数拍かかった。

鉄の長針――囚人はカラ・マリヤだった。

「悲鳴ぐらい上げるかと思ったら」リタが呆れたように言う。「まったく可愛げのないコだよ。むしろ自分を売った女のことだ、セイセイしたとでも言いそうだねぇ」

リタは気づいていないのだろう。ミイアがどれほどきつく歯を食いしばっているか。どれほど固く、拳《こぶし》を握りしめているか。

けれども、見せてやるつもりなんぞなかった。ミイアは深く息を吸い込むと、嚙みしめるように言葉を紡いだ。

「この者と二人で話がしたい。しばし外しておれ」

リタはたちまち山姥《やまんば》のような顔つきになった。「誰に向かって口を利いてンのさ！」と叫ぶ女に、ミイアはまっすぐ向き直った。

「瀕死のおなごと囚われの小娘が、最後の言葉を交わすだけじゃ。それすらさせぬと申すのか。何をそこまで恐れるか」

睨みあいの末、先に目線を動かしたのはリタだった。マリヤの猿ぐつわを乱暴に外し、足音荒く獄を出る。口を塞いでいたのは術を詠唱させぬためだろうが、彼女はもう虫の息。歌うことは叶わぬ。そうと分かっていてなお、リタはマリヤの声を恐れていたようだ。

リタの気配が遠のくと、入れ代わりに、地を這うような嗤《わら》い声が地下牢にこだました。ミイアはゆっくりと声の主の方へと顔を向けた。

不敵な笑みが、そこにあった。

「小気味のいい啖呵《たんか》だ……さすがはイシヌの姫ぎみよ……」

マリヤの顔は血のりで汚れ、火傷《やけど》と打ち身で腫れ上がっていたけれど、死に近い者の目とは思えないほど、らんらんとした光を保っていた。ミイアはどういうわけか彼女のことを初めてきれいだと思ったけれど、そう告げてやる気はなかった。代わりに威厳たっぷりに言い放つ。

「そなたはいささか期待外れじゃ。一族を守ろうとわらわを差し出したのであろう？　そなたが捕らえられては元も子もないではないか！」

カラ・マリヤの笑みが牢の暗闇とともに、すぅっと深まった。

「……お前は少し、思い違いをしているな。私は確かに、お前一人を庇《かば》って一族全体を危険にさらす気など、さらさらないと言った。それは、お前がたとえ我が子であっても同じこと……一族を守るためなら、私は何をも厭《いと》いはしない……」

世にもおぞましい台詞なのに、声音はどこまでも優しく温かだった。彼女は今ミイアを何と同じと言っただろう？　少しも似ていないのに、ふと母さまの姿と重なって見えて、ミイアは思わず目をこすった。

マリヤは語り続ける。

「タータが聞けば、分からんと言い放つだろうな。事実、あれは分かっておらんのだ。誰もがあいつのようには生きられないということを……。水蜘蛛族は西ノ森でしか生きられん、脆《もろ》く弱い民だということを。馬鹿げたしきたりもしがらみも、弱き者のためにあるというのに……。端から壊していきおって……」

くつくつと咽喉《のど》を鳴らすさまはさっぱりとして、愉しげですらあった。その姿にミイアは戸惑いを覚えた。この女はタータを嫌っているのか、いないのか。

「おぉ、嫌いだとも」マリヤは清々しいほど言い切った。「それでも分かっている。水蜘蛛族はあいつを失うわけにはいかんのだ。一族の存在が外の連中に知れた今は、なおのことな。……ラセルタも、そう思っているだろう……。だからこそ、この役目は、私が負わねば、ならんのだ……」

苦しくなってきたのだろうか。息は切れ切れで、声は小さく、話にはまとまりがない。

「その役目とやらは、見事に果たし損ねたようじゃな」

こみ上げてくる熱いものを抑えながら、ミイアは精一杯皮肉ってみせた。薄い唇がかすかに「さて、どうかな?」と動いて見えたが、囁きは聞こえてこなかった。マリヤは深々と溜め息を吐くと、瞼を閉じて静かになってしまった。

――まさか、もう。

胸に裂けるような痛みが奔《はし》った時だった。

ざわめきを感じた。遠くから、けれども確かに、伝ってくる振動。慌《あわ》てふためく人々の足音だとミイアが悟ったと同時に、地を這うような嗤い声が再び暗闇に響いた。

「やっと、来たか」とマリヤが毒づいた。「最後の、最後まで、待たされるとはな……。全てが台無しになるところだったぞ……。あの気まぐれ屋の、ろくでなしめ……」

ミイアを呼びつける神経質な女の声。もうじき牢から引きずりだされるだろう。

別れを告げようとした時、マリヤが足もとの何かを蹴って寄越した。

「餞別《せんべつ》だ。持っていけ……。何もないより、まし……だ……」

カラ・マリヤの長針だった。半分に折れていたけれど、その先端は今もきらりと鋭く光っている。近づいてくる足音に、ミイアは咄嗟《とっさ》に衣の裾をたくし上げると、内側に針を差しこんで隠した。

間一髪。リタが飛び込んできて、ミイアの襟を引っ摑んだ。引きずられつつ、なんとかもう一言と首を捻じ曲げたけれど、マリヤは瞼を半分開けたまま動かなくなっていた。

二　邂《かい》逅《こう》

「ハマーヌ！　おい、ハマーヌ！」

風ト光ノ都の場末、泊まり慣れた安宿の一室で、見るともなしに天井を眺めていると、いきなり扉が蹴破られた。飛び込んできたのは、数日前ふらりと出て行ったきり姿を消していた、ウルーシャであった。

苦労の末、念願の土地を手に入れたのだ。彼はもう戻るまい——そうハマーヌが思い始めた矢先のことだった。自分でも呆けた顔をしていることが分かったが、相棒からいつもの悪態はなく、代わりに切迫した声で告げられた。

「行くぞ！　頭領の館だ。急げ！」

ただならぬ様子にハマーヌは跳ね起き、ウルーシャについて宿を飛び出した。外ではアニランが待っており、ハマーヌの姿を見るとすぐに近づいてきた。

「聞いているか」と問われ、首を振る。「伝令が入った。イシヌ軍が町に迫っている」

「イシヌ？」と聞き返す。公軍《こうぐん》は王女の捜索を打ち切っていたはずだが。

「そうだ。僕も聞いて驚いたよ。これまで不気味なほどなりをひそめていたのに、僕たちが王女を捕らえた途端、動き出すとはね……。どこでどう風向きが変わったのか……」

石畳を駆ける三人に、町のあらゆるところから男たちが現れ、続々と合流していく。見ゆる聞こゆる者でひしめき合う広場を抜け館に入ると、選士の主立った者はすでに集結していた。ハマーヌたちの到着と同時に、壇上の頭領カンタヴァが口を開く。

「皆の衆！ 聞いての通り、イシヌ公軍が攻めてくる！ だが、恐れるな。我らの味方が向かっていると連絡があった！ 援軍の名は、カラマーハ帝軍！」

どよめきが沸き起こった。ハマーヌもまた声を漏らした。カラマーハ帝家と繋《つな》がりがあったとは聞かされていない。辺りを見回しても知っていた者はいないようである。

「帝軍は、装備も実力も全島最強。対して公軍は西方の治安部隊にすぎぬ。力の差は歴然！ イシヌを守ってきた〈治水〉という名の権威も、もう一人の王位継承者が我らの手にある以上、もはや無きに等しい。帝軍はこの機を逃すまじと、イシヌを討ちにやってきている！ 皆の衆、奮い立て。この戦いは歴史を大きく塗り替えるだろう！」

反応は真っ二つに割れた。

頭領に合わせて雄叫びを上げる者たち。当惑した表情で辺りを窺《うかが》う者たち。後者の視線は空を彷徨《さまよ》った後、やがてひとところに集中した。ハマーヌである。数多《あまた》の視線に押し出されるように、ハマーヌは頭領の前へと歩み出た。

「戦う必要はねぇ」

カンタヴァが「なんだと」と牙を剝《む》いたが、構わず続ける。

「公軍に包囲されるまでまだ間がある。住人たちを集めて、さっさとここを脱出したらどうだ。蜃気楼《しんきろう》と砂嵐で身を隠せば十分に逃げ切れる」

「寝言をほざくな！」頭領は激昂《げっこう》した。「町を捨てるだと？　我らがこれまで何を失ってきたか忘れたか！　この地は、命に代えても守らねばならんのだ！」

「いい加減に目を覚ましやがれ！」ハマーヌは正面からぶつかった。「そのくだらねぇこだわりが、ここに災いを引き寄せたンだろうが！」

先祖は確かに多くを失った。しかし、自分たちは果たして何を無くしたのか。国も緑も、この世に生まれ出た瞬間から、ありはしなかった。無いものは失いようがない。

自分たちは持たざる者である。だからこそ、どこへでも行ける。ひとところに恋々としがみつくことなく、風に語らい、星の瞬《また》きに耳を傾けて生きてゆけばよい。確かに、砂漠の暮らしは厳しい。だが、ハマーヌたちは見ゆる聞こゆる者。倹《つま》しくも平穏な暮らしを同胞たちにもたらす力は、きっとある。

ところが、頭領の口から漏れ出たのは罵倒《ばとう》でも賛同の意でもなく、失笑であった。

「語るに落ちたな、式要《い》らずのハマーヌよ、お前は理解できんのだろう。我らにとって、この町が如何《いか》なる意味を持つのか。何故《なぜ》ならお前は――

先祖代々の土地を持つ〈常地主《とこじぬし》〉の子。」

カンタヴァの口の動きが緩慢《かんまん》になったように見えた。

「祖国の大地がみるみる干上がっていく中で、お前の先祖の地は運よく破滅を免れた。つまりお前は風ノ民の血を引いてはいるが、〈失われし民〉ではない。帰るところがあるからこそ、町を捨てるなどという発想が何の抵抗もなく出てくるのだ」

頭領のなぶるような物言いに広間は静まり返っていた。自分の背から次々と視線が外れていくのを感じ取って、ハマーヌの身と心は急速に冷えていった。

――帰るところなど自分とてありはしない。お前たちと何一つ変わらない。

口をついて出かけた言葉を、空虚な思いが塞ぎとめた。

見ゆる聞こゆる者としてともに戦い、同じ道を歩むうちに、ハマーヌはいつのまにか彼らに受け入れられたと感じていた。それは錯覚にすぎなかったのだ。自分はどこに行っても異質な存在なのだろう。

ハマーヌが目を逸らすと、頭領は勝利を宣言するが如く、高らかに指揮を執り始めた。町の守りを固める部隊と敵を迎え撃つ部隊に、選士たちが振り分けられていく。案の定ハマーヌは最前線に置かれたが、理不尽な仕打ちを受けたのは彼一人ではなかった。

カンタヴァが『最新の攻撃術』として、妻リタにある式図を張り出させた時のことだ。

「水蜘蛛族《みずぐもぞく》から聞き出した多重展開法の比求式《ひきゅうしき》だ」頭領が意気揚々と図を指す。「式詠《しきよ》みたちよ、よく見て覚えろ。丹導器《たんどうき》にも勝る凄まじい速さと威力だ」

「待ってくれ！」と声が上がった。アニランであった。「それを実戦に使うつもりか。危険だ！　まだ検証し切れていない部分が……」

「悠長なことを言っている場合か！」と怒声が飛んだ。「試しに唱えた時にはなんの問題もなかったではないか！　口ばかり達者な臆病者め。たまには敵の首の一つも獲ってこい！」

蓋を開けてみると、捨て身の部隊に割り当てられたのはハマーヌに近しい者ばかりだった。こうなると予想していたのか、あるいは腹を決めたのか、当人たちは存外落ち着いた面持ちである。

ハマーヌには、ウルーシャにだけは伝えておきたいことがあった。こちらが近づくと何故か避けるように遠のいていく相棒を強引に捕まえて、小声で告げる。

「戦況をよく見ておけ。もうもたねぇと思ったら、すぐに言え。俺が退路を開く」

ウルーシャ一人に宛てたつもりであったが、相棒は真剣な面持ちで頷《うなず》くなり、すぐさま部屋を耳打ちして回った。カンタヴァが広場に面した窓を開け、見ゆる聞こゆる者たちに演説しているすきに、ハマーヌの言葉があたかも密命の如く伝わっていく。

多くの者がハマーヌにすがるような視線を寄越す一方で、カンタヴァに大きな声援を送っている。そんな彼らの心の揺らぎを、ハマーヌはやはり理解できなかった。もとより分かり合えぬものならば考えるのも虚しかった。眼前に横たわる亀裂《きれつ》と向き合う努力すら放棄して、彼の関心はすみやかに町の外へと移っていった。

——あの女。紺碧《こんぺき》の水使いは来ているだろうか。

「あぁほら、見て。術が解けてきたわ」

ラセルタは被衣《かつぎ》で太陽の光を遮《さえぎ》りつつ、地平線に揺れる蜃気楼を眺めていた。

「さすがに町を丸ごと隠し続けるのは無理があったようね」

大気の薄皮がむけるように、町が黄金の大地に出現した。家々のぶ厚い土塗りの壁、延々と連なる平たい屋根を、強い日差しがじりじりと焼く。路地は狭く、迷路の如く入り組んでいるが、東と西、北と南にまっすぐ延びる大通りが街並みを四つに仕切っていた。町の入り口も、東西南北の四つ。それぞれに立派な門があり、普段はその広々とした口で旅人らを迎え入れているのだろうが、今日はいずれも落とし格子が下ろされていた。四門の上の石組み、ぐるりと町を取り囲む防塁《ぼうるい》の上に、男たちの姿が見える。町の守衛兵だろう。

町の姿が露わになると、イシヌ公軍が動き始めた。ゆっくりと隊列を伸ばすさまは、獲物を呑み込まんとする大蛇にも似る。隊から少し離れた砂丘の上に、ラセルタとタータはいた。

「それじゃ、タータ」と隣の連れに顔を向ける。「ここからは二手に分かれましょう。あたしはカラ・マリヤを探すわ。貴女《あなた》はミイアちゃんを」

返事はない。

イシヌの都を発ってからというもの、タータはずっと口を利かない。怒っているのだ。ラセルタが彼女を騙したかっこうになったからだ。

イシヌ家と水蜘蛛族が文字通り水面下で繋がっていることは、互いの長《おさ》だけの秘密である。ラセルタはイシヌの女王、即ちミイアの実母に会うことを告げず、都に立ち寄った。言えば阻

止されると分かりきっていたからだ。

軍が先にミイアを保護すれば、彼女はそのまま城に帰ることになり、タータとの再会は永久に叶わない。

「仕方ないでしょ」と、先んじて諭《さと》す。「最優先事項はミイアちゃんの救出なんだから。味方は多ければ多いほどいいもの」

「本当に味方かしら」

久しぶりに口を開いたと思えば、随分な物言い。だが、鋭い問いでもあった。怖い顔をして軍を睨む親友に、ラセルタは内心溜め息をつきながら答えた。

「大丈夫よ。ミイアちゃんの味方の、南の大将が率いているから。……あぁ、始まったわ」

どちらが放った術か、町の北門の辺りで爆風が上がった。それが引き金となった。雄叫びと太鼓の音が天にとどろき、公軍が町に突撃する。町人は果敢に応戦しているが、所詮は多勢に無勢。ましてや相手は地方部隊とはいえ、領中から集めた術士を幾年もかけて訓練した、精鋭集団である。早々に勝負がつくであろう。ラセルタとタータは手綱を鳴らし、馬を駆った。

ところが、北側の一角でのこと。整然と並ぶ隊列が、一挙に崩れた。風が木の葉を散らすように兵たちがばらばらに乱れて、砂漠へと押し戻される。砂が巻き上がり、そこにだけ嵐が起きたようである。嵐の中心では、限りなく黒に近い、深い深い緑の衣がつむじ風の如くはためいていた。

ラセルタの脳裏にある話が甦《よみがえ》った。

常に風を纏《まと》い自在に風を読む、〈式要らず〉という異名の若者。

「あそこは駄目だわ！　別のところから町に入り――」

はっと悪い予感がよぎった。隣を窺えば、タータの顔からは先ほどまでの苦々しさが消えていた。代わりに眼差しは熱く、激しく燃え上がっている。

不味《まず》い。ラセルタがそう思う前に、タータは青鹿毛《あおかげ》ヌィの腹を蹴っていた。

高らかないななきとともに、紺碧の衣が嵐の中へと吸い込まれていった。

女の歌声が天に鳴り渡った。

戦場に不似合いな、涼やかなるも艶《あで》やかな音色。誰もが立ち尽くして聞き入った。ハマーヌも足を止めかけた、その刹那《せつな》。

首筋に悪寒が奔《はし》る。考えるより早く、ハマーヌは身を翻《ひるがえ》した。皮一枚で、灼熱の一閃が行きすぎる。地に突き刺さった光線が砂粒を真っ赤に溶かした。

ぞっとする間もなかった。ハマーヌは振り向きざま、拳《こぶし》を振り抜いた。凄まじい衝撃と轟音《ごうおん》。叩き割ったのは、大きな岩石であった。こんなものがどこから飛んできたのか。そう思った時には、岩は砂漠の塵へとさらさらと還っていた。

黄金色の風塵の向こうで、ゆらりと揺れるものがある。その色を一目見て、ハマーヌは確信した。

――来た。

白亜ノ砂漠以来ハマーヌが密かに求めていた、紺碧の水使い。イシヌの姫ぎみが一心に名を呼び続けていた、異次元の丹導術士。

水蜘蛛族のタータである。

金色の砂塵がゆきすぎ、女はさらりと被衣をのけた。ふわりと流れでた髪は、絹糸のように柔らかだった。明るい栗色が陽に透けて、亜麻色にきらめいている。露《あら》わになった唇は、紅《べに》を引いていないにもかかわらず熟れた実のように鮮やかだった。それがゆるやかに開いたと思うと、ひっそりと囁《ささや》いたのだった。

「貴男《あなた》の名を教えて」

ハマーヌはゆっくりと身を起こし、女に対峙した。

「……〈式要らず〉のハマーヌ」

そう答えずにはいられなかった。これまで何の興味もなかった二つ名であるが。

しきいらず。美酒に、あるいは血のにおいに酔いしれるが如く、女は恍惚《こうこつ》と繰り返した。熱を帯びた眼差しが、ハマーヌの周りをそよぐ風を絶えず追いかけている。

「どこかに必ず、貴男のような人がいる。そう信じていたわ」水蜘蛛族の女は囁く。「世界を巡る力と身の内を流れる丹が、常に繋がっている。まるで己の五感のように、森羅万象《しんらばんしょう》を感じ取れる。私の比求式に足りない、最後の一かけらを体現する者……！」

天色の裾からするりと現れたしなやかな腕が、誘うように伸ばされた。

「さぁ、貴男の全てを、私に見せて」

何故であろうか。汗がしたたるほどの戦慄を覚えながら、ハマーヌは微笑《わら》っていた。

見てやるのは、こちらの方だ――そんなことを考えていた。

先に動いたのはどちらであろうか。気づいた時は、ハマーヌの風がタータの炎を薙《な》ぎ払っていた。勢いそのままに跳び、手刀に圧を乗せ、細い身体に躊躇《ちゆうちよ》なく突き込む。ところがぐるりと視界が反転し、摑んだと思った青い衣は跡形もなく霧散した。

背後で上がる、ころころと軽やかな笑い声。ぞっとするほど甘やかな旋律。

再び、きわどいところを衝撃がすり抜けていく。頰に焼けるような痛みが奔った。傷口から流れ込む気配に、かまいたちと知る。風丹術士《ふうたんじゆつし》に風の技を向けるとは、なんたる不遜。なんという大胆不敵！

そう、ほんの数手で分かる。タータなる女は、とてつもなく傲慢《ごうまん》で無邪気であった。天女が雨雲と戯《たわむ》れるように、妖《あやかし》が人を惑わすように、子供が蝶を追いかけるように、生死のぎりぎりのところで相手を玩《もてあそ》ぶ。そうやって、極限に追い込まれた人間が放つ一手を引き出そうというのだ。

――いいだろう。乗ってやる。ハマーヌは心の中で呟いた。

ハマーヌの身体に傷が増えるたび、仲間たちが息を吞む。ウルーシャが悲鳴のように、彼の名を呼ぶ。しかし、今のハマーヌにとっては、それらは全て雑音にすぎなかった。耳を断ち、視覚を断ち、五感の全てをそぎ落とし、自我の壁を越え、無意識のその先へと突き抜けていく。

全てを脱ぎ捨てた虚無の世界に、鮮やかに浮かび上がる丹の粒をみた。それらは震え、波打ち、飛び跳ね、弾き合っては引き合って、やがて一つのうねりを生んだかと思うと、たちまち四方八方に散っていく。混沌とした秩序の中で、肉体という境界線はもはや意味を為《な》さず、ハマーヌもまた一握りの丹となって、力の移ろいの中へと溶けこんでいった。

器というくびきから解放され、凄まじい奔流《ほんりゅう》に身を任せる。翻弄《ほんろう》されるという悦《よろこ》びを、ハマーヌは初めて知った。彼は今ひとすじの風であった。このうえなく熱せられ、高みへ高みへと押し上げられ、雲竜のように膨れ上がりながら天の彼方まで昇りつめる。

不意に荒れ狂う音の嵐が掻き消え、痛いほどの静寂が訪れた。そこでは万物が薄く長く引き延ばされており、時の流れすらも緩慢としていた。

先ほどまで小さな粒子としか感じられなかった丹が、蕾《つぼみ》の綻《ほころ》ぶようにほぐれていく。露わになった丹の姿をどのように呼んだものか。結び目のないひとすじの紐が、次元をも超えて竜巻《たつまき》の如く廻り続ける、幽玄なるさまを。

ふと、透きとおった声音が響き渡ると、渦巻く弦がいっせいに共鳴した。荘厳な調べに心打たれたハマーヌは、自らもこれを奏でたいと強烈に焦《こ》がれた。

虚空を舞う竜巻の一つにそっと触れる。渦はたちまちハマーヌの指先に馴染んだ。彼の鼓動と弦の振動が溶け合うと、周囲の渦も次々と呼応した。

刹那、ハマーヌは隼《はやぶさ》が地上の獲物目掛けて急降下するような感覚を覚えた。と同時に時が動き始め、物体が形を取り戻していく。指先に絡まった弦の竜巻もみるみる凝集し、再び丹の粒となった。粒は陰や陽の力を帯び、弾き合っては引き合い、やがて、それぞれの収まるべき場を見出すと、互いに強固に結び合いつつ、一つの大きなかたまりとなっていった――

鼓膜を貫く轟音に、ハマーヌは我に返った。そして目を見張った。

紺碧の水使いが喚《よ》び出した巨大な鉱石柱が、ハマーヌの胴体を貫かんと大地から突き出している。ハマーヌの命があるのは、岩柱の軌道が逸れたからである。

タータの柱に激しく衝突してぎちぎちと鍔迫《つばぜ》り合いをしているのは、もう一つの鉱石柱だった。ハマーヌが視線を落とすと、眼前にそびえる鉱石柱の根元に己の指先が触れていた。

いったい何が起こったのか。記憶は曖昧《あいまい》であった。ただ、この岩柱を作り出したのは確かに己であると、ハマーヌは悟った。

岩の創造は土丹術《どたんじゆつ》の領域。

彼は今、土を操ったのだ。

ハマーヌが手を離し、タータが口を閉じた。ぱんっと泡が弾けるように、二つの巨石が砂へと還る。たちこめるほこりの幕に映る女の影が、首に纏わりつく髪を掻き上げた。

「素敵なひと」恍惚とした声が囁く。「あぁ、本当に、なんて素敵……！」

そこから俄然《がぜん》、タータの術色が変わった。式を途切れなく紡ぎ、丹を幾層にも重ね、怒濤《どとう》の如く畳みかけてくる。しかし、今のハマーヌにはどれも易々と追えた。むしろ、術が速ければ速いほど、即ち、唱える比求式が短ければ短いほど、丹の軌道に無駄がなく、どこに向かうか読みやすい。初めこそ、タータの術筋をたどっていたハマーヌであったが、徐々に追い迫り、やがて互角の速さとなった。

ついには越えようという、その時。

ハマーヌとタータは全く同時に、術を止めた。


「さぁ、お姫サマ。座り心地はいかが?」

ミイアを柱にくくり終えると、リタは意地の悪い微笑みを浮かべた。

「おっと、口を塞いであったっけネェ。ま、援軍が来るまでの辛抱サ」

リタと夫カンタヴァはミイアを連れて、『自分たちの舞台』という屋上の物見台に上がった。大通りが交差する場に建つ頭領の館はどの建物よりも高く、町全体がすっきりと見渡せる。

「始まったぞ」カンタヴァが声を上げた。「やはり四方から同時に攻めてきた。我が光の妻よ、北門は今どうなっている?」

リタは夫の指さした方角に向けて比求式を唱えた。遠見《とおみ》ノ術《じゅつ》のようだった。派手な節回しが耳に障るけれど、迷いのないしっかりとした謡《うた》いかただった。

「……式要らずが戦っているよ」と告げながら、リタはちらりとミイアを見やった。「女とね。紺碧の衣の」

タータだ。カラ・マリヤの言ったとおりだ。ミイアは目頭がかっと熱くなったけれど、今は泣くときではないとよく分かっていた。懸命に顔を顰《しか》めて堪《こら》えていると、なんて小憎たらしいガキだろと罵《ののし》らんばかりの表情をリタがよこした。

「白亜ノ砂漠で取り逃がしたという、水蜘蛛族の女か」カンタヴァがせせら笑った。「公軍に交じって来るとは、しゃらくさい真似を。あの生意気な若造めがどこまで食い下がれるかな。せめて、相討ちぐらいはしてもらわんとな」

「それより、アンタ。北側の隊列が分かれて、東と西に回りこんできたよ。今はなんとか持ちこたえているけど、加勢されちゃたまらないよ」

「構わん、却って好都合だ」と言って、頭領は物見台から顔を出し、部下に命じた。「できる限り多くの敵を引きつけろと伝えろ。式詠みたちは例の式の詠唱に入れ」

威勢のいい返事がすぐさま返った。ばらばらとせわしない足音とともに、部下たちが散っていく。町に目を戻した頭領は勝ち誇った笑みを浮かべていた。

「イシヌの犬どもめ、今に吠え面をかかせてやるぞ」

しばらくして、式を唱える男たちの声が風に乗ってやってきた。それを聞くうちに、ミイアの背中はぞぉっと冷たく強張っていった。

どうしてかは分からない。音の並びそのものには、おかしなところはなんにもない。むしろきれいな調べだった。なのに、こうやってあちこちから一斉《いっせい》に唱えられると、少しずつ音がずれて、とてつもなく嫌な、恐ろしいものへと変わっていくのだ。

ミイアの脳裏に、カラ・マリヤの不敵な笑みが浮かんだ。

ハマーヌとタータは全く同時に、術を止めた。

風に乗って流れてきた不協和音のためだ。ひどく異様な音階のたどり着く先を、ハマーヌの耳が瞬時に読み取る。

身の毛がよだった。

「やめろ！」咄嗟《とっさ》に、声を張り上げる。「唱えるな！　今すぐ、詠唱を止めろ！」

突然の怒鳴り声に驚いたか、北門の上に陣どる面々は静まり返った。ハマーヌの意を酌んだアニランが、他の三門に向けて即座に号令を飛ばす。

「詠唱やめ！」「詠唱やめ！」「中断！　中断！」「中断！」

必死の叫びが町を駆け抜けていく。しかし間に合うはずもなかった。

爆音の連鎖。天に吹きあがる炎。舞い上がるがれきの数々。

紺碧の空に黒い煙がもうもうと上がった。

「南門の一角が消し飛んだ！」物見役のウルーシャが叫ぶ。「西と東は防塁が大破！」

「くそッ！」アニランが珍しく声を荒らげた。「式の相乗効果で暴発したか。だから危険だと言ったんだ！」

立ち昇る黒煙を誰もが呆然と眺めていた。そこへ、人のものと思えぬほど柔らかな笑い声が響いた。紺碧の水使いであった。

「あの比求式」と煙を指差し、ハマーヌを見つめる。「マリヤのものね」

鉄かんざしの女のことだと、ハマーヌは察した。彼の沈黙こそが答えであった。

「なんて見事な式」タータは独り宙に語りかける。「こんなことができるなんて。私は本当に、貴女のこと、なんにも分かっていないみたい……」

水使いの微笑が、いっそう深みを帯びた。高揚した喜びの中に濃い影が差しているように見えるが、その色の意味はハマーヌの知るところではなかった。

タータは瞑想に耽《ふけ》るように両の瞳を閉じた。含みのない澄み切った声音が「式要らずのハマーヌ」と呼ぶ。

「貴男と会えて本当に良かった。ずっとこうしていたいけれど、私のために道を開いてくれた人がいるようだから――」

研ぎ澄まされた眼差しがハマーヌを貫いた。

「――通してもらうわね」

考えるより先にハマーヌは動いた。そうしなければ呑まれそうなほど、得体のしれぬ恐怖が彼に襲いかかってきたからだ。

四肢が重い。まるで魔物が絡みついたようだ。しかし、止まれば終わりとハマーヌは知っていた。己を奮い立たせ、持てる丹と術の全てを掻き集めて、紺碧の衣に一挙に叩き込む。

手応えはなかった。

何故。そう思う前に鼻歌のように気負いのない声が響いた。その気まぐれな調べには、これまでの人知を超えた精巧さの面影すらもなかった。歌に触れた丹は、集まったと思えば崩れ、熱したと思えば冷め、捉えどころのない動きばかり見せている。その意図なき意図に気づいた瞬間、ハマーヌは戦慄した。

あたかも、砂糖の粒を茶に落としたが如く。

ハマーヌの放った丹が、タータの歌の中にすぅっと溶けていく。

彼の窮地を察したか、北門の上の同胞らが一斉に術を繰り出した。風と光がなだれをうって女術士に襲いかかる。しかし全ての術は今、彼女の糧《かて》でしかなかった。蜘蛛の糸が羽虫を絡めとるように、丹をなめらかに吸い取って、タータの術がみるみる膨れ上がっていく。

生み出されたのは、砂丘よりも高く空よりも澄み切った、純水の大波であった。

どうしようもなかった。ハマーヌは指一本動かせないまま、逆巻く大渦に呑み込まれた。五体がばらばらに引きちぎられるような衝撃。耐え切れず水を飲み込み、焼けるように痛む肺の腑《ふ》。爆発しそうな心の臓に、空気を乞う臓腑たち。

意識を手放す寸前、ハマーヌは砂の上に放り出された。激しく咳き込みながら、身体を叱咤《しった》して町へと視線を向ける。

霞《かす》む視界に映ったのは、青鹿毛に跨《また》がった紺碧の水使いが大波とともに、悠々と北門を越えていくところであった。

三　失われしもの

「まったく、もう！」ラセルタは独り毒づいた。「なんなのよ、さっきの爆発は！　危うく巻き込まれるところだったじゃない！」

　彼女は今、東門を少し行った先の細い路地にいる。

　つい先ほど、イシヌ公兵に交じって東門を突破した。そこへ世にもおぞましい式が聞こえてきたのだった。一心不乱に馬を駆り、間一髪、横道に滑り込んだが、ほんの数拍でも判断が遅ければ、今頃は木っ端微塵《みじん》になっていただろう。

　あの仕込み式はカラ・マリヤのものに違いない。若い舞い手たちのどうしようもなく崩れてしまった秘文《ひぶん》を直すのも、手枷足枷《てかせあしかせ》のような彫りを与えて意中の相手を縛るのも――比求式《ひきゅうしき》のずれの応用は、彼女の最も得意とするところだ。

　それにしても、清々しいまでに容赦のない攻撃だった。式の隠された意図に気づいた誰かが中断の指示を咄嗟《とっさ》に飛ばしていなければ、町は中心辺りを残して八割がた吹き飛んでいたはずだ。カラ・マリヤがどこに捕らわれているかは定かでないが、完全に術が嵌っていれば、彼女自身も無事では済まなかっただろう。どんな犠牲を払おうとも敵を殲滅《せんめつ》せんという揺るぎない意志が感じられる。

「冗談じゃないわ！」ラセルタは宙に向かってまくし立てた。「カラ・マリヤ。貴女《あなた》、もう帰らないつもりじゃないでしょうね。そんなこと絶対に許さないから！」

そこへ弱々しい呻き声が聞こえた。地面に目をやれば、うずくまる人影があった。

「ちょっと、そこの貴方《あなた》、大丈夫？……あらっ」

介抱してやろうと馬を降りたはずが、ラセルタはつい声を弾ませた。よくよく見れば年の頃十六、七ほどの男子であった。土ぼこりにまみれているが下ろしたての襲衣《おすい》を着ており、今日が初陣だったのだろう。切れ長の賢そうな瞳がなかなか好ましい。

婿《むこ》探しは当分無理と諦めていたが、これは思いがけない収穫である。ラセルタが微笑みかけると、青年は妖《あやかし》に出くわしたかのような顔をした。

ずるずると壁際にあとずさっていく彼に、ゆったりと歩み寄る。頬に触れ、髪を撫で、そのまま、するすると身体の具合を確かめようとした時だ。喧騒が聞こえ、ラセルタははたと手を止めた。北門の辺りが妙に騒がしい。

「タータったら。やっと動く気になったのね。何しにここまで来たのか、もう忘れたかと思っていたわよ」

ラセルタは自分を棚に上げて皮肉ると、青年へと向き直った。

ているかしら？」

「可愛い貴男。教えてちょうだい」と、あやすように問う。「水蜘蛛族《みずぐもぞく》の女はどこに捕らわれ

水蜘蛛族と聞くや、青年の目に浮かんでいた戸惑いの色が、確固たる恐怖に塗り替わった。悲鳴が上がるすんでのところで、彼の唇を塞いで黙らせる。

素直に言えば何もしない。そうなだめすかして、ようよう牢獄の位置を聞き出した。青年は今にも逃げ出しそうだが、ラセルタにはもう一つ聞いておきたいことがあった。ミイアの居どころだ。

青年は知らなかった。仕方ないので、代わりに彼らの頭領について尋ねる。真一文字に結ばれた口とは裏腹に、怯えた両目がふっとラセルタの肩越しに仰いだ。視線をたどって街並みに連なる屋根の向こうに目を凝らす。

見えたのは、町の中心にそびえる、ひときわ高い屋敷であった。屋上の物見台で、きらりと何かが瞬《またた》いたと思った、次の瞬間。

町が揺れた。

ラセルタたちのいるほんの数棟先で、砂けむりが立ち昇る。

壁に身を隠しつつ、そっと大通りを覗き込む。崩れ落ちた民家の向こうで、イシヌ兵たちが慌《あわ》てふためいて退いていくさまが見えた。それも束の間。ひゅるる、と風が高らかに鳴ったと思うと、彼らの姿は舞い上がるがれきとほこりの中に消えていた。

風ノ一矢。そんな名がラセルタの脳裏に浮かんだ。思わず下唇を噛む。長射程かつ百発百中

の技とは。こちらが幾万通りの丹導術《たんどうじゅつ》を扱えようと、間合いにも入れられぬままに終わるだろう。こんな厄介な相手をいったいどうやって討つのか。

光がきらめくたび、町のあらゆるところで爆風が巻き上がる。轟音《ごうおん》が鳴り渡るたび、町から消えかけていた戦意という名の炎が再び燃え立つのを感じた。

ラセルタの背後で笑い声が上がった。振り返れば、先ほどまで恐怖に凍りついていた青年の目がらんらんと光っていた。

「見たか！ あれが我らの頭領だ！」青年が唾を飛ばしつつ咆《ほ》える。「あの人がいる限り、この町は落ちん！ 西ノ森の化けものめ、殺さば殺せ。死など恐れるものか！ どんなに踏みにじられようと、我ら失われし民は決して屈しはしないのだ！」

利発そうな顔がみるみる狂気に引きつれていく。歪んだ笑みの奥に、この町に巣食う千年の怨念が垣間見えた。

「アンタ！ アンタ！」リタが夫の肩を叩く。「東から新手の軍勢が！」

「旗の紋を見ろ！」カンタヴァが怒鳴り返した。「イシヌ家の竜か、カラマーハ帝家の双頭の白牛か。どちらだ！」

「白だ。牛に頭が二つ……！ カラマーハだ、援軍だよ！」

リタが感極まって叫ぶと、カンタヴァは狂ったように笑い出した。

「見ゆる聞こゆる者たちよ、勝利は目前に迫った！ だが、攻撃の手は緩めるな！ 一つでも多く、イシヌ兵の首を獲るのだ！」

頭領の言葉が届いたか、町のあちこちで雄叫びがこだました。

カラマーハの名前を聞いて、ミイアはなんとか縄を解こうと必死にもがいた。リタが目敏く彼女を押さえつける。

「さあ、小さなお姫サマ。そこでしっかりと見ておいで。この戦いがイシヌの終わりの始まりサ」

愉快で愉快でたまらない。そう言わんばかりのリタの目を、ミイアは力いっぱい睨み返した。まだ何も終わってなんかいない。そんな思いをありったけ込めて。

その時、町がどよめきに揺れた。口々に叫ばれる、砂漠にはありえない言葉。

大波だ。

「北門、水没！」と、悲鳴まじりの報告が飛んだ。「こっちに向かってくる！」

頭領夫婦が弾かれたように顔を上げた。ミイアも彼らの目線を追って、こうべを巡らせた。

屋敷の前の広場から北へと延びる大通り。そこを駆け上がる白く波立つうねり。

奔流《ほんりゅう》に呑まれた家々がたちまち溶けていく。雨のない地では煉瓦は日に干しただけ、焼き固めてなどいないのだ。波が行きすぎた後は、石組みの防塁《ぼうるい》と門構えを残しきれいに消え失せていた。タータの大水が進むにつれて泥を含み、黒く染まっていく。

竜だ。黒竜が来る――攻め上がる激流に誰かがそう叫んだ。

「何が竜だ」カンタヴァだけが嗤《わら》っていた。「飛べもせず、焔《ほのお》も吐かぬ。地面をのたうち回るだけの鈍重な水のかたまりではないか」

「馬鹿だねぇ、あの水使いったら」と、リタが同じ調子で嗤った。「これ見よがしに波の上に乗っちゃってサ。あれじゃあ的になりに来たようなモンだね」

「では望み通り、撃ち落としてやろう」

物見台の柵にだんっと足をかけた頭領は、悠然と腕を引き上げた。弓形の風丹器《ふうたんき》がきりきりと甲高《かんだか》い音を立てながら、ゆっくり引き絞られていく。隣で、妻のリタが光の式を朗々と唱え始める。

ミイアは塞がれた口で、精一杯叫んだ。タータ、危ない。よけて、逃げて、と。

でも、届くはずもなかった。

ひょうと風が鳴る。カンタヴァが満足そうに弓を下ろした時、ぱんっと黒波が弾け、紺碧の空に水柱が立った。ちりぢりになった水が、糸の切れた操り人形のように大地に降りそそぐ。北の街並みに泥を撒き散らした後、タータの生み出した大水はあとかたもなく蒸発した。

ミイアの悲鳴は、大歓声に掻き消された。町人たちがカンタヴァの名を何度も呼んで称える。渦巻く熱気の中、興奮に頰を染めたリタが甘えるように夫にすり寄った。

ところが、妻を抱き寄せるはずの頭領は、ぐらりと大きく傾《かし》いだのだった。

「カンタヴァさんが倒れた!」

ウルーシャの言葉からゆうに数拍遅れて、濡れそぼった北門がどよめきに包まれた。とても信じられなかったのか、光ノ民たちが我も我もと遠見ノ式を唱えて確かめたが、絶句して立ち尽くすに終わった。

彼らには今の攻防が見えなかったようだ。無理もない。ハマーヌとて、残像のような気配を追うのが精一杯であった。

ハマーヌは戯《たわむ》れに、しかし幾度となく夢想したものだ。如何《いか》にすれば風ノ弓を攻略できるかと。どんなに無敵とされる武器でも、弱点はあるはずだと。

そのためにはやはり、まずは第一矢を躱《かわ》すことであろう。弓に限らず、長距離弾を放つには、構えから狙いを定めるまでそれなりの時間を要するものだ。その間、撃ち手には大きなすきが生じる。さらに弾道から撃ち手の位置を把握することもできる。

眉間に筒先を押し当てられているならともかく、ある程度の距離があれば躱すことはさほど難しくあるまいと、ハマーヌは考えていた。問題は次である。第二矢までの間隔はほんの数拍。間合いを詰めている余裕はない。ならば、こちらも長距離弾をもって勝負するほかない。

彼はいつも、ここでつまずくのだった。

風ノ弓に匹敵する飛距離と威力を生身で創りだす術を、彼はどうしても思いつかなかった。ところが、タータはそれをやってのけたのである。

カンタヴァの狙いには、寸分の狂いもなかった。彼の放った風ノ矢は町の上空を切り裂き、正確にタータを射抜いた——そう思われた。

矢が届こうという刹那《せつな》である。タータの乗る大波が盾の如くせり上がった。衝撃波の直撃を受け、ぶ厚い水壁が瞬時に蒸気へと転じ、一挙に膨れ上がる。焔なき爆発が生まれ、冷たい白煙とともに天地を揺さぶる。その膨大な力のかたまりを利用して、タータは圧縮した水の弾丸を、カンタヴァ目掛けて撃ち返したのであった。

風ノ矢の軌道をなぞるように水滴が飛翔していく気配を、ハマーヌの第六感だけが辛うじて捉えていた。敵味方の立場も忘れ、ハマーヌは感じ入った。未知の技を目にした瞬間に、ここまで読み切ってしまうとは。

——これが水使いか。ハマーヌは思った。なるほど、全ての力を統《す》べる者とは、よく言ったものだと。

丹を操ることそのものは、今のハマーヌにとって容易《たやす》いことだ。彼の研ぎ澄まされた感性をもってすれば、一つ一つの技の精度は、あるいはタータを上回るであろう。しかし、水丹術《すいたんじゅつ》は感性のみで為《な》せる技ではない。刻一刻と移り行く丹の流れを見切り制御するだけでなく、時に力と力を反応させ望む形へと変質させる——そのためには膨大な知と経験、それらを統合する〈物ノ理《ものことわり》〉への深い理解が不可欠だ。

理解したい。ハマーヌは生まれて初めて心の底から願った。理解なるもの自体、彼の持てる能力ではないと知りつつも。

ただ、タータの返し技は実に見事であったが、自ら爆発に飛び込むが如くで、無鉄砲の極みである。あの様子では、術士本人とて無傷では済むまい。実際、大波がちりぢりに弾け飛び、全て大気へと帰した後、紺碧の衣はどこにも見えなくなっていた。

ウルーシャの光丹術《こうたんじゅつ》なら、彼女を探し出せるだろうか。

丹を自在に操れるようになった今でも、ハマーヌは光の領域に足を踏み入れる気はなかった。その発想すらなかった。彼にとって光は聖域である。「まだ傷の手当てが終わっていない」と引き留めるアニランを振り払い、北門の上で物見役を務める相棒のもとへと駆け登る。

全員が呆然と頭領の館を見つめる中、何故《なぜ》かウルーシャだけが違う方角を向いていた。傾きかけた太陽と反対側である。深く考えなかったハマーヌだが、相棒の表情に思わず足を止めた。蠟の如く蒼白な顔がそこにあった。

「ハマーヌ」弱々しい声が呼ぶ。「俺の目、いかれちまったみてぇ……」

その言葉に仰天したハマーヌは、ウルーシャの肩を掴み、無理矢理こちらを向かせた。ところが鳶《とび》色の目に傷などなく、しっかりと見つめ返してくるではないか。

驚かせるな。怒鳴ろうとして、ハマーヌは気づいた。相棒が激しく震えていることに。

「そうじゃなけりゃ……」息も絶え絶えにウルーシャは訴える。「なんで援軍が、援軍のはずのカラマーハ帝軍が、この町を攻撃してンだよ……」


たちこめる血のにおいで、えずきそうになるのを、ミイアは懸命に堪《こら》えていた。

「アンタ、しっかり！　すぐに医丹士《いたんし》が来るよ！」

必死に傷口を押さえるリタの両手が赤く染まっていく。カンタヴァの息も吐くごとに荒く、速くなっていく。それでも頭領は頭領だった。

「水使いは？　戦局はどうなった！」しゃがれた声で怒鳴る。

「大丈夫、大丈夫サ」リタが自らに言い聞かせるように答える。「あの女はアンタの攻撃で消し飛んだよ。カラマーハ帝軍も、もう着いた頃だか――」

ふくよかな唇に張りついた笑みが、急に凍った。リタは血相を変え、ついさっき援軍が来たと指差した方角を振り返った。焦りのせいか何度も詰まりながら、遠見ノ式を唱える彼女の顔から、みるみる血の気が引いていく。

「まさか」

彼女の呟きに応えるように、ばたばたと慌ただしい足音が鳴った。物見台に顔を出した部下たちは皆、リタと同じように真っ青になっていた。

「カラマーハ帝軍がイシヌ公軍に合流！　町の襲撃を開始しました！」

「馬鹿お言いでないよ！」リタは金切り声を上げた。「そんなことがあるモンか！　カラマーハがイシヌと組むわけがない。王女を探し出せって言ってきたのは、あいつらなんだ！　一緒にイシヌを倒したら、この地に水を引くって約束なんだから！」

そこに、地獄から湧き上がるような笑いが響いた。カンタヴァのものだった。

「おのれ、カラマーハめ。最後の最後で怖気づいたか。大地の覇者となるために、天の権威を打ち崩すのではなかったのか。口先ばかりの腰抜けめ……！　我ら失われし民は、千年の渇きにも屈せず、抗《あらが》い続けてきたというのに……！」

頭領はリタが止めるのも聞かず、風ノ弓を支えに立ち上がると、獣のように吼えた。

「風ト光ノ息子らよ！　戦え、戦うのだ！　乾ききった祖国の砂に、裏切り者の血を雨の如く降らせるのだ！」

　ところが、歓声も雄叫びも、なんにも返ってこなかった。帝軍の様子を伝えに来ていた部下たちすら、物見台から消えている。頭領夫婦がわめいている間にそっと逃げていくところを、ミイアだけが気づいていた。

　町はもう滅茶苦茶だった。住人は狼狽《うろた》えきってでたらめに行き惑うばかり。もみ合い、ぶつかり合い、転んで、倒れて、踏み潰されて。家族を探し求める声と子供の泣き声が入り乱れる向こうで、鎖帷子《くさりかたびら》の揺れる音がどんどん近づいてくる。

　恐怖が全てを呑み込もうとした、その時だった。

「北門へ！」

　大地を吹き抜ける風のように、号令が飛んだ。

「みんな、北へ！」「北門に向かえ！」「北へ走れ！」

　高らかに呼びかけながら、北の大通りを駆ける一行がいた。彼らの中に、一人の若者の姿を認めたカンタヴァが、鬼のように牙を剥《む》いた。

「式要《い》らずの、ハマーヌ……！」

　帝軍の裏切りを聞いた時、ハマーヌが達した結論はただ一つであった。

　この町は落ちる。留まる理由はもはやない。

「退くぞ」

短い囁《ささや》きに、ウルーシャの顔色がさっと変わった。戦いの前と同じく、彼はハマーヌの腕をすり抜けて、仲間のもとへと走っていった。

「退却しやしょう！」ウルーシャが声を張り上げる。「北門周辺は敵が少ない。今なら突破できます！　すぐに町の人たちに呼びかけて、一人でも多く、北の砂漠へ逃がすんです！」

彼の言葉に同胞たちは我に返ったようであった。即座に、同意の声が上がる。確かに現在、敵兵は町の南側から中心区へと攻め上がっており、北側は手薄だ。カラ・マリヤの仕込み術をいち早く見切ったことで、門と防塁が残っているのに加え、ハマーヌとタータの激闘が結果として、敵を遠ざけたのだった。

放心状態の北門の陣はにわかに息を吹き返した。そんな中、ハマーヌは深い感慨をもって、ウルーシャの背を見つめていた。

この男は死ぬか生きるかの瀬戸際にあってなお、他者を思うのだ。自分とはなんという違いであろう。生まれの違いを揶揄《やゆ》されただけで、人は分かり合えぬものよと全てを投げ出した、軟弱な己とは。

ウルーシャの後を追うように、ハマーヌは足を踏み出した。

「呼びかけには俺が行く」

そう告げると、ウルーシャを含め選士たちが度肝を抜かれたような顔をした。

「待てよ、ハマーヌ」焦ったふうに相棒が言う。「お前が行ってどうすんだよ。声を上げて回ることぐれぇ、俺らにもできらぁ。お前はここで皆をまとめなきゃ――」

こちらの台詞《せりふ》だとハマーヌは思った。人を束ねるなど、自分の領分ではない。それはウルーシャのものだ。第一ハマーヌには、皆を逃がす方角すら指示できない。しかし、「北に逃げろ」と触れ回ることはできる。

そもそも町に戻れば十中八九、敵と接触する。激しい戦闘になる。ウルーシャを送り出し、自らは後方に残る――ハマーヌにその選択肢はなかった。帰りを待つ家族があり、ともに歩む仲間を持ち、安らぎと笑いに満ちた未来を望む彼と、何も持たぬ自分。命を賭けるべきはどちらか、考えるまでもなかった。

普段は察しのよいウルーシャが、今日という日に限ってハマーヌの思考を読もうとしない。埒《らち》もないことばかりをまくし立て、説き伏せてくる。舌の回転では到底敵わぬハマーヌは反論せんと懸命に言葉を掻き集めたが、ついに耐え切れず爆発した。

「うるせぇ！」と言い放つと、ようやく相棒は口をつぐんだ。「俺が行く。てめぇは残れ。たどり着いた住民を率いて、蜃《しん》気《き》楼《ろう》で身を隠しながら、とっととここを脱出しろ！」

答えはなかった。ウルーシャの口もとが震えて見えたが、その意味は分からなかった。確かめる時間もなかった。光の加減であろうと無理に結論づけ、ハマーヌは素早く北門を降りた。これが最後の語らいかと、ふと思いつつ。

十数人の見ゆる聞こゆる者が馳せてくる。彼に加わりたいと言う。町人を守りつつの退却という困難な戦いだと脅しても、誰一人として引き返さなかった。全員が口を揃えて、だからこそ行くのだ、同胞を救いたいのだと語った。

「みんな、北へ！」「北門に向かえ！」「北へ走れ！」

高らかに呼びかけながら町の中心へと駆ける。声が届いたのか、町の人々は追い立てられる羊の如く一心不乱に、ハマーヌたちが来た方角へと走り始めた。

人の流れに逆らって悲鳴と騒音の大きな方へと向かう。敵の先陣はすでに大通りに突入していた。逃げ惑う住民たちの背中目掛けて刃が振り上げられた瞬間、ハマーヌは石畳を蹴った。

涼やかな音が鳴る。太刀が折れ、敵兵が宙を舞う。

ハマーヌの身体を追うように、風が通りを吹き過ぎる。巻き上げられた衣の色を見て、敵の一人が叫んだ。

「鉄《くろがね》色の襲衣《おすい》！〈式要らず〉だ！」

兵たちの標的が変わった。刀が、槍が、矢じりが、術が、丹導器が、全てハマーヌへと向けられる。ハマーヌもまた、全身の神経の一本一本を彼らへと向けた。

前後も分からぬ戦いの中で、ハマーヌの胸にはこれまでにない心地が広がっていた。殺伐としながらも晴れ晴れとした高揚感。自分は今、この地の人々とともにあるという確固たる自負。それは不思議なまでに満ち足りた感覚であった。

ふと、昔の放浪の日々を思い出した。あの日、ウルーシャに再会しなければ。あの時、彼の言葉に頷《うなず》いていなければ。自分は今頃どこでどうしていただろうか。少なくとも、今この時のように誰かのために戦うことなど、なかったに違いない。己の生まれた意味すら見出せぬまま、人を恨んで世を呪って、朽ち果てていたに違いない。

比求式も進むべき道も、人の心すら読みとれず、丹が奏でる世界へと逃げこみがちな自分を、ウルーシャは幾度となく引き戻し、人の世に留め置き続けた。それがどれほどの救いであったか、彼は知らぬに違いない。知る必要もないとハマーヌは思った。いつの日か、ウルーシャがなごやかな暮らしを送る中で、ほんの一瞬でも自分を想ってくれたなら、それで良い。

目端にきらりと光が瞬いた。凄まじい殺気。丹が異様に騒ぎ、ハマーヌに知らせた。颪ノ弓の筒先が彼を狙っていると。

頭領の動きは緩慢《かんまん》だ。避けることは容易であった。敵兵の攻撃も激しいが、防ぐことは十分できた。しかし、そんなハマーヌの視界に、ある光景が飛び込んできた。

逃げ遅れて今まさに斬り殺されんという、一人の少年。

彼を救わんと覆いかぶさる、父親らしき壮年の男。

ハマーヌは迷わず彼らを選んだ。

街道に手をつく。地鳴りが響き渡る。石畳が壁の如くせり上がり、父子を守った。

彼らの無事を確信した、その瞬間。ハマーヌの肢体は、がくりと鉛《なまり》の如く重くなった。迫りくる数多《あまた》の切っ先と、引きしぼられる弓の弦のきしみを感じつつ、彼はもはや立つこともままならなかった。

突如として訪れた肉体の限界は、しかしながら痺《しび》れるように甘かった。こんな終幕ならば、存外に悪くない人生ではないかと、ハマーヌは独り微笑むと、己の身を支えるのをやめ、丹を読むのもやめて、ゆっくりと瞼《まぶた》を下ろした。

目を閉じ切る直前。

霞《かすみ》のかかった視界が、ぐにゃりと歪んだ。

ハマーヌを撃ち抜くはずの風の衝撃。それが明後日《あさって》の方に飛んでいく。ハマーヌを切り刻むはずの穂先は目標を見失い、ふらふらと行き惑う。

そこへ、聞こえるはずのない声が彼をどやしつけた。

「ハマーヌ！」

温かみのある硫黄《いおう》色の襲衣《おすい》が風に揺れる。

「ハマーヌ、なに寝てやがる！　とっとと、こっちに来やがれ！」

伸ばされる腕に引き寄せられるように、ハマーヌは起き上がった。ウルーシャが支えるようにして自分を抱きとめるのを感じた。

それが合図となり、見ゆる聞こゆる者たちがハマーヌら二人を囲んで走り始めた。もっともウルーシャの術が効いており敵兵は追ってこなかった。

北門が近づくとウルーシャは安堵したか、歩を緩めた。ハマーヌも一呼吸つかねばもたなかった。同胞らに先に行くよう促し、二人は揃って足を止めた。荒い息の中で視線を絡めると、やがてどちらからともなく笑いが漏れた。

「おい、見たか？」ウルーシャが息を弾ませて訊いた。「風ノ一矢が外れた瞬間！」

頷いてみせると、歓呼の雄叫びが上がった。

「やったぜ！　とうとう、やってやった！　あのリタさんに競《せ》り勝ったんだ、この俺が！　すげぇ！　信じられねぇ！」

紅潮した頬に中《あ》てられて、ハマーヌも陶然としつつ、不思議に思った。この男はいったい、何が信じられないと言うのだろうか。

常ならばそうした感情は言葉になることなく彼の胸中に取り残され、風化するだけである。ところが今、彼の舌は妙になめらかであった。気づけば、ハマーヌは「当然だ、お前なら」と告げていた。

「なんだ、えらく素直だな。気持ち悪ィ！」と明るい悪態が返った。「あれか。やっと分かったのか。お前は、このウルーシャさまがいねぇと駄目だってぇことがな！」

途端、何かが堰《せき》を切って、ハマーヌの胸にこみ上げた。

「あぁ、駄目だ」と彼は答えていた。「駄目なんだ、本当に。お前がいなければ、俺はとっくに駄目になっていたに違いねぇ……」

告げるつもりのなかったことだ。まともな言葉が咄嗟に浮かばず、もはや何を言いたいのかすらも、ハマーヌは分からなくなっていた。相手の言葉を繰り返すだけの、やまびこの如きものだったが、それでも何かは伝わったようであった。ウルーシャはこれまでにないほど驚いた、しかし底抜けに嬉しそうな笑みを浮かべて、ハマーヌの肩を小突こうとした。

しかし、その拳《こぶし》はハマーヌに届くことはなかった。

細い腕がふらふらと頼りなく、空を切る。

ウルーシャの身体が糸が切れたようにくずおれた。咄嗟に相棒を掻き抱いたハマーヌは、手に触れたものにぞっと総毛立った。

なま温かい、ぬるりとした感触。

硫黄色の襲衣を引き剝《は》がせば、ウルーシャの腹と背が深紅に染まっていた。

「なんだ、これは！」と腹の底から怒鳴る。「なんで何も言わねぇ、大馬鹿野郎！」

「ありゃ、変だな」呑気な声が言う。「さして痛くは、ねぇんだけどよ……」

痛まないはずがないだろう。その叫びを必死に抑え、いつ負傷したのかと問い質す。

「あぁ、あれかなぁ」他人事《ひとごと》のような答えが返った。「頭領の矢を、逸らそうと、術を練っていたらさぁ……。何かが、どんと、当たってきてよ。石つぶての技、ぽかったな。せっかくリタさんに、勝ったってぇのに……。流れ技に当たるなんて、笑っちまうなぁ、カッコ悪ぃ……」

ハマーヌが丹から意識を手離した、ほんの一瞬のできごとらしい。自身の不甲斐《ふがい》なさを呪いながら、「しっかりしろ。今、医丹士を」と相棒を懸命に励ます。

「ンなもん、いねぇよ」ウルーシャは朗らかに笑った。「みぃんな、逃げちまったよ。俺らが、逃がしたんじゃねぇか……。俺らが、な……」

もう話すな。ハマーヌはそう命じると、鉛のような五体を叱咤《しった》して、ウルーシャを担ぎ上げようとした。触れる肌が少しずつ、しかし着実に、ぬくもりを失っていく。集めても集めてもさらさらとこぼれ落ちる砂のように、彼の命が散っていくさまが感じられた。

「もう、いいぜ……」苦しげな浅い息が柔らかに囁いた。「行けよ、ハマーヌ……。みんなの、ところへさ……」

きけるわけがなかった。ハマーヌも同じく喘ぎながら、ウルーシャの鳶色の髪を両手で包み込んだ。手を離した途端に、彼の命の灯《ともしび》が消えるような気がしてならなかった。

「へっ……」何故か微笑まれた。「イイ眺めだなぁ。そのツラ——てっきり、最後まで、仏頂面……、かと——」

血の通わない指が、ハマーヌの頬に触れようとした。

しかし、それは叶わなかった。

白い指がぱたりと落ちる。細い身体がずしりと重くなった。よく回る陽気な口は、わずかに開いたまま、もう動くことはなかった。

「おい……」ハマーヌは震える声で呼びかけた。「おい。……おい！」

馬鹿のように繰り返しながら、ウルーシャの身体を掻き寄せる。骨がきしむほどに強く抱きしめながら、ひたすらに返事を乞うた。

自分はいったい、どこで間違えたのか。ハマーヌには何一つ理解できなかった。

ただはっきりと彼は悟った。風ト光ノ民が千年失い続けてきたものを。失われし民たる名が持つ真の意味を。水を奪われ、大地を追われ、権威に疎《うと》まれ、権力に玩《もてあそ》ばれ続けた歴史を。

土地を持たぬ者、国を持たぬ者は、世に問う声を持たない。声なき者は人にあらず。人でないものが渇き飢えようとも、理不尽に殺されようとも、顧《かえり》みられることはない。ハマーヌが今ウルーシャを失ったように、風ト光ノ民は千年の間、己の命より重い誰かを失い続けてきたのだ——

封じられて久しい破壊の衝動が、血管という血管を駆け巡る。

ハマーヌは虚空に向けて、咽喉《のど》が裂けんばかりに咆哮《ほうこう》した。

ミイアは目を逸らさなかった。

最期の一矢を放ったカンタヴァが血を吐いて、力尽きるところも。

夫の亡骸《なきがら》にとりすがって泣き叫ぶ、哀れなリタの姿も。

町の人々が、兵たちが、嵐に吹かれた花のようにはらはらと散っていくさまも。

この戦いの全てをミイアは見据え続けた。

彼女の静けさに気づいて、リタの麗《うるわ》しい顔が禍々《まがまが》しく歪んでいった。

「この悪魔！　こうなったのは何もかも、お前のせいだッ！　不吉な、呪われた王女め！」

聞き取れたのは、そこまでだった。もはや人の言葉でない何かをわめきながら、リタはミイアの縄を解き始めた。イシヌの姫を盾になんとか逃げ落ちようというのだ。

リタはミイアを引きずりながら物見台を飛び降り、屋根を走って、がらんどうの館の階段を転がるようにして下っていく。

けれどあと十数段というところで、リタは立ち止まった。たくさんの人間が鎖帷子を揺らしながら上ってくる音が聞こえたからだ。

髪を振り乱しつつ、リタはまた階段を上がり始めた。でも、女の足で逃げ切れるわけがない。

「いたぞ！　姫さまだ！」

イシヌの兵が声を上げたのと同時だった。リタは懐《ふところ》から短刀を引き抜いて、ミイアを羽交い絞めにした。

「来るなッ！　来るンじゃないよッ！　王女がどうなっても知らないよ！」

兵たちの足がぴたりと止まる。剣の柄に手をかけながらもそれ以上詰められず、苦り切った表情を浮かべた。リタがけたたましく嗤う。

ふっとリタの腕が緩んだ瞬間に、ミイアは意を決した。

カラ・マリヤの鉄かんざしを取り出す。鋭いきっ先を、リタの太ももに全体重をかけて突き立てる。

甲高い悲鳴。ぽきりと針の折れる手応え。

短刀で斬られるすんでのところで、ミイアはリタの手を振りほどいた。間髪を入れず、イシヌ兵たちが間合いを詰める。刃が閃《ひらめ》き、生温かいものがひとしずく、ミイアの頬に、ぴっと飛んだ。階段の下へと落ちていく、布をたっぷり使ったリタの衣装。

助けてくれた兵士たちが、こちらに向き直る。けれどもミイアは、彼らのもとへは駆け寄らなかった。彼らの顔が苦々しいままだったからだ。

これは変だ。もしかして――ミイアの疑いは、すぐに現実のものとなった。

「姫さま」兵の一人が苦しそうに顔を歪める。「貴女さまには何の罪もございません。しかし、我が主のため……。お命頂戴いたしまする」

兵はゆっくり歩み出す。ミイアは後ずさったが、すぐ壁に背が当たった。なんとか、なんとかしなければ。そう思っている間に、すらりと刀が抜かれる。

高々と上げられた切っ先がほんのわずか迷うように揺れた、その瞬間。

「待て！」と、澄んだ声がとどろいた。

階下から、新たな隊が現れた。鎧《よろい》に双頭の牛の御印《みしるし》。カラマーハ帝兵だ。

「きさまら、北将《ほくしょう》の手の者かッ！」

隊を率いる若武者が鋭く問う。イシヌ兵はさっと顔色を変えて、ミイアに向き直った。

けれど、帝兵の方が素早かった。刀は振り下ろされることなく、かん、かんと涼やかな音を鳴らして階段を落ちていった。イシヌ兵が一人残らず倒れたと確認し、帝兵らは整然と火筒《ひづつ》を下ろした。

「姫さま、お覚悟！」

「ラクスミィ姫」若武者は微笑む。「お助けに参りましたぞ。さあどうぞ、こちらに」

若武者も彼の部下たちも、みんなが思っていただろう。ミイアがきっと泣いて、彼らのもとへ走り寄ると。けれども、彼女の出した答えは違った。くるりと踵《きびす》を返し、階段を駆け上がる。

「お待ちあれ！」と驚いた声が彼女を追う。「我らは北将とは違いますぞ、姫！」

それでも止まるつもりはなかった。ずっと嚙まされたままだった、つばでぐっしょり濡れた猿ぐつわを捨てて、上へ上へと走り続ける。息を切らして屋上に飛び出すと、ミイアの汗だくの髪を、強く冷たい風が、さあっと掻き上げていった。風の吹きゆく方へ何気なく目を向けたミイアは、追われていることも忘れて立ち尽くした。

——竜巻《たつまき》。ミイアは心の中で呟いた。

町の北側で、風が荒れ狂っていた。砂、がれき、家の壁、街道の石畳をばらばらに砕いて、青い空へと巻き上げていく。全てを呑み込み破壊しながら、猛獣のように咆哮し続ける風の音色は、何故かひどく哀しげに聞こえた。

「——なんだ、あれは」

ミイアの背後で声がした。振り返れば、屋上にたどり着いた若武者が、やっぱり竜巻を見つめて呆然としていた。

「全軍、撤退の指示あり！」若武者の後ろで部下が叫んだ。「我が軍も北に逃れた残党の追跡を中断、南へ移動を開始しております！」

「竜巻はさらに大きく育っています。我々も留まれば危険です、ムアルガン少佐！」

ムアルガンと呼ばれた青年は、部下たちを安心させるかのように、力強く頷いた。そして、北の空から目を外し、ミイアを見て凍りつく。

彼女の立つところが、屋根の先端だったからだ。

強風に煽《あお》られて、ミイアの身体がゆらゆら揺れる。

「危ない、落ちてしまわれますぞ！」血相を変えて、ムアルガンは怒鳴った。「どうかそこを動かれますな。今そちらに——」

言葉が途切れた。ミイアがまっすぐ彼の目を見据えたからだった。彼女の揺るぎない意志を感じ取ったか、若武者の精悍《せいかん》な顔がみるみる青ざめ、強張っていく。

ムアルガンはミイアに近づく代わりに、その場にうやうやしく跪《ひざまず》いた。

「イシヌの姫ぎみ、どうぞ——どうかお考え直しを」彼は切々と語りかける。「我らは、まこと殿下の味方でございます。貴女さまを失うことは、我が国にとって、はかりえぬ損失となりましょう。我が主カラマーハ帝もそうお思いだからこそ、我らを遣わしたのでございます」

若武者の目と声は、泉のように清らかだった。彼の思いと言葉に嘘偽りのないことは、ミイアにもよく伝わった。同時に、彼の心がどうあろうと、もはや何の意味もないということも、ミイアは知っていた。

「東の兵士よ、礼を言う。それでもわらわは、そなたたちのもとへ参るわけにはいかぬ」

ミイアは凜《りん》として言い放つと、彼に背を向けた。

空っぽの町並みが、はるか眼下に広がっている。ミイアに残された道は、もうここだけだ。本当は足が竦《すく》んで仕方がなかったけれど、行かなければならないと知っていた。この先にきらめく、ひとすじの光。これが見えているのは、きっと彼女だけだ。

若武者の手が届く、ほんの少し前に。

ミイアは屋根を蹴って、空へと飛んだ。

一瞬だけ宙に佇《たたず》んだ。それから風が唸りを上げて、ミイアの横をすり抜け出した。けれどもミイアは一度も地面を見なかった。天を仰ぎながら、一心に歌い続けた。

ぐまんばちの式を。

どうして、ぬいぐるみは飛ばなかったのか。ミイアはずっと式を練り続けていた。そして、これぞと思うものに行き当たった。

編み出した式は、ぴたりときれいに嵌《はま》って見えた。けれど、自信は全くなかった。試すことだって、もちろんできていない。

でも、やるしかないのだ。

全身全霊をかけて、唱えたことのない式を唱える。衣の端をしっかりとつかみ、逆巻く大気の渦を受け止めた。無情に落ちていく身体に、止まれ、止まれと念じながら——

どんっと突き上げるような衝撃が、身体を襲った。

ミイアは絶望した。けれども、痛みの代わりに訪れたのは、全身をふんわり包み込む浮遊感だった。震えながら足もとを見れば、つま先から遠く離れて広場の石畳がある。

花に止まろうとするくまんばちのように、ミイアは宙に浮いていた。

成し遂げた。落ちる恐怖に、すでに全力疾走していた心臓の音が、喜びと興奮を受け、ぐんっと速まった。息苦しさに歌声が途切れそうになるのを必死にこらえる。地上までまだ、だいぶんある。ここで気を抜くわけにはいかない。彼女の計算の上では、この式は決して長くもたないのだ。

残された時間はほんの数拍。逸《はや》る気持ちを抑えて、慎重に高度を下げていく。民家の屋根の高さから、二階の窓を過ぎ、一階の窓まで至った時だ。

ミイアを支えていた風の渦が、ぶわっと弾け飛んだ。

為す術《すべ》なくお尻から落っこちる。石畳にしたたかに打ちつけて、尻尾を踏まれた猫のような声が出た。幸い低いところまで降りていたのでたいした怪我はなかったけれど、全身から冷や汗がどっと吹き出し、手足の先まで痺れが走った。

でも、早く逃げなければならないのだ。先ほどから頭領の館の屋根の上で、少佐が何か怒鳴っている。地上の部下たちに、イシヌの姫を捕らえよと指示しているに違いない。

ミイアは民家の土壁を頼りに、よろよろと立ち上がった。足が震えて言うことを聞かない。すぐさま、ぺたんと座り込んでしまった。そうしている間にも整然とした足音が近づいてくる。ミイアは這いつくばり、もがくように進み始めたけれど、目の端には兵たちの鎧の照り返しが見えていた。

ここまでかと思った、その時だ。

初めに聞こえたのは、高らかないななきだった。

続けて、涼やかながらも力強い歌声が、紺碧の空に響き渡った。

たちまち轟音が鳴り渡り、男たちが悲鳴もろとも遠くに攫《さら》われていく。振り返って何が起こったか確かめようとした瞬間、ミイアの身体は透明な水の中に沈んでいた。

水はミイアに触れるや、姿を変えた。蜘蛛の糸のような何十、何百という白い筋が、彼女を優しく包み込む。ふわふわした覆い越しに、しなやかな腕がしっかりとミイアを抱きとめたのを感じた。

この声を、この術の色合いを、ミイアは知っていた。

「来てくれると信じておった」

そう告げると、師匠が微笑んだのが分かった。

「遅くなってごめんなさいね、ミミ。そして、おめでとう――見事な飛行だったわ」

ヌイがいななきを上げて、大きく跳躍した。清流の岩棚を駆けるように家の屋根から屋根へ軽々と跳んでいく。

駆け行く馬のゆりかごのような揺れの中で、ミイアは長く息をつくと、全てを見つめ続けた瞳をやっと閉じたのだった。

第九章　門のある島

戦火から遠い小さな村の古ぼけた宿。ミイアはそこで、タータと後からやって来たラセルタの三人で、穏やかな数日を過ごした。

「それで、くまんばちの式をどう解いたの？」

寝床に横たわるタータが柔らかに問う。その声を、ミイアは何年も聞いていないような気がした。じんわりと広がる温かいものをごまかすように、ミイアは胸を張った。

「仕方ない、どうしてもと申すなら教えて進ぜよう！」

飛ぶ生きものと言えば鳥だ。彼らは前に進み続けることで空に浮く力を得ている。けれど、くまんばちはきっと鳥のようには飛んでいない。実際蜂に限らず、虫たちの翅《はね》の動きを観察すると、鳥のそれとは全然違っていた。

だからミイアは考えた。くまんばちは羽ばたくことで大気の渦を作り出し、それを纏《まと》うことで浮いているのではないか、と。

もっとも、くまんばちが自在に飛び回れるのは、彼らがとても小さいからだ。人間はこの式には重すぎる。子供のミイアであっても、飛ぶのは計算上絶対に無理だった。

ただ、あの時の南境ノ町では竜巻《たつまき》が起こっており、大気は荒れ狂う渦で満ちていた。これを利用すれば、あるいは——そう思い、賭けに出たのだった。

「正直なところ、少し怖かったが」と、ミイアははにかんだ。「ほんの少しだけじゃぞ」

「もっと早く駆けつけるべきだったわ。ごめんなさいね、ミミ——いえ、ミイアちゃん」

「ミミで良い」にっこりと笑いかける。「ところで足の具合はどうじゃ。腱を痛めてしもうたのであろう?」

「ええ、でも、だいぶん良くなったわ」

「何が『良くなった』よ!」それまで静かだったラセルタが甲高《かんだか》い横やりを入れた。「足どころか、全身、打ち身だらけじゃないの！　いくら他に方法が思いつかなかったからって、あんな無茶な返し技、生身で撃つ人がどこにいるのよ!」

カンタヴァとの撃ち合いのことだった。ラセルタはもうずっとかんかんだ。ミイアはなんとか助け舟を出したかったけれど、自分のためにしてくれたことだったし、下手に口出しすればミイアも一緒に怒られそうだったので、黙って薬湯《やくとう》を煎じ続けた。

ラセルタの説教をよそに、タータは天女のように微笑む。ミイアは嫌な予感を抱いた。

「私には貴女《あなた》がいるもの。だから、大丈夫と思って」

そこからしばらく、いつもの「このろくでなし!」の声が雨あられと降った。

「どこが大丈夫なわけ？　自分の技の衝撃で気を失って倒れていたのは、どこの誰よ！　あたしが駆けつけてなかったら、貴女あのまま死んでいたわよ！」

「ええ、でも」と、ちっとも懲《こ》りないタータは笑った。「貴女は来てくれたわ」

怒りでラセルタの頭が噴火する前に、ミイアは薬湯の椀を差し出した。ラセルタは勢いがそがれたのか、大きく吐息をつきながら椀を受け取ると、湿布薬の調合を始めた。

「馬に乗れるようになったら、さっさと森に帰るわよ。みんな心配しているわ」

「あら、それならもう乗れてよ」

「寝・て・な・さ・い！　また倒れられたら困るのよ！　ここまでのあたしの努力を無駄にしないでちょうだい！」

飽きもせず延々とやり合っている二人を眺めつつ、ミイアはじっと考え込んでいた。言わなければならないことがあるけれど、どうやって切り出したものだろう。

そんな彼女に目敏く気づいて、タータが優しく尋ねた。

「どうしたの、ミミ？」

今日はやめようか。そう思い始めていたミイアだが、タータの静かな微笑みに、とうとう時がきたと悟った。きちんと居住まいを正し、きっぱりと告げる。

「すまぬ、タータ。わらわはそなたとともには、ゆけぬ」

驚き狼狽《うろた》えたのはラセルタだった。気遣わしそうな複雑な顔をしながら、あたふたと立ち上がると、「お勝手から食べるものでも貰ってくるわね」と言って、部屋を出て行ってしまった。

一方、タータの眼差しは、出会った頃と少しも変わらず涼やかだった。まるでミイアが何を話すか知っていたかのようだった。

タータの傍《そば》に歩み寄り、懐《ふところ》の中のものを差し出す。ミイアの手のひらに収まるほどの細い鉄の串だった。タータの白い指が不思議そうにそれを持ち上げるのを見て、ミイアは告げた。

「カラ・マリヤの長針じゃ。何度も折れて、柄のほんの一部だけになってしもうたが」

ぴたりとタータの指が止まった。

「……マリヤに会ったのね」と優しい声が確かめた。

「会《お》うた」ミイアはしっかりと答えた。「最後の言葉を交わした」

「ラセルタから聞いたわ。地下牢に助けに行った時には、もう息を引き取っていたと。でも、そう……。貴女が、あのひとの最期を看取ってくれたのね……」

タータはいつかと同じ遠い目をして呟いた。その横顔をさまざまな影が行きすぎたけれど、少なくとも今のミイアには、どれも分からない色ばかりだった。

「マリヤは言うた。自分には『負わねばならぬ役目』があると。またこうも言うた。水蜘蛛族《みずぐもぞく》は、タータ――そなたを失うわけにはゆかぬのだと」

宙を見つめていたタータが、ゆっくりとこちらに顔を戻した。

「あのひとがそんなことを?」

「そうじゃ。『最後の最後まで待たせおって』と、たいそう怒っておったぞ。タータはいったい何度マリヤに待ちぼうけを喰わせたのじゃ?」

タータは答えなかった。代わりに腹を抱えて、ころころと笑い転げる。目尻に光るものが浮かぶほどに、ずっと。

「だってあのひと、待っているなんて一度も言わなかったもの」

笑いの発作に息も絶え絶えになりながら、タータは言った。ミイアはごく素直に、マリヤらしいとだけ思った。

「ではマリヤの代わりに言う――タータ、そなたは西ノ森に帰るべきじゃ」

ミイアは背筋を凛《りん》と伸ばし、師匠の目を真正面から見つめた。

「こたびの出来事で、水蜘蛛族の存在が世に知られてしもうた。それはわらわのせいでもあるが」ここでタータの口が動いたが、ミイアは手をあげて制した。「以前にそなたの申した通り、水蜘蛛族自身も危ういということもよう分かった。

水蜘蛛族にとって、外の世界は残酷じゃ。森にこもることで守れることもたくさんあろう。じゃが、心までも内へ内へとこもってはならぬ。変わり続けねばならぬのじゃ。皆を変えてゆけるのは、タータ、そなたのようなまことに強き者だけぞ」

タータはじっとミミの話に耳を傾けていた。師匠の表情にあったのは驚きや戸惑いよりも、深い感慨に近かった。例えるなら、さなぎから羽化したばかりの蝶の、美しい翅がみるみる開いていくさまに時も忘れて見入るような、厳《おごそ》かな面持ちだった。

「マリヤに代わり、東の天ノ門を守護するイシヌの娘として、そなたに願う。タータよ、故郷へ帰り、一族とともに西の門を守っておくれ。水蜘蛛族の秘文《ひぶん》を後の世に繋《つな》いでおくれ。それがそなたの『負わねばならぬ役目』と思う。

わらわにも、『負わねばならぬ役目』がある。こたびの火種はわらわが消さねばならぬのじゃ。以前は城を出る他に道はなかったが、こたびの動乱で奇《く》しくも臣を惑わす者の正体が分かった。そやつと決着をつけに、わらわは城へ帰ると決めた。ゆえに――」

ここまで頑張ったのに、涙が溢れそうになった。けれどもミイアは眉間にぐっと力をこめて耐えると、代わりに極上の笑顔を浮かべた。

「ミミは、タータとともにはゆけぬ」

タータも微笑んでいた。温かな手がミイアの握りこぶしをしっとり包み込む。

「ミミ、ありがとう。貴女に会えて本当に良かった。貴女とともにいると世界が次々変わってみえる。私にとって貴女は紛れもなく幸運の女神よ。だって――」

タータの瞳の色が、ふっと変わった。

「私がずっと探し求めていた者に引き合わせてくれたもの」

その悪戯《いたずら》っぽい不敵な輝きは、ミイアが憧れ続けた色だった。

「とうとう完成したわ」師は甘く囁《ささや》く。「貴女にこそふさわしい式よ――受け取ってくれる？」

ミイアは目を瞬《しばたた》いた。落とすまいと堪《こら》えていた涙がぽろりと流れ落ちたが、拭うのも忘れて師匠の瞳を見つめる。

タータの問いかけは初め、ミイアの耳になじまなかった。それでも言葉のしずくは、乾いた砂地に降った雨のようにじんわりと染み込んでいった。意味を完全に悟った時、ミイアは満面に笑みを浮かべていた。

「聞き入れた！」

ずっと未完成だったタータの式。

もとより、森を出てゆくとき引き受けると約束したものだ。

タータとミイアはどちらからともなく手を伸ばし、固く抱きしめ合った。肩を寄せ合い、囁くように語り合う。ミイアが受け取る秘文はどんな式で、どのように彫り、どういった力を持っているのか――丹導学《たんどうがく》も彫り方も、タータから教わるのは、これが最後だ。ミイアは全身全霊で耳を傾け、浮かんだ疑問は余すところなく口にした。その全てにタータは答えてくれた。

この式は丹の根幹に迫るものだと、師匠は囁く。あらゆる術式の始まりの一節から、さらに前へと遡《さかのぼ》るものだから、丹の流れ出すところに彫るのがいい。人の身体には〈丹田《たんでん》〉という丹が宿る場所がある。へその下辺りだ。その真裏の背中にも彫る。ミイアの丹が必ずタータの秘文を通るよう――

「でも、わらわはまだ子供じゃ」ミイアは不意に問題に気づいた。「大きゅうなったら、彫りがずれてしまわぬか？」

「大丈夫」タータは力強く言う。「マリヤが助けてくれるわ」

ミイアは忘れていた。タータの早読みの才を。カラ・マリヤの式のずれの応用法、アナンに施した育ち盛りの身体に適した彫り――ひとたび見聞きすれば、タータには十分だった。マリヤの編み出した技はすみやかに、タータへと引き継がれていたのだ。

「いつがいいかしら」と、師匠が問う。

「今すぐにでも」と、ミイアは答えた。

タータは笑った。心の底から幸せそうな声だった。満身創痍《まんしんそうい》のはずなのに、痛みなど微塵《みじん》も感じていないようだ——その顔を見ながら、ミイアは思った。タータこそ、ミイアにとっての幸運の女神だと。

「まずはラセルタの帰りを待ちましょう」師匠は言う。「ちゃんと説明しておかないと、あのひと叫び出すに決まっているもの」

その様子がありありと目に浮かび、ミイアは吹き出した。タータも後に続く。二人は揃って寝台にひっくり返り、腹の皮がよじれるほど笑い続けた。何も知らないラセルタが、山羊乳《やぎにゅう》の練り饅頭《まんじゅう》を手に戻ってくるまで。


玉座についた日より倦《う》まずたゆまずしてきたように、イシヌの女王はこの日もまた、湖底の白砂を歩みつつ思った。天ノ門より湧きいずる、とめどなき流れ——己の身はそれに玩《もてあそ》ばれる藻草にすぎぬと。

母として、君主として、女王は能《あた》う限りの策を講じたつもりであった。しかし結果は望んだものとはほど遠いばかりか、最悪と言って良かった。風ト光ノ民の激しい抵抗に南軍は思いがけぬ打撃を受け、北将《ほくしょう》によるミイア暗殺の企てが発覚し、イシヌ王家は今、両翼を失った竜である。その窮地を宿敵カラマーハ帝家が見逃すはずもない。表向きは『友好の証《あかし》』『支援』と称しながら、己の息のかかった者をイシヌの城へと送り込んでいた。東の豊饒の地で肥え太り、ついには天への野望を抱くに至った異形《いぎよう》の牛が、ひづめを打ち鳴らして近づいてくるさまを、女王は肌で感じていた。

双子は不吉。忌み嫌ってきた言葉が、女王の耳の奥で甦《よみがえ》った。イシヌ家の没落は今や現実となりつつある。それはやがて火ノ国を滅亡へと導くであろう。

言い伝えはまことであったのか――女王の心は古《いにしえ》の呪言《じゆごん》に屈しつつあった。

不吉の王女ミイアの行方は杳《よう》として知れぬ。水の精霊に魅入られて攫《さら》われていったのだと兵士はしきりに噂する。そこに含まれる一片の真実が女王にとって唯一の救いであった。愛娘《まなむすめ》の一人だけは、忌々しく愚かしい呪縛から解き放ってやれたのだと。

東西南北を向いた四面の天ノ門。その足もとを見やって、女王は足を止めた。いてはならぬ者の姿がそこにあった。

紺碧《こんぺき》の衣、柿《かき》色の衣を纏った女二人と、白い砂の上で戯《たわむ》れる小さな愛くるしい影。

永遠に手放したはずの我が子である。

ミイアが母に気づき、静かに立ち上がった。水蜘蛛族の長《おさ》に一礼して、紺碧の水使いと長い抱擁を交わす。耳もとで囁かれた何かに吸い込まれそうなほど晴れ晴れとした笑みを浮かべてから、ミイアは女たちのもとを離れた。

ゆっくりと迷いなき足取りで愛娘が歩み来る。女王は腕を広げて、彼女を迎えようとした。しかし身体よりも先に、言葉が口をついて出た。

「何故《なぜ》――」

女王はすぐに口をつぐんだが、続く言葉を悟ったか、ミイアはぴたりと歩みを止めた。その瞳に宿る光は、母の拒絶を恐れて泣く幼子のものではなかった。

「母さま」と言って姫は跪《ひざまず》き、小さな手を砂についた。「女王陛下。ミイアはただいま戻りました。一人でお城を出た考えなしを、どうかお許しください。また、おんれい申し上げます。ミイアのために陛下が心を砕いてくださったと水蜘蛛族の長より聞きました」

ほころびたばかりの花びらの如き唇から紡がれる、淀みなき言葉。それは母の庇護を求めるか弱き子のものではなかった。

女王は一瞬、己が今、得体のしれぬ巨大な存在に対峙しているような感覚を覚えた。しかしすぐさま気の迷いと振り払い、膝を折って砂上の手を取った。

「ミイア姫、我が愛しの娘よ」女王は真摯《しんし》な思いで呼んだ。「健やかそうで何よりじゃ。声を聞けたことも母は嬉しゅう思う。しかし我が娘よ。イシヌの城はそなたが思い描くような場所ではもはやない。そこの者たちとともに行くがよい」

それでもミイアの瞳の光はそよとも揺らがなかった。

「いいえ、陛下。だからこそミイアは戻ってきたのです。このたびの諍《いさか》いを収め、イシヌの城を取り戻すために。天ノ門を、イシヌの未来を守るために!」

その声を例えるなら、遠き空の雷雲のとどろきか。清らかな響きの向こうに、天駆ける竜の咆哮《ほうこう》を確かに聞いた。

女王は悟った。母のよく知る娘はもうどこにもおらぬのだと。無垢であどけなかった我が子はたった半年あまりの間に、王家と国を守らんと戦う一人の臣下へと早すぎる成長を遂げたのだと。そのように変わらざるを得なかった子の苦悩を思い、女王の心は深い哀しみに沈んだ。

しかれども女王は同時に、ミイアに光明を見出していた。一連の陰謀の渦中におり、〈南《みなみ》境《ざかい》ノ乱《らん》〉の全貌を知る者――それこそ女王が今、最も欲する人物であった。

女王は決断した。ミイアを城に連れ帰ることを。

不吉の王女の突然の帰還に、城はおおいに揺れた。家臣たちがミイアを遠巻きに見つめる中、妹姫アリアだけは常と変わらぬ純真な笑みを浮かべて姉に駆け寄った。

「陛下、これはいったい」

今や公軍総督《こうぐんそうとく》となったかつての南将《なんしょう》が、訝《いぶか》しげに耳打ちする。そんな彼に女王は臣の全てを集め〈評定《ひょうじょう》ノ間《ま》〉に出向くように告げると、最後に一つ言い添えた。

「『彼《か》の者』を連れて参れ」

公軍総督の双眸《そうぼう》が爆《は》ぜた火の粉の如く光った。

「審判でございますな」と全てを悟ったように頷き「よく御決断なさいました、陛下」

総督は勇気づけるが如く微笑む。女王は黙したまま、娘二人の手を引き評定ノ間に向かった。

玉座に坐し、臣を見渡す。古き者に新しき者、西の者に東の者。目という目が不吉の王女に集まっていた。刺すような視線の中、ミイアは泰然として前を向いていた。

しばらくして鎖の揺れる音が届き、罪人が広間の中央に引き出された。北将である。後ろ手に拘束され、首に縄を掛けられてもなお、眉根一つ動かさぬ冷徹ぶりは健在だ。ミイアの姿を見てさすがに瞠目《どうもく》したものの、すぐさま常の無表情に戻った。

「戻られたか、ラクスミィ殿下」平淡な声が言う。「お慶《よろこ》びいたす」

「控えよ！」鋭い声が飛んだ。「陛下のお許しがあるまで発言は一切禁じる！」

大罪人を叱責した総督は女王に向き直り、うやうやしく一礼した。女王は鷹揚《おうよう》に頷くとおもむろに口を開いた。

「皆の衆。見ての通り上の王女ラクスミィが帰還した。これを機に、こたびの裏切りについて審判したく思う。まずは北将よ、嘘偽りなく答えよ。南境ノ乱での王女暗殺未遂の件。あれはそなたの企てか」

「如何《いか》にも」悔悟も迷いもない、淡々とした答えであった。

「そなたは部下を南境ノ町に送り込み、混乱に乗じて王女に近づき命を奪うよう命じていた。しかし、カラマーハ帝軍によって阻止された——間違いないか」

「相違ござらぬ」

女王の視線を受けて、ミイアが涼やかな声を発した。

「では、わらわからも一つ。あの場に駆けつけた帝軍の少佐は、暗殺者どもを一目見るなり、こう言い放った。『北将の手の者か』と」

ミイアはやおら北将から視線を外した。

「さて、帝軍は何故あれが北将の企てと分かったのであろう？

答えよ、南将——いや、公軍総督よ」

静寂が広間を支配した。

ゆっくりと戸惑いのさざ波が広がっていく。

悠然と囚人を見下ろしていた総督は、視線を一身に集めてようやく名指しに気づいたらしい。

ミイアに向き直った彼は意表を突かれたふうながら、狼狽えてはいなかった。

「畏れながら、姫さま」と悪戯に遭ったかの如き微笑をよこす。「御質問の意味が」

「では詳しく訊こう」澄んだ声が応えた。「そもそも何故、南軍より先に帝軍がわらわのもとに駆けつけたのじゃ。そなたたち南軍は何をしておったのか。わらわの目には、南軍はわらわを探そうともせず、町人を追い回してばかりに見えたぞ。まるで帝軍のために道を開いておったかのよう」

「なるほど」乾いた笑いが返った。「姫さまは小官にお怒りなのですな。当然でござる。あのような極限の状況の中、見知らぬ者は全て恐ろしく思われたことでしょう。

しかし、姫さまは戦《いくさ》を御存知ない。教本に書いてあるようには決して参らぬのです。無論、我らが一番に姫さまのもとに馳せ参じとうござったが、敵の抵抗が思いのほか激しく、帝軍の力をお借りした次第でござる」

「都合よく現れたカラマーハ帝軍に、か」鋭い声が断ち切った。「そう、それが一番訊きたい。ぜひ教えてたもれ。帝軍は何故イシヌ公軍が南境ノ町を討つことを知っておったのじゃ」

総督の唇から笑みが消え、眼差しに苛立ちが浮かんだ。

「お間違いなさいますな、ミイア王女。あの戦いでの敵は、南境ノ町に巣食うごろつきどもだ。帝軍にあらず。主は違えど、帝兵も公兵も火ノ国を守る者たちでござる。有事の際にはともに戦って当然でありましょう」

「その『ごろつきども』の頭領夫妻が話しておった。わらわを攫うように命じたのはカラマーハ帝家なのだと」

「狂言なり」と総督は言い放った。「ありもせぬ後ろ盾をちらつかせ、自らを大きく見せる。無法者どもの、いうならば処世術でござる。事実、帝軍は彼らを討った」

「賊たちは、帝軍が町に向かっていると知っておった。それでも逃げなんだのは、援軍と思い込んだからじゃ」

話の行く先が見えぬのか、広間はどよめきに満ちている。総督は大仰な溜め息をついてみせると、玉座へと向き直った。

「陛下。ミイアさまの御不信は後ほどお解きいたしまする。今は審判の時でござる」

総督は囚人を指差すと、朗々と訴えた。

「誉れ高き北の将、我が戦友、ともに命を賭してイシヌをお守りせんと誓ったこの者が、姫さまを弑《しい》し奉ろうとしたために、砂ノ領に混沌という名の嵐が訪れた。これは万死に値する大罪！　厳正なる罰を！」

総督の声は夜の漆黒《しっこく》に燃えたつ大篝火《おおかがり》の如くであった。如何なる光も退ける熱を受け止めつつ、女王はゆっくりと告げた。

「分からぬか。審判にかけられているのは北将ではない。暗殺の罪でもない。余は帝家に援軍の要請は申し入れておらぬ。王女失踪そのものを知らせておらぬ。城外へは公言すべからずと、そなたにも再三命じてきたはずじゃ。にもかかわらず、申し合わせたかの如き手際の良さ……」

疑念は幾度も胸をよぎった。さりとて確証はなかった。証拠も後ろ盾もなく断じたところで、臣の心が離れ、敵の力がいや増すばかりである。煮え湯を飲まされる思いで、女王は彼を総督としたのだ。

「そなたは初めから帝家と繋がっておったのだな」

女王の言葉に広間がしんと凍りついた。

静寂の中、女王はじっくりと反芻《はんすう》した。砂ノ領を大きく揺さぶった、一連の騒動。その裏で糸を引くカラマーハ帝家の筋書きを。

まず、かねてよりイシヌに恨みを抱く者たち――凮ト光ノ民の末裔《まつえい》――に裏で近づき、城を出たミイアを探し出すよう、甘い言葉で唆《そそのか》す。王女が首尾よく南境ノ町に捕らわれたところを見計らって帝軍を出動。王女誘拐の大罪人として町人たちの口を封じ、王女救出という大義のもとミイアを堂々と強奪する。

後は、『暗殺の恐れあり』と口実をつけてミイアを帝都に拘束し続ければよい。北将の暗殺の企てが明るみに出た手前、イシヌ側には帝家の厚意をはねのけるだけの名分がない。カラマーハ帝家はミイアをゆっくりと彼らの色に染めあげることができる――

いずれミイアをイシヌ王家の次期当主に擁立し、帝家の傀儡《かいらい》となすために。

「こたびの裏切り」女王は重々しく口を開いた。「申し開きはあるか——公軍総督よ」

イシヌの臣たちの困惑の視線が、総督に降りそそぐ。しかし総督はひるむことなく、却って悠然と微笑んでみせた。

「聡明なる女王陛下」まとわりつくような声が言う。「忠実なる家臣に対して、それはあまりな仰《おつしや》りよう。貴女さまともあろう方が、まだお分かりになりませぬか。先ほどから申し上げている通り、帝家と王家は火ノ国の両輪。友でありこそすれ敵ではござらぬ。イシヌの危機に得られる助勢を得ることがどうして咎になりましょう」

それに同調するように、カラマーハの使者たちが聴衆の輪より歩み出た。

王座を緩く取り囲んだ無言の男らに、アリアが常になく厳しい目をして、姉にぴたりと寄り添った。ミイアはそんな妹の手をしかと握りしめる。二人の王女は毅然と男たちを見据えた。

「さあ、ミイア姫」総督が手を差し伸べる。「我らとともに参りましょうぞ。イシヌの城は、御身にとって危険でござる。北将の如く貴女さまに毒を盛り刃を向ける不逞の輩《やから》が、いつ何時また現れぬとも限りませぬゆえ」

総督が踏み出す直前、女王は意を決した。

イシヌのために、何より我が子のために、ここで敗北するわけにはいかぬ。かねてから胸に秘めていた、ただ一つの手札を切る時であった。

「北将よ」と沈黙を保ち続けている男を呼ぶ。「今一度訊く。南境ノ乱での暗殺の件、あれはそなたの企てと申したな」

「御意」

「では先の毒殺未遂の件、あれもそなたの企てか」

「否」

簡潔そのものの返答を聞き、総督は不快そうに眉根を寄せた。

「……往生際の悪い男だ。わずかでも罪を軽くしたいか」

これに北将は口角を上げた。これ以上なく冷徹な微笑であった。

「そうではない。もし某《それがし》が毒を盛るならば、あのような不首尾には終わらぬ。

あの時の毒は暗殺に不向きも不向き。一口食すや吐いてしまうのでは意味がない。無味無臭のものこそふさわしい。さらに、あの毒は弱すぎる。子は脆《もろ》く少量で死に至りうるが、アラーニャ殿下は一両日寝込まれたのみ。つまりはその程度の効用ということ。

これではまるで――」

「――これではまるで、殺意なき暗殺――」

北将の呟きを女王は継いだ。半年ほど前に北将が漏らした言葉を思い返す。以来秘め続けてきた胸のざわめきとともに、宙に吐き出す。

理屈に合わぬものほど不気味なものはない。しかしこうしてことを見渡してみれば、道理がすっと通る。

「ミイアが暗殺されかかった。その事実こそを欲する者がおったのだ。帝家と……」と女王は厳しく総督を見据えた。「帝家に通じる、そなたじゃ」

長い沈黙が降りた。やがて総督が絞り出すように「証拠はございませぬ」と唸った。

「ないのう」女王は嗤《わら》った。「しかし、北将がやったという証拠もない。公軍総督よ、今一度己の行いを振り返るがよい。この地に混沌という名の嵐を呼び寄せた、まことの元凶。それは、由無きことを己の利になるよう騒ぎ立て臣を惑わした、そなた自身ぞ。

――そなたの言葉にはもはや、信も大義もないわ」

女王の言葉にイシヌの臣が色濃い失望を顔に浮かべて、総督から次々と視線を外した。カラマーハの臣が彼らの乗るは泥舟と見てとるや、足早に広間を去っていった。

総督が掌握《しょうあく》し続けた人心の離反の瞬間であった。

女王が勝利を実感しかけた時、総督の目に町を焼き尽くす大火の如き狂気が宿った。

「小官はイシヌの行く末を憂《うれ》えたまで！」

武官は言い放つと、ミイアの足もとに跪いた。

「姫さま、お聞きあれ。イシヌの城は土台から腐っております。才よりも生まれの順を貴《たっと》ぶ愚かしい因習の中で、朽ち果てたいとお思いか。水の神に祝福されし貴女さまが、己を殺し息を潜めて生きたいなどとお思いか！」

ミイアは答えなかった。ただじっと武官の顔を見下ろしている。女王は衛兵を呼び、ただちに引っ立てよと命じた。

「城の外に目をお向けくださいミイア姫」訴えは続く。「貴女さまに手を差し伸べる者は、星の数ほどおりまする。カラマーハ家を味方につければ、貴女さまは無敵となりましょう！　幾度でも申し上げます、カラマーハとイシヌの両家は揺るぎなき盟友として、ともにあるべきなのです。西と東、砂ノ領と草ノ領がいがみ合う限り、火ノ国に和平は訪れませぬ。姫さまは我らに、真の豊かさをもたらす御子なのです！」

衛兵らの手を振り払い、総督であった男ががなりたてる。彼の浅ましい姿と真正面から相対して、ミイアはゆっくりと口を開いた。

「では最後に尋ねよう。その志を通したとして、誰がどれほど苦しむことになろう？　それを見ることもなく考えることもない者がもっともらしゅう述べたとて、しょせんは小理屈に過ぎぬ――ある女はそれを、偽善と呼んだ」

鉄槌《てっつい》の如く重い言葉も愚かしい男には届かなかった。なおもわめきたてつつ無様に引きずられていく姿が、扉の向こうへと消えた。

女王は深く息をついた。これで今回の内乱の真の首謀者を断罪し、カラマーハの配下を城から追放する大義を得た。イシヌ始まって以来最大の窮地を、なんとか乗り越えたのだ。

無論、全ての問題が解決したわけではない。振出しに戻っただけとも言える。イシヌを存亡の危機に立たせた王位継承争いの火種は、ミイアが生きている限り燻《くすぶ》り続けるであろう。それでも今日だけは勝利を噛みしめようと、女王は思った。

臣下が疲れ切った面持ちで、一人また一人と御前を辞していく。最後に残った北将の鎖を衛兵たちが持ち上げた時であった。

ミイアが戒《いまし》めを解いて下がるよう兵に告げた。

誰よりも早く抗議の声を上げたのは大罪人本人であった。

「無理を仰《おお》せになりますな。御前で死刑を控えた囚人を解き放つわけがござらぬ。何かあれば、咎められるのは彼らゆえ」

「そなたは何もせぬ」とミイアは断言した。

囚人はかすかに笑みを浮かべると、弱り果てた衛兵たちに向かって広間の柱に鉄鎖の足枷を繋ぐようにと助言した。後ろ手に縛られたまま器用に膝を折る。

「最後にお言葉をいただけるとは、身に余る光栄でござる」

態度は真摯だが、冷たい眼差しとほのかな笑いが相まって、ひどく皮肉めいて響いた。女王は我が子の意図を判じかねて、半ば制するように語りかけた。

「ミイアよ。毒の件はともかく、こやつは正真正銘そなたの命を奪おうとした逆賊ぞ」

「だからこそ話さねばならぬのです」ミイアはさらりと答えると北将に問いかけた。「帝家と通じたのはイシヌのためと南将は申しておったが、そなたはどう思う」

北将は一瞬不可解そうに眉を寄せたが、すぐさま肩をすくめてみせた。

「あれは自分自身気づいておりませぬ。イシヌのため国のためと唱える言葉の裏に、己の野心が隠れていることを」

「ではそなたがイシヌのためと言うとき、そこに野心はないのか」

男の薄い唇に自嘲《じちょう》めいた微笑が浮かんだ。

「真の野心家ならば、今ここでこうしてはござらぬ」

咎人はおもてを上げて女王を見つめた。しかし目が合ったのは一瞬のことであった。女王が心を読む前に彼は再び床に目線を戻し、非情な口上を述べた。

「陛下の迷いを取り除くこと能わず、心よりお詫び申し上げる」

女王は憤然として玉座から立ち上がった。この男は今、ミイアを殺し損ねた後悔を本人の目の前で言い放ったのだ。もはや情けは無用、即刻打ち首にしてくれん。衛兵らを呼び戻そうと口を開いた時であった。

ミイアがやにわに、くるりと後ろを向くと。

上衣を下着ごと、脱ぎ捨てたのだ。

皆が息を呑んだのは、しかし、その奇行がゆえではなかった。露《あら》わになった白い背に美しい藍色の紋様が青河《せいが》の如く流れ、渦巻き、波打っている。それらが比求文字で四対の式を成しているらしいと気づき、女王は更なる衝撃を受けた。

「これは、水蜘蛛族の秘文じゃ」と、ミイアは言う。

「水蜘蛛？」罪人は眉根を寄せた。「あの、西ノ森に棲むという伝説の？」

「そう。彼《か》の者らは身に式を彫って、水を自在に操る力を手に入れるのじゃ。ところが、その彫り手の中に、たいそうな変わり者がおってな。水の力を封じる術を編み出したのじゃ」

「――まさか」と、かすれた男の声が訊く。「まさか、その、お背中の式が」

「腹にもあるぞ」ミイアは愉しげに告げた。「見たいなら見せてやろう」

愛娘が無邪気に振り向く前に、女王は小さな身体を掻き寄せた。衣装を整え直してやりつつも、柔らかな腹の上の刺青から目を離せなかった。

へその下の辺り、力が宿るといわれる丹田に、無慈悲なまでに見事な比求式が彫られている。その意味のおそらくは半分も己は分かっておらぬであろうと、女王は思った。

しかれども一つだけ確信があった。水丹術《すいたんじゅつ》の真髄《しんずい》はこの世の力全てを調和し、融合し、己の支配のもとに置くことにある。対して、この無法なる式は力をありのままに愛《め》で、一切のくびきを取り外し、高みへと解放するものであった。

「この水封じの式がある限り、わらわは水を操れぬ」

ミイアは自ら残酷な宣告を下した。しかし、表情に悲痛な影はひと差しもなく、声に惑いは露ほどもなかった。一方の北将は常に似合わず混乱した面持ちで、声を震わせる。

「まさか水を封じる技などと、さようなことが。にわかには――」

「信じ難いか？」とミイアが笑って言葉を継いだ。「そうであろうのう。それで構わぬ。まことかどうかはどうでもよいのじゃ。イシヌを継ぐのは水使いのみ。水の力があるかも分からぬ姫を祭り上げようという痴《し》れ者はおらぬ――そこが肝要ぞ」

王女はおもむろに母の腕を離れ、咎人のもとに向かった。彼女の凜然《りんぜん》たる佇《たたず》まいに、百戦錬《ひやくせんれん》磨《ま》の武官、同じ姿を持つ妹姫、母たる女王までもが圧倒されていた。

「これでわらわはもう、ただの娘。そなたが血を被る必要はのうなった」

天竜が遠雷を知らせるようにミイアは告げた。

「これからもイシヌに尽くすがよい——真の忠義者よ」

常に冷静沈着な血も涙もない武官。そう信じ続けてきたが、女王は初めて、氷の如く閉ざされた面差しにさまざまな色合いが氾濫《はんらん》し、嵐の如く行きすぎるさまを見た。

まなじりに光るものは、よもや——。そんな考えが女王の胸をよぎった時、武将は縛られたままの体軀を不恰好に捻じ曲げて、深々と額《ぬか》ずいた。

「たとえこの身の血が全て流れ去ろうとも、骨と肉が灰となろうとも、我が魂は永久にイシヌのおんためにあり続けましょう」

王家への永遠の忠誠を聞きながらも、その言葉が捧げられた真の相手を、女王は悟らずにはいられなかった。

今一度己の娘を見つめる。数え切れぬほど封じたはずの記憶が色あせることなく舞い戻った。ミイアが初めて水丹術を唱えた時のものである。あの時女王の胸に湧き出したのは、利発な愛娘への喜びでも憂いでもなかった。目を逸らし続けてきたものの正体を、女王は今はっきりと突きつけられていた。

それは、恐怖であった。

まだ十にも満たぬ少女が、たったひとたび術を見せただけで、母を軽々と超えていく。あの瞬間、女王は何かを永久に失った。水ノ繭《みずまゆ》は女王が若き頃血のにじむ如き思いで会得し、また生涯をかけて伝えるはずの技であったのだ。

今またミイアは天駆ける雲の如く、母の横を駆け抜けていった。母が屈しつつあった、この世の不条理。それをミイアは決然として見つめ続け、その先に横たわる世を見据え続け、ついには降りかかる敵意をも己の力へと転じてみせたのだ。

いつの日かミイアは目覚めるだろう。母より、おそらくは妹アリアよりも、我こそが執政者たるにふさわしいと。その時彼女を止めうる者がはたしていようか。水の神の祝福すらも惜しげなく脱ぎ捨てる、恐ろしく怜悧《れいり》な思考の主が、イシヌという名の空っぽの器に恋々としがみつくであろうか。

そうなる前に、まだ自分の手に負えるうちに、災厄の芽を摘みとらねばならぬ。たとえ胎《はら》を痛めて産み落とした愛しい我が子であろうとも。幾万の民の命を預かる身として、決断せねばならぬのだ。

凍てついた考えが再び、女王の胸に霜の如く降りた。

しかしそれはすぐさま、あふれくる熱きものに押し流されていった。

千年の長きにわたり醸成された、この国の歪み。大人たちが連綿と築きあげた恨みと憎しみの歴史。己が娘一人生贄《いけにえ》に捧げれば、世を正し清められる――そう信じるほど女王は愚かでも傲慢《ごうまん》でもなかった。

絶えるものは絶えるべくして絶える。滅ぶものは滅ぶべくして滅ぶ。いずれきたる混沌の世に、ミイアは生まれるべくして生まれたのだ。その先に待ちうけるものが、災厄だけとは限るまい。ミイアのもたらす未来こそが民の望む世界かもしれぬ。

門という名のいびつな理《ことわり》に支配されし、閉ざされた島。そこにミイアという無限の可能性がもたらされたこと——これ以上の慶びがあろうか。

それでも、イシヌ家が絶え火ノ国が没したとき、後世は嗤うであろう。母の情を断ち切れぬ一人の平凡な女が過ちを犯したと。

おおいに嗤うがよいと女王は思った。

結末が望むものであろうとなかろうと、その未来を選び取ったのは確かに己であると声高に告げん。誇りのみを胸に、道なき道をただひたむきに突き進まん。

母として、君王として、女王はついに心の迷いと決別した。

終章　伝え行く者

廃墟と化した街並みを、乾ききった風がほこりを巻き上げながら吹き過ぎる。たった一月前まで南境地方一の賑々しさを誇った風ト光ノ町は、その名の如く、もの淋しげな風の音と焼きつけるような陽光だけの死の町となっていた。

町を占拠していたカラマーハ帝軍はもういない。彼らと入れ代わるようにして現れたイシヌの北軍も、破壊された町から兵士の亡骸《なきがら》や討ち捨てられた武具など、目当てのものだけを拾い集めるや、後は用無しとばかりにすみやかに退いていった。

索漠たる町の一角でハマーヌは独り、うずくまるようにして座り込んでいた。

小高く盛られた塚が彼の前にある。碑《いしぶみ》に刻まれた名に幾度目を凝らしても、その下に誰が眠っているのか、どうしても理解できなかった。

耳をそばだて全身の感覚を寄せ集めて、ウルーシャの声と気配を探す。二人で旅するようになってから、彼らは常にともにいた。腕を失った者がないはずの腕の痛みを訴え続けるが如く、ハマーヌは己の半身の存在を未だに感じ続けていた。

砂利を踏む足音が背後で止まった。

「ハマーヌ君」控えめな声が呼ぶ。アニランと分かったが、ハマーヌは振り返るのもままならなかった。「探したよ。やはりここだったか」

隣に体温を感じて、アニランが座ったのだと知った。しばらくハマーヌとともに塚を眺めていた学士は、柔らかに微笑《わら》った。

「この辺りは被害が少なくて良かったよ。せっかくウルーシャ君が賜《たまわ》った土地だ。がれきに埋もれさせたくはないからね」

ハマーヌは答えなかった。心の中では同意していたが、身体も声も反応しなかった。アニランは返答を求めるでもなく独り語りのように続ける。

「昨日もまた数家族が去っていったよ。活計《たつき》のめどがついたのだそうだ。もっとも見ゆる聞こゆる者の多くは互いに離れがたいようでね。もういっそ、どうにか隊商でも始めて皆で旅して暮らそうかと話し合っているんだ。なぁに、その気になったら僕らはどうにでも生きていけるさ。なにしろ千年伝わる技と知識があるんだからね」

静かな目線が自分の横顔に当てられたのを、ハマーヌは感じた。

「きっと、今の君にはなんの意味もないことだろうが」学士は呟くように告げる。「君たち二人が守り抜いたものは、この先千年伝わっていくよ――ありがとう」

薄い膜が張っているかのように、アニランの声は妙に遠く、くぐもって聞こえる。しかし、彼の一言一言は、ハマーヌの鼓膜の奥へゆっくりと浸透していった。

その後も、アニランは穏やかな口調で語り続けた。全て、ウルーシャのことであった。学士曰く、ウルーシャは町に帰るたびに欠かさず彼を訪れていたらしい。

「御機嫌伺いという名の聞き込みだね」と、アニラン独特の優しい皮肉が添えられた。「だけど面白くてね。ウルーシャ君はお酒が入ると決まって同じ話をするんだよ」

語られ始めた言葉は当然ながら、声も口調もウルーシャとは全く違った。ところがハマーヌの耳には、あたかもウルーシャ本人が彼の真横に腰かけているかのように感じられた。

『あいつはね、すげぇヤツなんですよ、アニランさん』ウルーシャの声が聞こえる。『あいつは絶対に見ゆる聞こゆる者たちのテッペン取れるヤツなんです。腕っぷしはもちろん、頭だって切れる。ちっともしゃべらねぇし結構ヌケてっから、分かりにくいけど。こう言っちゃあナンですが、カンタヴァさんよりよっぽどよく物事を見てらぁ。

けどねぇあいつ、実家が〈常地主《とこじぬし》〉でしょ。ああ見えて坊ちゃん育ち。だからかな、どっかこう、浮世離れしているってぇいうか。そう、欲ってモンが欠けてンですよ！　出世話に全ッ然興味ねぇの。だから俺がしっかり引っ張ってやらにゃ。

そりゃあね。あいつはいつか俺なんかより、もっといい相手を見つけるでしょうよ。それでも構いやしねぇ。俺ができるだけ高く、あいつを飛ばしてやるんだ』

これはいったい誰が誰のことを語っているのだろう。ハマーヌは混乱した。まるで、自分の心を鏡に映したようではないか。

「ウルーシャ君はそう言ったけれど」とアニランが呟く。「僕は知っていた。本心では、彼はずっと君の相棒でいたかったんだ。かたや、自分は釣り合わないとひどく悩んでいた。『浮雲《うきぐも》のくせに』と彼を邪険にする者は確かに少なくなかったし、そういった連中ほど戦闘での活躍ばかり重視するからね」

彼は一旦、迷うように言葉を切った後、

「……ハマーヌ君。僕は君に謝らなければいけない。ウルーシャ君があの戦いで、君を追っていった時、僕は彼を止めなかった。止められなかったんだ。彼がどこに向かったのか、分かるような気がしてね……。彼がリタどのを打ち破ったのだと聞いた時、僕は嬉しくてならなかった……。あぁ、彼は最後に君の隣にたどり着いたんだと……」

刹那《せつな》、ハマーヌの脳裏に走馬灯の如く、ウルーシャの死に顔が甦《よみがえ》った。

このうえなく満ち足りた微笑み。

哀しげにも幸福にも見えるまなじり。

しかし、その表情が語るものに向き合うには、ハマーヌの傷は深すぎた。ウルーシャの記憶一つ一つが心の臓を突き刺すような痛みを与えていた。

アニランが「近く彼の御家族に、会いに行こうか」と囁《ささや》いた時も、ハマーヌはそれが如何《いか》に大切な話か理解しつつも、頷《うなず》くことすらできなかった。想いばかりが空回りし、石像のように動かぬ彼からいったい何を感じ取ったのか、学士は独り「そう。そうだね」と、何度も何度も同意してみせるのだった。

そこから長い間、学士はじっとハマーヌの横に座り続けた。ハマーヌの精神があがくのを止め、その沈黙を受け入れた時だ。

「さぁ、ハマーヌ君」肩に手が置かれた。「陽が高くなってきたよ。今日はもう帰ろうか――みんなのところへ」

その手も声も、ハマーヌの胸に穿《うが》たれた空虚を埋めるものではなかった。それでも、鉄色《くろがね》の襲衣《おすい》を通して伝わるものは確かに温かい。

そのぬくもりの中に、ウルーシャの残した何かをおぼろげに見る。

己の生死の分かれ目においても他者を想い続けたウルーシャ。死力を尽くして同胞を逃がし、生を放棄した相棒をも引き起こして微笑みつつ去っていった彼の、涸れることなき胆力の源がいったいどこにあったのか、ハマーヌはようやく悟りつつあった。

かつてカンタヴァは『常地主の子よ』『失う』とハマーヌをなじったが、その言葉には一片の真実が含まれていたと、今になって思う。『失う』という恐怖を知らず、『失うまい』とあがくこともなく、与えられれば受け取り、奪われれば追わず、自らは何一つ選択せず、己や近しい者の想いに向き合うこともない。天を駆ける雲を羨《うらや》み、風に逆らわず流れゆくことを善しとする――それは、生まれながらに持てる者の傲慢《ごうまん》であったのだ。

対して、ウルーシャは生まれこそ浮雲でも、心は大地に根差していた。吹きすさぶ風に抗《あらが》い続け、己の生きざまの全てを自らの意志で選択し、そして生き抜いた。持たざる者であるがゆえに、己の運命の手綱だけは最後まで決して手放さなかった。

もしもハマーヌがウルーシャのように、たった一度でも風に逆らっていたならば。ただ一つでも自ら選び取っていたならば。何かがきっと違っていただろう――そう考えた時だ。

ハマーヌの胸にぼうっと光が宿った。底抜けに明るく、強気で、柔らかな灯《ともしび》である。それがあたかもウルーシャが笑うように瞬《またた》いた。

何言ってンだ、お前だって選んだじゃねぇか、と。

あの日ウルーシャの言葉に頷いていなければ――胸のうちで何万回と呟いた言葉が、こだまの如く甦る。そう、あの時自分は確かに選び取ったのだ。

ウルーシャとともに行くことを。

ハマーヌの肩に置かれた手の重みとぬくもり。魂の抜け殻と化したハマーヌをじっと待ち続ける同胞たち。風と光に彩られた千年の過去と、千年の未来。

ウルーシャとの道行きはまだ終わっていないのだ。彼が命を賭して守ったものが一つでも残っている限り。ハマーヌが歩みを止めぬ限り。

肩の上の指先に応えるように触れてから、ハマーヌはゆっくりと立ち上がった。

ラセルタがらせん坂を下って繭家《まゆや》の外に出ると、夕立はもうやんでいた。

雨上がりの柔らかい光、生き生きと萌え立つ大地の香りを楽しみつつ、滝壺を見渡す。白いしぶきを上げる滝の前でゆったりと岩に寝そべる友を見つけた。

友の隣にはアナンの姿があった。何を話しているのか、タータがころころと笑うたびに頬を染めたり、拗ねてみせたり、目を泳がせたりと忙しい。彼らから少し離れたところでは、少年の祖父ウパが馬たちを世話するふりをしつつ、語らう二人を微笑ましげに見守っていた。

ラセルタが出直そうと決めた時、勘のよいタータがくるりとこちらを向いた。

「あら、ラセルタ。どうしたの？」

涼やかな微笑みはいつもと変わらない。ミイアとの別れの後も感傷一つ見せず飄々《ひょうひょう》としている。一族の皆の目にはさぞかし薄情に映っていることだろう。ラセルタは初めて友が少しばかり不憫《ふびん》になったが、当の本人は気にも留めていなかろうとすぐに思い直した。

「ちょっと森の端まで行ってきたのよ」と言いつつ友のいる岩場に飛びうつる。

昼過ぎ、東の空に細い煙が立ち昇った。もしや新たな襲撃かと危惧したラセルタは、舞い手や術士を伴って偵察に走り、森の端に予期せぬものを見たのだった。

「あら、何があったの？」と友は訊いた。

「祭壇よ」とだけラセルタは答えた。

タータとアナンは揃ってきょとんとした。二人の表情が妙に似ており、ラセルタはつい吹き出しそうになった。

「そうなのよ。あたしも初め目を疑ったわ。でも、どうやら本当に祭壇のようなのよ。流紋岩を綺麗に磨いた結構な大きさの。そこで香木が焚かれていたの」

「誰がそんなものを？」アナンがたまらずというふうに言った。

「さあ、誰かしらねぇ」ラセルタは微笑んだ。「馬と人の足跡やわだちがたくさん残っていたわ。東の方からここまで、わざわざ引いてきたみたい。でね、その祭壇の中に納められていたものがあって――なんだと思う？」

タータとアナンはまた揃って首を傾げた。ラセルタは愉しくてならなかった。

「反物《たんもの》とお塩よ。しかも、たくさん。……あたしたちの暮らしをよぉく知っている人の仕業でしょうねぇ」

ラセルタは笑いつつ、ミイアの誇らしげに胸を張るさまを思い浮かべた。

別れの前日、ラセルタはぽつりとこぼした。水蜘蛛族《みずぐもぞく》はこのところ外の世界に近づきすぎた。これ以上の深入りは禁物だ。人々が今回の戦いを忘れ、西ノ森の民が再び伝説となる日まで、一族の者を森から極力出さぬと決めた――と。

彼女の呟きに、ミイアは神妙な面持ちで何やら考え込んでいた。自らを責めているのかとラセルタは哀れに思ったが、おそらくそうではなかったのだ。彼女の頭にはすでに今日の計画があったに違いない。森で手に入らぬものを如何にして贈ろうかと。その答えが〈水の精霊へのお供え〉とは、なんとも子供らしく大胆で微笑ましい。

「あと、これ」ラセルタは手に下げていた筒袋と紙をタータに渡した。「貴女《あなた》にって、ミイアちゃんの手紙が」

友は嚙みしめるように文を読むと、筒袋を解いて中のものを取り出した。弓の形をした風丹《ふうたん》器《き》であった。ラセルタは、〈風ノ弓〉という名を思い浮かべた。

「まぁ、素敵！」とタータの声が弾んだ。「風ト光ノ民に古くから伝わる秘宝ですって。南境での戦いの後、公軍《こうぐん》が押収したのはいいけれど、誰にも扱えなかったらしいわ」

タータは子供のように目を輝かせ、「なんて精巧な造り」と溜め息をつきながら、風ノ弓をいじり回している。と思いきや、手品のような早業でばらばらに分解してしまった。

「ちょっと！」ラセルタは仰天して友の手を押さえた。「なんてことをするのよ！」

「ほら、見て」タータは意に介さない。「ここと、ここと、この部分に式を足したら、水を撃てるようになるわ。唱えるよりもはるかに効率よく安全に」

ラセルタはくらりと眩暈《めまい》を覚えた。

南境ノ町で放った水撃ちの技。タータは一命こそ取りとめたが、あれ以来ずっと足を引きずっている。おそらくは、もう一生走ることは叶わないだろう。いくら自業自得とはいえさすがに哀れだと思っていたのに、微塵《みじん》も懲《こ》りていなかったらしい。同情した自分が馬鹿らしい。

だが、ラセルタは忘れていたのだ。タータの問題児ぶりはこんなものではないと。

「私は前から思っていたの」極めて唐突にタータは言い出した。「外の世界で手に入れた丹導《たんどう》器《き》があるでしょう？　ほとんどが置いてあるだけだけれど、もっと使いやすく式を書き換えたらどうかしらって。

それから秘文《ひぶん》の入れ方。今はみんな自由にしているけれど、きちんと統合して、系統立った技術として確立すべきだと思うの」

――もう、なんでも好きにしてちょうだい。

ラセルタは心の中で投げやりに答えた。ところがそこで終わらなかった。

「あと、男の子たちにも式を教えたいわ」
「えっ」と声を上げたのはアナンだった。「式なんて僕、別に要《い》りませんけど……」
至って素直な反応だとラセルタは思った。彫り手ならともかく、舞い手は比求式《ひきゅうしき》を練ること
も唱えることもない。第一、舞い手たちは狩りに舞いに忙しい。使いもしないものをわざわざ
学ぶ意味がない。
「自分に彫られた秘文がどういったものか、理解することは大切よ。もし、男の子たちも式が
読めるなら、彫り手も無茶苦茶な刺青《いれずみ》を入れなくなるわ」
タータは力説するが、アナンは首を傾げたままだ。ラセルタは深々と溜め息をついた。
「言いたいことは分かるし、理屈は通っているとは思うわよ。だけど、それは暮らしを変える
ことよ。いきなり始められるわけがないでしょう」
口では厳しく諭《さと》しながらも、ラセルタの胸にはある種の感慨が広がっていた。友はミイアと
の出会いを経て、教え伝えるという喜びを知ったのだ。
湖底でミイアと別れた後、タータはイシヌの天ノ門を眺めたまま、いつまでも動かなかった。
ラセルタは友を気遣って、傍《そば》に座り続けた。だがあまりに沈黙が長いので、これは却って酷な
のではなかろうかと、さりげなく話を向けたのだった。
「貴女、ミイアちゃんに何て言ったの？　ほら――」
最後に、という一言に詰まっていると、タータは予想に反して晴れやかに答えた。
「くまんばちの式を解いた貴女なら、きっと雨を降らせられる――そう言ったわ」

「ええ?」あまりのことに声が裏返った。「何よ、それ。それって貴女の夢でしょう? 第一、ミイアちゃんの水の力を封じたのは貴女じゃないの」

思わず責めるような口調になったがタータは気に留める様子もなく、「水を封じたその先にあるの」などと呟きながら、独り恍惚《こうこつ》として天ノ門を見上げている。

「私、今までずっと思っていたわ。時が足りない足りないって。でも分かったの。『伝える』という方法があるのだと。たとえ私はたどり着けなくても、そこで終わるわけではないと思ったら、なんだかとても嬉しくて――」

その幸せそうな呟きに、ラセルタは初めて友の心を垣間見たような気がした。

タータの才は今の世に余る。その才がもたらす見地や思想も、今の世には早すぎる。理解しがたいものとは、時に不快だ。彼女の怒濤《どとう》の閃《ひらめ》きを、多くの者はただ慄《おのの》き拒絶する。彼女を受け止めるに足る器の持ち主ミイアに出会っていなければ、友は今なお他者とはそうしたものと思い続け、森の外の世界で独り夢に殉じたことだろう。

だが、タータは変わった。破天荒《はてんこう》ぶりは相変わらずだったが、以前のふとした瞬間に遠くへ行ってしまいそうな雰囲気は消え去り、表情や仕草の端々にしっとりとした落ち着きが加わった。眼差しには己の進む道を見定めた、揺るぎのない力強さがあった。

タータはようやくこの森に帰ってきたのだ。それはラセルタが、アナンが――誰よりもカラ・マリヤが――待ち望んだ帰還だった。

タータとマリヤは互いにとってどういった存在だったのだろう。彼女たちに散々振り回され辟易《へきえき》するばかりであったラセルタだが、今こうして思い返すと、なんとも形容し難い不思議な間柄だったように思う。

交わす言葉はどうしようもなくすれ違いながら、他の誰にも入り込めないほどぴたりと寄り添う瞬間もあった。アナンの彫りを巡って、口では激しく争いつつ、彼の背中の式を通して、はるか未来を語り合っているように見えた。南境の戦いでのマリヤ最後の技にも、タータにしか読み取れない何かが込められていたのに違いない。

もっとも森に帰ってから、タータはマリヤについて一言も語らない。あるいはアナンを気遣ってのことかもしれない。マリヤにはマリヤなりの信念があり、一族を想う心は本物だったが、アナンにとっては力で自分をねじ伏せようとした忌まわしい存在である。が、マリヤの折れた長針、今や何だったかも分からぬ棒切れをタータがいつも持ち歩いていることも、ラセルタは知っていた。

マリヤが死の間際、水蜘蛛族にはタータが必要だと語ったと聞いて、ラセルタは驚いたものである。彼女もまた同じ思いだったからだ。

マリヤもきっと感じていたのだ。

水蜘蛛族は斜陽にあると。

いずれ遠からざる日、大きな嵐がこの森と一族を襲う。その危惧は今回の事件で俄《にわ》かに現実味を帯びてきた。古き森に隠れ棲み、古き生き方をなぞるだけの民が、運命の荒波を乗り越えられるものだろうか。このままでは一族もろとも歴史の海に没しかねない。

掟もしがらみも一片の未練なく打ち破る、自由奔放な才能の持ち主。今の水蜘蛛族に必要なのはそうした存在だった。タータの飽くなき探求心は、否が応でも一族全体を押し上げていくだろう。

——間に合うのだろうか。

ラセルタの胸に一抹の不安がよぎる。だが急《せ》いても仕方ないと彼女は知っていた。

生き方を変えることは刺青を入れることに似る。まだ土台が十分にでき上がらぬ中、焦って針を入れても破綻するだけだ。その場ではどんなに完璧な出来に見えても、時が経つに従って確実にひずみが生じていく。

人という生きものは自ら選んだものしか受けつけない。たとえ死が間近に迫ろうと、アナンがマリヤを拒み切ったように。旧態依然とした森の民が、タータのもたらす変化をどこまで受け入れられるものか——それはまったくの未知数だった。

それでも、亀のように少しずつ着実に前に進むしかない。

ラセルタが天を仰ぐと、傾いた陽の光に梢《こずえ》が赤々と燃え上がっていた。

イシヌの城が静まり返った頃、ミイアはこっそりと寝台を降りた。

音を立てないよう、そうっとそうっと扉を開き、するりと部屋を抜け出す。衛兵の目を盗みながら、ぺたぺたと冷たい大理石の廊下をはだしで駆けた。

目指したのは城壁に囲まれた小さな庭園だ。はだしのまま飛び込むと、庭の真ん中で思い切り大気を吸い込む。暖かな湿りけ、草木や土の匂いは、水蜘蛛族の森のものとそっくりだった。

懐かしい空気で肺をいっぱいに満たし、ミイアはしゃんと背筋を伸ばした。両手を高々と掲げ、歌い始める。

水の式だ。

鈴を振るような声に合わせて大気が震える。閉じた両のたなごころに、風が、熱が、光が、冷気が、この世の全ての力が集まってくるのを感じた。

もう少しで水の珠ができあがる、というその時。

ぱぁん、と小気味のいい音がミイアの手の中で弾けた。

つむじ風が衣の裾をさらう。花火のような光が闇を切り裂いていく。氷の花びらがはらはらと舞い、足もとにはどういうわけか水晶林《すいしょうりん》が生えていた。

ふぅむ、と小首を傾げながら、ミイアは自分の手を見つめた。やっぱり水を練るのは無理のようだった。丹がちっとも絡まり合わず、あっという間に結晶化して、はるか彼方へと突き抜けていってしまうのだ。

悲しいとは少しも思わなかった。

むしろ、踊り出したいぐらいわくわくしていた。

タータの式は藍色だけで彫られている。丹を取り込む朱色も解き放つ緑色も使われていない。

彼女がミイアに授けたのは、ほんのわずかな筋道だけ。どんなふうに力を練ってかたち作るのか――それは全部ミイア次第なのだ。

どこに繋《つな》がるのか誰も知らない、数え切れないほどにたくさんの扉。それが目の前で開け放たれたことを、ミイアははっきりと感じていた。これを一つずつ、行き着くところまで行ってみた先には、何が待っているのだろう！

知りうる比求式を一つ一つ唱えてみる。風は風のままに、火は火のままに、鮮やかに生まれ出た。何かを創りだすたび、ぴりぴりとしたものが全身を駆け抜ける。きっと丹の流れに違いないと、ミイアは思った。

使える式はすぐに尽きてしまった。仕方なく、初めから唱え直す。もっともっと違うものを唱えてみたい。朝が来たら一番に書を開いて、新しい式を探してみよう。

夜明けが待ち遠しくてならず、ミイアは天を仰いだ。都の灯りのためか、聖樹《せいじゅ》のもとで見たような満天の星はない。けれど暗闇の向こうに瞬く光があることを、彼女はもう知っていた。

あのきらきらの輝きをいつか、全て手に入れてやるのだ。

まだまだ明ける気配のない夜の真っ暗闇に向かって、ミイアは腕をいっぱいに伸ばしながら、そう誓った。

選評

井辻朱美

世界（エネルギー）観系のファンタジー。水丹《すいたん》を操る天才である幼い王女ミイアが、跡取りの妹姫の妨げになるのを恐れて家出。そこで出会う水蜘蛛《みずぐも》族、「見ゆる聞こゆる者」ら、自然界の水や風、土を操る種族たちとその世界操作メソッド——例えば女が一族の男に、「式」を刺青《いれずみ》として彫る——が、まさしく刺青のごとく細かに展開される。

特に水蜘蛛族のしきたりや男女の関係、「式」を操る自由な女タータ、ラセルタと部族を守るカラ・マリヤの間に生じる諍《いさか》いと葛藤《かっとう》、また「式要《い》らず」のハマーヌとその相棒ウルーシャの友情など、キャラクタードラマを重ねつつ、「丹導学《たんどうがく》」が語られてゆく——本作にはむしろ倍以上の枚数が必要だったように思われる。

王女ミイアは愛らしいが、例えば彼女の目線からだけ物事が語られれば、もっと世界のパースペクティブが定まり、見やすくなったかもしれない。作りこんだ世界であることは解るが、世界の地層を増すべく設定されたデータの厚みが、水平方向のドラマ推進力とうまくバランスがとれていない気がする。

乾石智子

構成がしっかりしており、世界観も作りこまれている。滝の勢いや涼やかさ、木漏れ日の光るさま、対する砂漠の容赦のない荒々しさが伝わってきた。登場人物のそれぞれが成長の螺旋《らせん》を描きだしているのが見事だった。全体的に楽しく読むことができたし、結末もすばらしかった。

一つ納得がいかないのは、ハマーヌの存在がタータの求めるものを与えるためにだけ用意されていたような印象があったことだ。主人公ミイアとの接点が薄く、別々の話を強引にくっつけた感が否《いな》めない。ウルーシャを失ったあとの彼の歩みが違っていたなら、彼自身の変容として大きく評価できるのだが。二人一緒に成長していける方向が良かった。

ミイアの活躍が少なく、狂言回し的な位置づけにおさめられてしまっている。もう少し年齢をあげて、自ら運命にかかわる動かし方をしてはどうか。自分の力に対するミイアの思いを深く書きこんでいけば、ミイアが真実を明らかにした時の衝撃がもっと大きくなったと思う。水封じに対してミイアがどのように考えているかを前に書いていると、いい伏線になったかもしれない。

タイトルは一考したほうがいい。

三村美衣

深野ゆき『門のある島』は、水との関わりが異なる三つの部族の暮らしと、三人の若者の生き方を描いた異世界ファンタジーだ。水を操る女系一族の文化やビジュアルがたいへん面白く引き込まれた。しかし、三者三様の立場と問題、それぞれの選択を描くにはどうしてもボリューム不足。さらにサブキャラに魅力があるがために、美味しいところを全部さらって退場された感が否めない。出版には大幅な加筆・改稿を要するが、世界設定のオリジナリティと、物語の魅力は捨てがたい。

＊編集部付記　本作は刊行にあたり『水使いの森』と改題し、改稿しました。また、ペンネームを庵野《あんの》ゆきに変更しました。

検印
廃止

著者紹介　徳島県生まれのフォトグラファーと、愛知県生まれの医師の共同ペンネーム。第4回創元ファンタジイ新人賞優秀賞を受賞。

水使いの森

2020年3月13日　初版
2024年10月18日　再版

著者　庵《あん》野《の》ゆき

発行所　（株）東京創元社
代表者　渋谷健太郎

162-0814/東京都新宿区新小川町1-5
電話　03・3268・8231-営業部
03・3268・8204-編集部
URL　http://www.tsogen.co.jp
DTP　萩原印刷
印刷・製本　大日本印刷

乱丁・落丁本は、ご面倒ですが小社までご送付ください。送料小社負担にてお取替えいたします。

ISBN978-4-488-52407-4　C0193